書下ろし

闇の流儀

悪漢刑事《わるデカ》

安達 瑶

祥伝社文庫

目次

プロローグ　7
第一章　絡み合う腐《くさ》れ縁　22
第二章　窮《きゅう》鼠《そ》猫を噛む　85
第三章　一色即発　148
第四章　義理と人情　208
第五章　真の黒幕　279
第六章　ケジメの付け方　359
エピローグ　410

プロローグ

「なんで、よりによっておれなんだよ。めんどくせぇんだよ！」

覆面《ふくめん》パトカーのハンドルを切りながら、中年男はタバコ臭い息で喚《わめ》いた。

車窓の外には、鳴海《なるみ》市で最も物騒で治安の悪い風俗街である二条《にじよう》町のけばけばしいネオンが広がっている。

夜の九時。田舎《いなか》町のナイト・アクティビティも宴たけなわだ。車道に出てきて轢《ひ》かれる真似《まね》をする奴、馬鹿笑いをする奴、運転する中年男に悪態をつく奴などなど酔っ払いも多士済々だ。行く手を遮《さえぎ》られるたび中年男は「酔っ払い、退《ど》け！」とか「轢いたろか、アホ！」などと怒鳴《どな》り返す。

車の助手席にはカメラを担《かつ》いだ若い男が陣取って、レンズを運転席に向けている。ハンドル前のコンソールにも小さなＣＣＤカメラが数台取り付けられ、運転手を撮影している。

「ったく、監視されてるようで落ち着かねぇんだよ。『警察密着二五時』とかってよ。うっかり誰かの悪口も言えないいし、鼻くそもほじれない。タバコも吸えないし立ち小便出来ないし、仕事さぼってラーメンも食えない。仕事の邪魔だ。立派な公務執行妨害だ」

「まあまあ、そう言わずに協力してよ、佐脇《さわき》さん」

後部シートから身を乗り出して中年男に話しかけたのは、ちょっとケバい若い女。自慢の巨乳がサマーセーターを押し上げている。地元『うず潮テレビ』のローカルニュースによく出てくる、リポーターの磯部《いそべ》ひかるだ。

「本部長からも通達があったでしょ？　日夜市民の安全を守る警察の職務を紹介する絶好の番組だから、各自出来る限り取材に協力するようにって」

「署長にも部長にも課長にも言われたよ。だからこうして、ネタが転がってそうな二条町を流してやってるんだろ」

佐脇はタバコを取り出し火をつけようとしたが、カメラの存在を思い出してやめた。

「しかし、なんでこんな田舎警察を取材するんだ？　絵になるのは東京の新宿歌舞《かぶ》伎町とか、大阪戎橋《えびすばし》の交番だろ？　あと不審車両を追跡するパトカーとか」

「なんだかんだ言って結構見てるんじゃん、佐脇さん」

巨乳リポーターの磯部ひかるはハンドルを握る男・佐脇を揶揄《からか》うように言った。

「そんなね、東京や大阪の繁華街で撮れるようなモノをやっても新鮮味がないでしょ。わざわざ鳴海署で撮るってことは、ヨソじゃ撮れないモノを狙いたいのよ」

佐脇は三日履《は》いた靴下の臭いを嗅《か》いだような顔をして、後部シートにいるひかるを睨《にら》んだ。

「ほらほら、脇見運転！」

いつもと勝手が違う佐脇の様子を、ひかるはかなり面白がっている。

「迷惑だイヤだって言いながら、今日は髭《ひげ》も剃《そ》ってるし髪だって梳《と》かしてるし、ワイシャツだって何？　新品でしょこれ。いつもの無精髭《ぶしょう》に仏頂面《ぶっちょうづら》にぼさぼさ頭、ヨレヨレのワイシャツと安物のスーツはどうしたの？」

「……テレビに映るんだから、むさ苦しいカッコじゃマズいだろ。鳴海署の体面もある」

「顔もツヤツヤしてるみたい。メンズエステとか行ってない？」

「行ってねえよ、そんなモン！　まあ、サウナでちょっとやってもらったか」

ウソがヘタな佐脇は白状した。

「それと普段は必ず……十五分に一回は、県警や鳴海署のお偉いさんをバカだの阿呆だの言ってるけど、今日はまだみたいね？」

鳴海署の刑事、佐脇はムッとして言い返した。

「だから、勝手が違うんだよ。カメラに狙われてると。そもそもテレビ映《ば》えしないオッサンなおれより、もっと若くて颯爽《さっそう》としたのがいるだろ。城東署《じょうとう》の成宮《なりみや》とか、イケメン刑事とか言ってお前の番組が紹介してたじゃねえか。密着するならそいつにしろよ！」

　ヘッドフォンを装着して後部シートに座り、何かの音響機器を操作しているスタッフが、佐脇とひかるの会話に割り込んだ。

「今もう撮ってるんですけどこれ。音も全部拾ってるんですが」

「誰だ、あんた」

「あ、このヒトは音声の前田《まえだ》さん。佐脇さんの胸元にピンマイクが仕込んであるでしょ。カメラは撮影、音声さんは録音」

　すでに収録されていると知った佐脇は、慌てて左手を振り回しカメラを牽制《けんせい》した。

「おい、止めろよ。隠し撮りは卑怯《ひきよう》だぞ！」

　同時にブレーキを踏んで覆面パトカーを止めた。

「おれを撮ることに決めたのはお前か？　気安く撮れると思ってか？」

　元は女子大生リポーターだったひかると、いろいろ問題はあるものの、一応鳴海署のエースということになっている佐脇は、いわゆる大人の関係だ。犯人の怨《うら》みを買った佐脇がアパートに放火され、焼け出されたときは、ひかるのマンションに転がり込み、一時は同棲《どうせい》していたこともある。今は一緒に住んではいないが、仕事の上では、依然として持ちつ持たれつの関係だ。

「逆よ。佐脇さんじゃこっちがやりにくいから、せめて水野《みずの》さんを撮らせてくれってお願いしたら、佐脇でやれって、課長が」

「刑事課長の公原《きみはら》がか?」

普段から上司を上司とも思わず、平気で態度にも表す佐脇だが、まさかこんなところで仕返しをされるとは。

「なるほどな。どんなバカでも、上司なら一応は立てておかなきゃマズいってことか」

ぼやく佐脇をひかるがなだめる。

「課長はそういうつもりかもしれないけど、それで私も考えたことがあるの。これ、全国ネットの番組だから、いいところ見せる絶好のチャンスなワケよ」

「お前、東京進出はしないんじゃなかったのか?」

巨乳で美人で仕事もそこそこいけるリポーターが田舎局にいると評判になった当初は東京進出も考えたひかるだったが、「女子アナ残酷物語」の数々を知ってすっかり怖《お》じ気づき、「ローカルのアイドル」に徹しようと心に決めたはずだったのだ。

「おれに警察辞めて一緒に東京に行こうとか言ったこともあったよなあ」

「もう東京に出る気はないけど、ローカルだからダメだと言われたくないワケよ。ほら、鳴海署管内だって結構いろいろあったじゃない。こないだの国見《くにみ》病院の臓器売買事件とか、物凄い汚染を引き起こした有毒物不法投棄の企業犯罪とか。佐脇さんは両方に絡んでるでしょ。地元の局として、それを紹介したいの。田舎にも侮《あなど》れないヤツがいるぞって知らしめたいわけ」

ひかるの言葉に、カメラマンの若い男は笑って頷《うなず》いた。

「技術の連中なんか、モロにローカル局を馬鹿にしますからね。地元からの生中継なのに東京から中継車送り込んできたりするし」

「田舎の連中は街ネタしか撮れないって思ってるんだよ」

中年の音声さんはシニカルに言った。

「まあ、そういうわけで、ウチの局が担当する部分は思いっきり頑張りたいのよ」

ひかるは真顔で佐脇に迫った。

「まあね、佐脇さんに密着してれば、いつか大きな事件にぶつかるんじゃないかって思ってるのも事実。それも、テレビ的に凄くオイシイ事件に」

「あのなあ、お前」

佐脇は呆《あき》れたという文字を顔に浮かべたような表情になった。

「安物の刑事ドラマみたいに毎日毎日大事件が起きるワケじゃないって事は、お前もよく知ってるだろ。特にこんな田舎じゃあ、事件らしい事件はほとんど起きないのが普通なんだ」

「そんなことない。佐脇さんは今まで派手な事件を幾《いく》つも……」

「たまたまだ！　おれはのんびりとやりたいだけなのに、なぜかここんとこ運が悪くてな。なるほど、おれが働いてるところだけをつなげて編集すれば」

佐脇は両手でチョキを作ってみせた。

「そりゃ有能なデカに見えるだろうよ。しかしてその実態は、酒と女が大好きで遅刻常習でクビ寸前のロートル刑事だ。上司のスキャンダルを握ってるからナントカ首はつながってるが」

「ええと、ロートルって、なんですか？」

自嘲《じちょう》する佐脇に、若いカメラマンが素直に訊《き》いた。

「オヤジっつーか、ジジイっつーか、そんなような意味だ」

「なるほど。ベテランでうるさ型の刑事、しかも腕がいいから鳴海署が手放さない、と、そういうことですね？」

「違うよ。この界隈《かいわい》じゃないと顔も利《き》かないから、怖くてヨソに行けないんだよ」

あくまで自嘲モードの佐脇は、首をすくめる真似をして、ひかるを見た。

「で？　お前がディレクターなのか？　マイクの代わりにメガホン持つのか」

「あのねえ、メガホン持ってるテレビの取材ディレクターがどこにいるの？　映画の巨匠じゃあるまいし」

ひかるが笑ってたわわな胸がゆさゆさと揺れ、佐脇はぼやいた。

「しかし、ずっとこんな調子で張り付くのか？　助手席にカメラが居座ってると水野の居場所がないじゃないか。本来、単独行動は許されないんだぞ」

「あら、佐脇さんの単独行動なんていつものことでしょ。水野のやつを今日も振り切ってやったとかうまく撒《ま》いたとか、自慢してるの、忘れたの?」

佐脇の日常はひかるにすっかり把握《はあく》されている。

緊張感も何もない、普段の軽口の延長のような雰囲気にウンザリしてきた佐脇が、何か事件か事故がないか鳴海署に問い合わせようとした、ちょうどそのとき。

車載無線がピーピーと鳴った。

「T本部から各局。鳴海管内、鳴海管内。山中に人が倒れているとの一一〇番入電中。現場は鳴海市春日《かすが》町の通称『虫草山《むしくさやま》』付近。近い局どうぞ」

渡りに船とはこのことか。佐脇は、すかさず応答した。

「鳴海四からT本部」

「鳴海四どうぞ」

「鳴海四、鳴海市二条町から現場に向かう。現時刻二一一五どうぞ」

「T本部了解。鳴海四は現場へ。場所、鳴海市春日町『虫草山』の雑木林。通りがかった男性が発見。おそらくは死亡している模様。すでに救急には連絡済み」

「鳴海四了解」

交信を終えた佐脇は、ひかるとの軽口を叩《たた》き切るかのようにサイレンのスイッチを入れた。赤色灯を屋根に装着しアクセルを踏み込みハンドルを切って、幹線道路に出てスピードを上げる。

回転灯からの光が周囲を赤く染め上げては暗くなる繰り返しの中を、覆面パトカーは疾《しっ》走《そう》を開始した。うなりを上げるサイレンに車内の緊張は一気に高まり、ひかるのテンションも上がった。

「凄いじゃない！　やっぱり警察ドキュメンタリーはこうでなくっちゃ！」

「あの……カメラ、回ってますから」

はしゃぐひかるを、若いカメラマンが低い声で注意する。

「……ド素人《しろうと》が」

苦虫を噛《か》みつぶしたような、笑いを堪《こら》えているような、よく判《わか》らない表情のまま、佐脇は鳴海四の覆面パトカーを操った。

現場は、雑木林の茂《しげ》る人里離れた寂《さび》しい場所だった。近くには産廃処理場があるだけで、昼間でも人気のない場所だ。月も雲に隠れた今、佐脇たちが乗ってきた覆面パトカーのヘッドライトだけが唯一の明かりだ。

「この辺だな……どこに人が倒れているんだ？」

覆面パトカーから降りた佐脇は、辺《あた》りを窺《うかが》った。救急車はまだ到着していないし、通報にあった肝心の『死体らしきもの』も見当たらない。

ヘッドライトが照らす場所だけ見ていても埒《らち》が明かない。

佐脇は覆面パトカーのグラブコンパートメントから強力ライトを取り出して、車から離れた。

この山林を抜ける道は通行も少なく人目につかないところから、不法投棄の穴場になっている。市道に沿《そ》って、テレビやパソコン、ビデオデッキに自転車、大きなものでは冷蔵庫や洗濯機までが乱雑に投げ捨てられている。

「どうですか？　ありそう？」

死体の映像を撮りたいらしいひかるが背後から声をかけてきた。撮影用のライトが点灯すると、周囲はぱあっと明るくなった。佐脇の後ろから、ひかるとカメラマン、そして長い竿《さお》にマイクをつけて担いだ音声さんが数珠《じゅず》つなぎになってゾロゾロとついてくる。

「お前、いつからハイエナみたいなマスコミ人種になったんだ？　死体なんか撮っても放送出来ないだろ？」

「大丈夫。ボカシを入れるし、ナレーションで盛り上げられるし、これを撮らないなんて……」

意気込んでいたひかるが突然「きゃあっ！」と悲鳴を上げた。

「なんだ？　ホトケさんにつまずいたか」

佐脇が振り返ると、ひかるの髪が枯れ枝に絡まっている。

「撮って撮って！　この雑木林、ライト当てると不気味でしょ」

たしかに、下から照らされた木々は漆黒《しっこく》の空をバックにおどろおどろしく見える。枝が蠢《うごめ》いて、今にも襲いかかってきそうだ。

「お前、すっかり三流ディレクター気取りだな。ホラー映画みたいな画《え》を撮ってどうするんだ？」

佐脇が混ぜっ返すと音声担当の前田が睨むので、それらしいセリフも言ってみることにした。

「……どうやら通報者は、白物家電を死体と見間違えたようだな」

おお。いかにも現場を検分する刑事のような口調ではないか。

「そうだ。本部にその旨《むね》報告しておこう」

わざとらしい説明口調で、佐脇が業務用の携帯電話を取り出そうとした、そのとき。

ぱん、という乾いた音がした。

ひかるたちテレビクルーは固まったが、佐脇は咄嗟《とっさ》に姿勢を低くし、音がした方向に視線をめぐらせた。

「伏せろッ！　銃撃だ」

二発目の発砲音がして、近くの木の枝が折れた。

続けて三発目が発射されて、今度は佐脇のすぐ横に着弾した。

「ライトを消せ！　そのライトを的《まと》にして撃ってくるんだ！」

カメラマンが慌ててカメラの上に取り付けた小型ライトを消すと同時に四回目の発砲音があり、佐脇は頬《ほお》を掠《かす》める灼《や》けつくような熱を感じた。

思わず「うっ」と漏《も》らした声にひかるが動揺するのが判った。

「佐脇さん！」

暗闇の中を駆け出す足音に佐脇は怒鳴った。

「馬鹿野郎！　こっちに来るな！　お前も撃たれるぞ！　おいカメラマン！　お前も足りねえ野郎だな。撃ってきた方を照らせ！　目潰《めつぶ》しにもなる！」

「あ、はいっ！」

カメラマンがすかさずライトを点灯させ、音がした方向を照らした。撮影は続いている。

ライトにあかあかと照らし出された雑木林の奥で、ガサガサと落ち葉を踏む音がした。狙撃犯が逃げて行こうとしている。

「一人か？　鳴海署管内でおれを狙おうとはいい度胸《どきよう》だ。モグリの悪党か？」

佐脇は相手に聞こえるように怒鳴りながら逃げる方向に併走《へいそう》した。

「応戦しないの？　撃っちゃえばいいのに」

うしろから叫ぶひかるに佐脇は怒鳴り返した。

「バカか！　お前は何年取材してる！　制服はともかく、刑事は指示のない限り拳銃を携《けい》行《こう》しないんだ！」

ったくテレビドラマの見すぎかよこの低脳女！　と毒づきつつ疾走する佐脇の後方で、スタッフ二人が呆然としている。

「驚いたでしょう？　でもあれはあれで機嫌《きげん》がいいのよ」

ひかるが二人にささやいた。

「佐脇さん、ハイになるとああなるの」

と、前方で揉《も》み合う気配があった。

「撃ったのはお前か？　オイ待て。逃げるな！」

佐脇の声の後、何者かが振り切って走り出そうとする足音、そして取っ組み合う物音が聞こえてくる。

「撮って！」

ひかるの叫びにすかさずカメラマンが走り出す。やがてライトの光が届くと、そこには佐脇が小太りな男を道路に組み伏せている姿が照らし出された。

「銃はどこだ？　どこにやった」

「い、いや、おれはその」

小太りな男の背後にはライトバンが止まっていて、荷台には中古の電化製品が山積みされている。

「これを捨てに来たら、パンパンって音がしたんでビックリしてもうて」

佐脇は男を組み伏せたまま身体検査を続けた。キビキビして無駄のない動きはそれなりに絵になる。

「ほんとうにお前じゃないんだな？　銃は持ってないんだな？」

「持ってへんよ！」

小太りの男が叫んだので、佐脇は放してやった。

「発砲音はどっちから聞こえた？」

小太りな男が顔を引き攣《つ》らせ、雑木林の中を指さした瞬間。

その方向からバイクのエンジン音が響いた。枯れ枝をバキバキと折りながら、遠ざかってゆく気配に佐脇は舌打ちした。

「しまった。お前がいなければ捕まえられたのに……間の悪いところに出てきやがって」

「追わないのっ？」

走ってきたひかるが突っかかる。

「馬鹿かお前。雑木林の中をおれが走って追うのか？　相手はオフロードのバイクだ。しかもおれは撃たれたんだぜ。何の心配もしないのか？」

たしかに、佐脇の右の頬には猫に引っ掻《か》かれたような傷がある。

「弾が顔を掠めやがった。ほんの少しコースが違ってたら、今ごろおれは血の海の中に倒れてたな。頭を吹っ飛ばされて顔がない状態でな」

ひかるもカメラマンも、それを聞いて全員が顔を引き攣らせ、一同をビビらせたところで、佐脇は雑木林を自分のライトで照らした。

「無理して追うことはない。あのバカはたっぷりと証拠を残していった。タイヤ痕を調べりゃバイクの種類が割れて、持ち主もすぐ判るだろう。それに、弾を見つけりゃ銃の出所が判る」

「線条痕で銃の特定が出来るってアレですね」

マイクをつけた長い竿を担いだまま、シニカルな音声担当が訳知りな調子で言った。

一同は覆面パトカーに戻り、佐脇は警察無線で事の次第を報告し、応援と鑑識が到着するのを待った。

第一章　絡み合う腐《くさ》れ縁

「犯人が逃走に使ったバイクは、カワサキＫＬＸ二五〇と特定し、乗り捨てられた同型車を現場近くで発見しました。盗難車でした」

「で、おれを狙った銃は？」

「現場から９ミリ弾が四発すべて見つかりました。６条右回りで、ベレッタＭ９２のものですが、同じ線条痕の記録はありません。つまり、過去に使用された形跡がないということです」

「釈迦《しゃか》に説法って言葉知ってるか？　おれが何年刑事やってると思ってるんだ」

刑事課で不機嫌な顔で座っている佐脇は、鑑識課員の報告にぶっきらぼうに答えた。頬には大きなガーゼが大量の絆創膏《ばんそうこう》で貼り付けられている。正体不明の犯人に狙撃された、というより、痴話喧嘩《ちわげんか》の被害者のようで、悲愴感に欠けるのが残念なところだ。

「足がつかないように新しいハジキを使ったってことか」

「明らかに計画的犯行だな」

刑事課長の公原が自分のデスクに座ったまま、声を張り上げた。そうでもしないと課長としての存在感が薄い。

「死体があると通報したヤツは、アンタをおびき出そうとした。救急に連絡したというのもウソだった。一一〇番の担当者がそのウソを鵜呑《うの》みにして確認を怠《おこた》ったことについては、県警本部が応答した担当者を締め上げてる」

公原はそう言ってニヤニヤした。

「計画的な犯行とすれば、これはもう、他ならぬ県警本部ぐるみの犯行だろうな。みんなお前を始末したがってる」

「馬鹿馬鹿しい。そもそもあの通報で、おれがあんな山奥まで出向くと何故判る？　たまたまおれが応答して現場に向かったのは、まったくの偶然だ」

「だから県警っつうか、鳴海署管内のパトカーが全車協力して呼び出しに応じなかったんだよ」

嬉《うれ》しそうに捜査一係の係長・光田《みつだ》も口を挟んでくる。

「それでお前が引っかかったんだろ？　敵が多いと大変だねえ」

光田は愉快そうに言った。

「そういやあの夜、テレビの取材カメラが乗っていたのはおれの『鳴海四』だけだったが、それが関係してるんだろうか？」

「いや、関係していない。そんな取材で捜査に支障が出るなどは、断じて許されることではない」

公原課長は建て前《たてまえ》を言った。この男が綺麗事を言うと、本音を喋《しゃべ》るときとはまるっきり違う口調になるので実に判《わか》りやすい。

「だが推測するに、ホシはお前を現場に呼び出せるまで、何度も通報を繰り返したか、違う手を使っただろうな」

「そこまでやるのはやっぱり、ホシはヤクザですかね？」

佐脇の相棒である水野が身を乗り出してきた。先輩である佐脇を心配するというより、誰が佐脇を狙ったのかに純粋に興味を持っている様子だ。

「ヤクザとは限らんさ。おれを消したいヤツは山ほどいる。今、光田が口をすべらせたように、ウチの署長だって本部長だって、課長だって、機会あらばと狙ってることがハッキリした」

水野以下の刑事課員は全員ニヤニヤしたが、この独特の雰囲気に慣れていない鑑識課員は、どう反応していいか困って目を泳がせている。

「ヤクザ、ねえ……この辺でヤクザっていえば、鳴龍会《めいりゅうかい》だしなあ。あそこの連中がおれに銃を向けるか？　人馬一体というか同じ釜《かま》のメシを食ってるというか、そんな関係のおれを狙うか？　狙ったとすれば、まさに飼い犬に手を噛まれるとはこのことだ。違うか」

佐脇はとんでもないことを平気で口にした。この刑事が地元の零細《れいさい》暴力団と昵懇《じっこん》の仲であることは、鳴海署はもちろん県警でも誰一人、知らぬ者のない事実だが、建て前としては絶対に「ありえない」「あってはならない」関係だ。

当然ながら現職警官とヤクザの癒着《ゆちゃく》など許されることではないが、どこの県警でも、必ずしもそれが守られてきたわけではない。一切のつながりがなくなってしまえば暴力団の動向を知る上でも、ヤクザ絡みの犯罪が起きた場合にも、情報が入らず困るのは警察だ。ここ、T県警鳴海署では、佐脇がそのパイプ役を担《にな》ってきたため、事実上の黙認状態になっている。

佐脇が地元ヤクザ・鳴龍会の若頭と昵懇で、酒・食事・女など、鳴龍会の息のかかった店は全部フリーパスであることも見て見ぬフリをされている。そういう癒着がいずれ明るみに出れば糾弾《きゅうだん》され解雇され刑事被告人になる可能性が高い以上、あくまでも自己責任の「危険手当」ということなのだ。

「それにしても、解《げ》せませんね。ウチの管内でも、建設会社の事務所に銃弾が撃ち込まれる程度のことなら何回かはありました。やられた側の土建屋もヤクザより悪どい商売をしてたんですから、『どっちもどっち』でしたけどね。やったのも鳴龍会の下っ端で、組の上層部は関与してないし、ホシも自首してきて問題にもならず、そんな程度の小競合《こぜりあ》いだけだったのに……」

水野は首を傾《かし》げた。

「現職の警察官、それも……こともあろうに佐脇さんを狙うなんて、鳴龍会の仕業《しわざ》とは思えないんですが」

「そうだな。鳴海は、今盛大にドンパチやってる北九州とは全然違う土地柄だし、地元の暴力団も友愛がモットーだから、こういう荒っぽい遣《や》り方とは無縁だったのにな。よそから乗り込んできて派手なことをやらかすのは、決まって県外の連中だった」

北九州では、建設会社役員が射殺されたり暴力団専従だった元警部が銃撃されて重傷を負ったり、暴力団追放運動の関係者宅や一般企業に発砲されたりと、暴力団の警察・一般市民への攻撃が激化している。そのあげくに拳銃や手榴弾そしてロケットランチャーなどの重火器が大量にアパートの一室から見つかり、事態はいっそう深刻化しつつある。

佐脇も水野の疑問はもっともだと思う。

「始末するなら役に立たない課長や、口先だけで何もしない光田を狙えばいいのに」

「口先だけで悪かったな。大方、鳴龍会にまた内紛でも起きたんだろうよ。違うのか？」

ムッとしたらしい光田の問いに、佐脇は首を横に振った。

「そういう話は聞いてねえ。水野、お前は知ってるか？」

「佐脇さんが知らないことを、僕は知りませんよ」

そりゃそうだよな、と佐脇は応じた。これまで、鳴龍会の動向をいち早く察知して対応していたのは佐脇自身だった。それには、公私ともに親しく付き合ってきた、鳴龍会ナンバーツーの若頭・伊草《いぐさ》の存在がある。

佐脇より少し年下で苦み走った男前、背丈《せたけ》・風格・金・器量、と何拍子も揃《そろ》った伊草とは、盟友と言ってもいい関係だ。

「ここでウダウダ言ってるより、ヤツに直接聞いてみるほうが早いな」

佐脇は、席を立って行き先も告《つ》げずに刑事部屋を出た。

廊下にはクルーを従えた磯部ひかるが待っていた。

「具合はどう？」

カメラが回っていないときのひかるは、佐脇の負傷を気づかってくれた。

「手当は大袈裟《おおげさ》だが大したことはない。掠っただけだから、消毒して終わりだ」

佐脇はそう言ってガーゼを乱暴に毟《むし》り取った。

「だが、今日これからの撮影は駄目だ。ちょっとオフレコな話をしに行く」

「伊草さんと？」

ひかるも佐脇の私生活を熟知している。

「まあな。こういう話はチョクにしたほうがいい」

刑事と暴力団幹部の談判は、凄いネタだが凄すぎて放送出来ない。

「そんなに時間はかからない。その後なら再開していい。おれがカラオケで熱唱してるところとか、撮れよ。悪漢刑事《わるデカ》、心の歌とか言って」

テレビクルーを掻《か》き分けて、佐脇は鳴海署を出てゆく。

追いかけようとしたカメラマンをひかるが止めた。

「今日は、別の人を狙いましょう。え？　あの人はどうかって？　ダメダメ光田さんは。一日デスクで新聞読んでるだけだから。水野さんに密着しましょう」

カメラマンに耳打ちしたひかるは、「水野さ〜ん」と可愛《かわい》い声を張り上げて刑事部屋のドアを開けた。


「佐脇さんがおれにランチのお誘いとは、また、どういう風の吹き回しです？　刑事とヤクザというより、ＯＬの昼休みか、優雅《ゆうが》な奥様の社交みたいじゃないですか」

佐脇行きつけの店・仏蘭西《ふらんす》亭で、鳴龍会の若頭・伊草はミラノ風カツレツを食べていた。ナイフとフォークを操る手つきが実にサマになっていて、およそローカルのヤクザとは思えない。

「知ってるだろうが、おれは狙撃された」

「ええ。知らなければ女と揉めて、引っ掻かれたんだろうと思うところですがね」

伊草は、佐脇の頬の薄い傷を見てニヤニヤした。

「言うまでもないことですが、下手人はウチのモンじゃないですよ」

「そりゃそうだろうよ。お前のところの人間には、おれを撃つ理由がない」

　上品なレストランの雰囲気などお構いなしに、佐脇はカルボナーラをラーメンのように啜《すす》りこみ、オムライスを頬張った。

「よくまあそれだけ炭水化物ばかり食えますね。太らない体質とは言っても、気をつけたほうがいいですよ」

　伊草は呆れている。

「しかし、出所の判らない銃を手に入れられるとなると、お前のところ以外に何処《どこ》がある？　テレビの取材が入ってたから、そこを狙ったとも考えられるが」

「ですから、関係ないですよ。ウチは」

　伊草は水を口に含んだ。

「ご承知のように我々は今、逆境にいるんです。なるべくトラブルを起こさないよう、目立たないよう、ひたすら頭を低くしているのが判りませんか？　この国はヒステリックなところがありますからね。今みたいに暴力団は潰せ！　オー！　って盛りあがっている間はどうしようもないと諦《あきら》めてます。もっとも、この暴力団排除の流れも、法律には出来なくて自治体の条例どまりですから、いずれこっそり廃止になるんじゃないかと思ってるんですが」

「まあそうだよな。こんな微妙な時期に、よりにもよって警官を狙撃するなんてのは刺激的すぎるよな」

おれだって警官の端《はし》くれだしと言いつつ、佐脇は水のように高価なワインを呷《あお》った。

「刺激的、なんてもんじゃありませんよ。もしもヤクザがやったとしたら、警察との全面戦争になりますよ。宣戦布告も同然です。そんなバカなこと、マトモなヤツならやりませんって」

「だとしたら、お前んとこに、そのマトモじゃないヤツがいるんじゃないのか？」

佐脇にそう言われた伊草は、音を立てないよう静かにナイフとフォークを置き、ふたたび水のグラスに手を伸ばした。

「そりゃあね、末端の末端のヤツが、誰かに焚《た》きつけられて暴発したってこともないとは言えません。なんせ暴排条例の締めつけがキツくて、末端ほど泣いてますからね」

若頭は真剣な表情で、長い付き合いの刑事を凝視《ぎようし》した。

「あの条例は、はっきり言って、暴力団辞めますか人間辞めますかという、そのレベルですよ。なにしろ暴力団員は銀行の口座も持てない、賃貸《ちんたい》にも入居出来ない、レンタカーも借りられない、子供を私立の学校にも入れられない……そういうことでしょう？」

実際には銀行も不動産業も、今までの付き合いがある以上、いきなり掌《てのひら》を返すような真似も出来ず、警察の顔色を窺《うかが》いながら、なんとか波風が立たないようにやっているし、警察も未《いま》だ取り締まる度合いを計っている段階なので、現実には伊草が言うほど「暴力団員の基本的人権が脅かされる」実害は出ていない。

そもそも鳴海辺りでは、ヤクザは特別な存在ではなく、一般人の普通の生活に溶《と》け込んでいる。飲み屋の隣の席でヤクザが飲んでいて奢《おご》り奢られという関係になるのは日常だし、商店の子とヤクザの子が仲よく遊び、時に喧嘩《けんか》したりするのも普通の光景だ。ヤクザも、近所では「気のいい普通のオッチャン」なので、暴対法とか暴排条例が出来たからと言って、どちらの側も、特になにか事を起こす必要などないのだ。

ヤクザに依存した生活というわけではなく、ただ、普段は隣のオッサンがヤクザであるというだけで気にもしていないだけだ。

とは言え、近隣住民とヤクザが円満とはいかず、緊張関係にある地域もあるだろう。また他県の暴力団が警察や行政の締めつけに堪《たま》りかね、「暴排条例は基本的人権・生活権の侵害だ」と訴えを起こす準備を進めているとも聞く。佐脇は言った。

「暴排条例については、おれも大いに問題があると思ってるよ。暴力団をいたずらに追い詰めるだけだって。それに、こういうことを現職の警官が言っちゃイカンのだが」

大きな音を立てて皿にフォークを置いた佐脇も、真面目《まじめ》な顔になった。

「たとえ暴力団がこの世から消え去っても、それに代わるものは必ず出現する。悪事を働いてでも儲《もう》けたいヤツはゴマンといるし、違法なことでもやりたいヤツだってゴマンといる。クスリや売春、モグリのバクチは序の口だよな。それに行政や警察が手を出そうとしない件をなんとかする連中も必要だしな」

「佐脇さんが広くマスコミを通じて、今おっしゃったことを世の中に訴えてくれれば有《あ》り難《がた》いんですけどねえ」

佐脇は指を横に振って、チッチッチと舌打ちをした。

「出来ねえよ。出来るわけないだろ。おれはお前んトコから長年にわたって小遣いを貰《もら》ってるし飲み食いも奢ってもらってる。その見返りにおれからも情報を流してるのは、『暴力団又は暴力団員と社会通念上ふさわしくない交際をするなど社会的に非難される関係を有していると認められる者』に、真っ正面から該当《がいとう》する。要するにおれは『ヤクザから便宜を供与されてる悪徳警官』であって、警官でありながら『暴力団若《も》しくは暴力団員と密接な関係を有する者』なんだ。そんなおれがたとえ正論だろうと世間に物申したりすればどうなる？　お前が言うな、ヤクザの代弁者は黙ってろ、警官にあるまじきヤツだ、逮捕して刑務所にぶち込めってことになって、世論が大炎上するぞ」

はあ、と伊草はあからさまに溜息《ためいき》をついた。

「なんのために今まで仲よくしてきたんですかねえ……」

伊草は半《なか》ば冗談《じょうだん》、しかし半ば本気な視線で佐脇を見た。目の前に座っている悪徳刑事の器量を計るような目付きだ。

「それを言われると、おれも辛い」

「辛いですかね。今回の暴排条例が全国で施行《しこう》されて、一番オイシイ思いをするのは、アンタがた警察だと思いますがね」

伊草は厳しい表情でバッサリと言い切った。その目に一瞬、ヤクザならではの剣呑《けんのん》な光が現れたが、すぐに、いつもの落ち着きを取り戻した。毎度の事ながら、この男の自己抑《よく》制《せい》する能力は、とても出世したヤクザとは思えない。

「条例からこっち、警察OBは暴排担当として、警備会社だけじゃなくて一般企業からも引く手あまたらしいじゃないですか。こっちを絞りに絞って、自分たちはオイシイ目にあってる。パチンコ利権のときとおんなじだ。本音と建て前を使い分けて、国民のためなどと綺麗事をいいつつ、利益はしっかり確保する。相変わらずのお手並みじゃないですか。お見事と言うしかない。警察庁のトップともなると、さすがに知恵者が揃ってますね。マスコミも完全に巻き込んで、ね」

伊草は食べかけの皿を脇に寄せた。もう食べる気はないらしい。

「我々ヤクザにも、そういうオイシイライフプランが用意されているといいんですがね。オタクら警察にあやかって、天下りとか、ワリのいい再就職とか」

そう言われてしまうと、話の継《つ》ぎようがない。

「私らには確実な保障といえば、刑務所か、最近はナマポとか言われている生活保護しかないですからね。頑丈なセーフティネットのある警察が羨《うらや》ましいですよ」

佐脇は何ひとつ言い返せず、眉間《みけん》に皺《しわ》を寄せて、ワインをがぶ飲みした。

伊草は、皿を下げに来たウェイターに、コースのデザートはもう持って来なくていい、金は払うからと告げ、ナプキンで口を拭《ぬぐ》った。

怒りを押し隠した表情のまま、なおも何か言おうとしたが、ふっとその顔に諦めのようなものがよぎった。

「いや、つまらん愚痴《ぐち》を聞かせてしまって申し訳ないです。こうして本音が言えるのも、佐脇さんだからこそです」

苦笑すると、立ち上がって深々と一礼した。

「……ま、今日のところはこの辺で。ゆっくりして行ってください。狙撃の件は調べてみます。よもや、とは思いますが、ウチも最近下からの突き上げが大変でね。中間管理職は辛いですわ」

ワインをがぶ飲みする佐脇と違って、伊草は食事中、水しか飲まなかった。

「これじゃあ、どっちがヤクザか判らないな」

「ま、私も、いつまでもヤクザやってるつもりはありませんから」

伊草はそう言ってニヤリとした。

「ちょっと会社をね、始めたんです。ヤクザ稼業《かぎょう》とは関係のない、堅気《かたぎ》の商売をね」

「しかしヤクザが社長だと、いくら仕事の中身が堅気でも、やはりいろいろと不自由だぞ」

「まあ、それはそうですけどね、私としてもいろいろ考えることがありまして。このまま、座して死を待つわけにもいかんのですわ」

どういう意味だと問い返す暇を佐脇に与えず、伊草は勘定書をさっと取るとレジに向かった。

そのとりつく島もない感じの去り方に、かなりの違和感を覚えつつ、佐脇はボトルに残ったワインをグラスに全部注いだ。

とりあえず今日のところは、仕事としては自分が狙撃された事件の捜査しかない。何につけてもナアナアな田舎警察といえども、被害者自ら事件を捜査するわけにはいかない。

佐脇は、昼食後、傷が痛いと理由をつけて自宅に直帰することにした。鳴海署に戻れば、ひかるの取材に摑《つか》まる。昨夜の事件について彼女が根掘り葉掘りインタビューしてくるのは必至だ。カメラを向けられて、ワインでほろ酔いの赤ら顔をアップで撮られるのはマズい。それに今、マイクを突き付けられれば言わずもがなのことを口走ってしまいそうだ。

佐脇は通りに出てタクシーを拾おうとしたが、近づいてきた車のボディを見て挙げかけた手をおろした。いつもは鳴龍会の息がかかったタクシーに乗るのだが、タダになるとは言え時節柄、自粛《じしゅく》しておくことにした。

この辺が、我ながら妙に小市民的で、世間で言われる「悪漢刑事」のイメージの大胆さは、まるでないと自分でも思う。だが、こういう小心さが巡り巡って身を守ることになると、佐脇は信じている。

実際に今までがそうだった。傍《はた》からは大胆で危ない橋を渡っているように見える佐脇だが、実は用意周到で細心、かつ失敗したときの保険まで掛けてある。

佐脇の最大の武器は、県警幹部や県会議員、そして県知事のスキャンダルを握っていることだ。その情報の多くは鳴龍会経由でやってくる。金銭の授受は酒の席で行われることが多く、また酒を飲んで女に手を出し、人に知られたくない事情を抱えてしまうのも男の常だ。

この鳴海界隈では、酒と女と裏を流れるカネは、ほとんどすべて鳴龍会に繋がるのだ。

佐脇は久々に自腹でタクシーに乗った。

鳴海の中心部を離れるにつれて家並みが減り、午後の日差しの中に田ん圃《たぼ》が広がる景色に変わってゆく。

あと少しで鳴海市でなくなる「辺境の地」に、佐脇の新居はあった。

以前は街中のボロアパートに住んでいたのだが、その倍の広さにタダ同然の家賃という物件に巡り合った。彼の根城である風俗街の二条町からは車で三十分はかかるが、パトカーをタクシー代わりに使うことも出来るから、そう不便ではない。一番近いコンビニまででさえ二キロ近くあるが、自転車を使えばどうということもない。周囲は田ん圃で、少し離れたところに家主の居宅が建っている以外、誰も住んでいないから、どんな騒音を出そうが苦情が来る心配はない。

少し前から「独《ひと》りカラオケ」が佐脇のマイブームになっていた。セットを買い、帰宅するたびに歌っていたら、上下左右の住人から猛烈な抗議を受け、ついに前の住居を追い出されるハメになった。そんなとき、このアパートの存在を知った。

そもそもは独居老人がかたまって住んでいる、介護なしの老人ホーム、というより姥捨《うばすて》山《やま》のようなアパートだったが、住人が次々と孤独死してしまい、発見も遅れたために異臭が漂《ただよ》い、遺体から出る体液で床も腐《くさ》って、残る住人も逃げ出してしまった。そのあげく、「死のアパート」「墓場荘」「メゾン・あの世」とか陰口を叩かれ、入居者がまったくいなくなってしまったのだ。

辺鄙《へんぴ》なところだから建て替えても借り手がつくとは思えない。かと言って、空き家にしたままだと一気に傷《いた》みが進んで廃屋《はいおく》になってしまう。そうなると、取り壊すしかなくなるのだが、しかし、取り壊すにも金がかかる。

その堂々巡りで困り果てた家主が、なにかいい方法はないですかねえ、と佐脇に相談を持ちかけたのだ。

家賃を安くするならおれが入居してやる、と1DKを三部屋使っても五千円というタダ同然に値切った上に、引っ越し費用はすべて家主持ちということで話をつけた。

彼の愛車、深紅のフィアット・バルケッタは、知り合いの整備工場に置いたままだ。車検に出したのだが、取りに行くのが面倒になり、引っ越しの忙しさもあって、保管料の話も曖昧《あいまい》なまま、なしくずしに整備工場がガレージ状態になってしまった。酔っ払ってツマミを買いに行くのに、バルケッタで出かけるわけにもいかない。

二階建ての木造アパート六部屋の内、半分が佐脇のものだ。家主は全部使っていいと言ったが、もともと家財道具があるでなし、六部屋は使い切れなかった。

飲んだくれて帰ってくることを考えて、一階の真ん中の部屋を寝室にした。ドアを開けて転がり込めば、そこにはベッドがある。二階はカラオケ・ルームにして、明け方まで歌いまくって、そのまま寝る。もう一部屋も二階で、風呂に入って湯上がりのビールを飲んで寝る。着替えや貴重品もそこに置いてある。今のところ佐脇にとっては自宅はカラオケボックス兼「寝る場所」でしかない。

車は田ん圃の中を進み、だだっ広い中に一棟だけ、ぽつんと建っている、そのボロアパートの前でとまった。

が、そこには水野が立っていた。

「なんだお前。お前もサボりか?」

「ナニ言ってるんですか。佐脇さんは要警護人物、マルタイですよ。狙われてるんだから」

「刑事がマルタイなんて、聞いたことないぞ」

そうは言いつつ、佐脇はまんざらでもない顔になった。

「ま、要するにおれはＶＩＰ待遇《たいぐう》ってわけだな」

「かなり違うと思いますけど、今、佐脇さんが撃たれると警察の威信にもかかわるので、まあ、一応大事を取って」

真面目くさった水野を見ていると、つい余計なことを言いたくなるのが佐脇の性分だ。

「公原の差し金か？　アイツは上司の顔色ばっかり窺うからな」

「ホシは一人とは限りません。前回失敗しているから、次は複数で乗り込んでくる可能性だってあります。そのとき、いくら佐脇さんが凄腕でも、単独じゃ太刀《たち》打ち出来ない場合だっておおいに考えられます」

そこまで真面目に言った水野は、ぼそっと付け足した。

「日頃から単独行動がお好きだから、ご不満でしょうが」

「しかしお前、まだ午後の三時過ぎだぞ。おれは酔っ払ったから寝ちまおうと思ってたんだが、それじゃお前に申し訳がないな」

「いいですよ。寝てる佐脇さんの横で本でも読んでます」

「まさか、これからずっとおれに密着するんじゃないだろうな？」

そう言われた水野は、真顔で考え込んだ。

「ホシが逮捕されるまで、そうしたほうがいいかもしれませんね」

「冗談言うなよ！」

佐脇は閉口した。

「美人警官だったら密着ウェルカムなんだが」

そうは言いつつ、ずっと立ち話だったことに気づいた佐脇は、不意の客を部屋に案内しようとして、困った。

「お前、中年オヤジの汚い寝床しかない部屋と、カラオケはあるがやっぱり寝床になってる部屋の、どっちがいい？　いや、寝床になってる部屋ならもう一つあるが」

「どうせ三つ目の部屋もビールの空き缶が散乱して寝床になってる部屋なんでしょ？　だったらカラオケのある部屋が一番マシですかね」

お前も言うねとボヤきながら、佐脇は部下を二階に案内した。錆《さ》びて崩《くず》れ落ちそうな鉄の外階段をカンカンと上がってゆく。

「カッコイイ自転車があるじゃないですか。プジョーですか」

水野は階段下に置いてある自転車に目を留めた。

「ああ、引っ越し祝いに鳴龍会がな。その辺の安いのでいいのに」

そういやこれは伊草に貰ったんだよなあ、と佐脇は思い出した。ヤツとはこれまでに数えきれないほどの酒を酌《く》み交《か》わし、腐れ縁以上の深い付き合いがある。

「僕も自転車乗るんですけど、名前だけの外国ブランドがほとんどの中、プジョーはいいものが多いんですよね」

そういうことにはまるで関心のない佐脇は、そうか？　とおざなりに聞き流しつつカラオケ部屋のドアを開けた。

何故か身構えて部屋の中を見た水野は、途端に拍子抜けした表情になった。

「なんだ、意外にキレイじゃないですか。もっと凄いゴミ屋敷状態になってるかと思ったのに」

ここの前の前、いや、それより以前に永く住んでいたアパートが佐脇を怨《うら》んだ容疑者に放火されて全焼したあと、佐脇はしばらく警察の独身寮に転がり込んでいたが、そこは一週間でゴミ屋敷と化してしまった。その黒歴史を水野は知っている。

「そりゃキミ、ここはカラオケを愉《たの》しむための部屋だからね」

そう言いつつ佐脇は、転がっている空き缶やツマミの袋を手早く搔《か》き集め、敷きっぱなしの煎餅《せんべい》布団をばさばさと畳《たた》んだ。

途端に猛烈な埃《ほこり》が部屋中に舞い上がり、水野が堪らず窓を開けた瞬間、窓ガラスが枠ごと外れて落下した。

「うわっ」

幸い、落ちたのは田ん圃のぬかるみで、窓ガラスは割れなかった。

「な。だからおれは窓を開けないんだよ」

佐脇は平然としている。

「で、ナニを飲む？　ビールに缶チューハイはあるが、それ以外のモノだと自転車漕《こ》いで買ってこい」

水野は、プジョーのロードバイクに乗って買い出しに行った。

「カッコイイかもしれないが、買物籠《かご》がついてないんで不便なんだよ。無駄に高いだけだ」

戴き物にケチをつけて水野を送り出し、窓を拾ってくる前に少し掃除でもするかと思ったときに、携帯電話が鳴った。

『佐脇か？』

聞き慣れない声だ。

「いかにも」

『いいか』

相手は、迫力を出そうとしてか、声を無理に押し殺している。

『一回で諦めると思うなよ』

「するとお前は、おれを狙ったヤツか?」

返事がない。相手は佐脇の気配を探るかのように、息をひそめている。

「バカなことするんじゃねえよ。おれを殺して何の得があるんだ?」

『お前は、自分で思っている以上にデカい存在なんだ』

相手はせせら笑うような声で言った。

『テメエじゃ判らないだろうが、お化けは実物より大きく見えるって、アレだ』

「お前、バカか? もっと誰にでも理解出来るように喋ってみろ。聞いてやるから」

何を言ってるのか意味不明だ。

『うるせえ!』

電話の主は吠えた。

『とにかく、身の回りに気をつけるんだな。伊草だって、頭から信用しないほうが身のためだぜ』

相手は含み笑いを残して通話を切った。

「なんだこれは」

佐脇は携帯電話を放り出した。

たしかに、派手な事件をいくつか解決し、マスコミ的に有名になって以降、意味不明の電話が掛かることが多くなった。「ちょっと目立つ事件を解決したからっていい気になるな！」と怒鳴りつけられたりは序の口だ。しかし、掛かってくる電話にはタレコミや密告も混じっているから、知らない番号でも非通知でも、佐脇は一応出ることにしている。もちろん、脅しや罵詈讒謗《ばりざんぼう》の電話も山ほど受けてきた。「お前をマジぶっ殺す！」と言われても、今さら痛くも痒《かゆ》くもない。そもそもそういう電話のあとで、マジにぶっ殺しに来たヤツなど誰もいなかった。夜中に鼻息だけの痴漢《ちかん》もどきの電話だって掛かってくる。その時は「そういうのは女に掛けろ！」と怒鳴って叩き切った。電話だけではない。以前住んでいたアパートは街中だったので、注文をした覚えのない寿司やピザの出前や通販商品が山ほど届くことまであった。

大きな事件を解決してうず潮テレビのインタビューに答えた夜には嫌がらせ電話が必ずあって、やがて慣れっこになってしまったし、なりすましの注文を受けた店からも、「ほんとにいいんですか？」という確認の連絡が来るようになって、実害を受けることはなくなった。

だが、待ち伏せされて襲撃されたのは、昨夜が初めてだ。ヘタに手を出せば返り討ちに遭うと、鳴海中の悪党が知っている。佐脇が粗暴犯に対してまったく手加減しないことは広く知られていて、重傷を負った犯人の親族から涙ながらに抗議されたこともある。佐脇に直接手出しししようなどという命知らずは、これまでに一人もいなかったのだ。

気分が悪い。

佐脇は冷蔵庫からビールを出して、お使いに行った水野が戻ってくるのを待たずに飲み始めた。

「只今《ただいま》帰りました！」

と水野が交番勤務の制服警官のような口調で帰ってきたとき、佐脇はかなり出来上がっていた。

「おう。カラオケやろう、カラオケ」

佐脇は水野にマイクを押しつけた。

「いやボクはカラオケが苦手で」

「カラオケの部屋を選んだのはお前だろう！」

「これって究極の選択ってヤツですよ。どれも全部ハズレなんだけどって、アレ」

「だったら帰れ。おれの身辺保護という職務を放棄することになるが、それでもいいのか？」

鳴海署、いや県警の中で、自分の判断で動けるのは佐脇だけだ。警察は組織で動くのが大原則だから、単独行動は禁じられている。つまり水野が勝手に帰るわけにはいかない。それを判った上で、佐脇は自分の相棒に無理を言っているのだ。

そのあたりの呼吸は、コンビを組んで長い水野もよく判っている。

「じゃあ、佐脇さんが全然知らない歌ばっかり歌いますからね。覚悟してくださいよ」

「残念だね。そんな新しい曲はおれのカラオケには入ってないんだ。ＡＫＢとかスマイレージとかフェアリーズとかは、ないぜ」

得意げな佐脇に、水野は目を丸くした。

「よく知ってますね。実は隠れファンだったりして？」

「ありえねえよ。あの連中は、顔と名前がまったく一致しないんだ。ＳＰＥＥＤからこっち、みんな同じ顔に見える」

そう言いつつ佐脇は、加山雄三《かやまゆうぞう》を選曲して、エレキ歌謡を歌い始めた。

水野も負けじと石原裕次郎《いしはらゆうじろう》や小林 旭《こばやしあきら》で対抗し、田ん圃の中の、廃屋のようなアパートでの懐メロ歌合戦は深夜まで続いた。

翌朝。

「コンビニにひとっ走りしてアサメシでも買って来ますよ」

と、ごろ寝状態だった水野が起き出した。

が、すぐに階段を駆け上がって戻ってきた。

「佐脇さん大変です！　プジョーが盗まれました！」

「盗まれたって、自転車がか？」

こんな田ん圃の中にぽつんと建つアパートにまで泥棒《どろぼう》はやってくるのか。

「高級自転車狙いなのか、ただの金属盗なのか、それは判りませんが」

そういえばこのところ鳴海署管内だけでなく、県全域で、金属製品の盗難が増えていることを佐脇は思い出した。電気工事会社の倉庫から銅線が盗まれたりするのはマトモな部類で、ガードレールをはじめ、市内の数少ない下水のマンホールの蓋《ふた》や消火栓など、金属でさえあれば、あらゆるものが盗まれるようになっていた。

その多くは建設ラッシュの中国に転売されて、いい儲けになるらしい。

「だが……こんな田舎の田ん圃のど真ん中にまで、来るか、泥棒が？」

「刑事とは思えないご意見ですね」

朝食が買えなくなって気が立ったのか、水野は珍《めずら》しく反論してきた。

「スリ置き引きカッパライは都会に特化した犯罪ってわけじゃありません。都会は人が多いから、盗む機会も多いだけです。田舎でもやっぱり盗まれるでしょう？　誰も道を歩いてなかったりしますからね。これが自動車なら、田舎でもやっぱり盗まれるでしょう？」

「それはそうだが、こんな……廃屋にしか見えない、糞《くそ》ボロアパートだぞ？」

「だから、持ち主不明の自転車だと思われて持って行かれた可能性が……きっとそうですよ！」

「しかしおれたちは一晩中カラオケしてたんだぜ？　防音なんてないからな。おれたちの美声はガンガン漏れてたろ」

「我々が寝静まってからの犯行なら、ここに誰かが住んでいるとは思わなかったかもしれません」

水野は、なおも反論してくる。

「電気付けっ放しで、知らないうちに寝てたろ。それはあり得ない。お前、いつもはおれより筋道立てて考えるのに、どうしちゃったんだよ。アサメシの禁断症状か？」

「……そうかもしれません。すっかり腹が減っちゃって」

昨晩は、わずかな乾き物と酒ばかりで、マトモなものは食わなかった。酒飲みの佐脇は毎度のことで平気だが、酒よりメシのほうが好きな健全な若者・水野は昨夜から空腹を堪えていたらしい。

「悪かったな。だがこんな田舎じゃ、ピザの出前も来ないんだよ」

そう言ってから、ここに越して以来、架空《かくう》出前の被害がまったくなくなった理由が判った。ド田舎に暮らす利点も多少はあるということだ。

「……タクシーは来るんでしょうね？」

「空車があるときはな。出払っているときはバス停まで歩く。なあにそんなに遠いわけじゃない。三十分くらいだ」

水野はゲンナリした表情を隠そうともしない。

＊

結局、佐脇が「官製タクシー」と呼んでいるパトカーを呼んで、二人は無事に出勤した。

勤務時間中も、佐脇に密着して行動するよう下命されている水野は、面白がってトイレまでついてくる。

「お前、こういう機会を利用しておれをいたぶってるんだろ？」

「とんでもない。先輩を心から心配してるのが判らないんですか」

水野は二人並んで用を足しながら、言った。その口調が光田に似てきたのが佐脇のカンに障《さわ》った。そう言えば水野と光田は最近、よく飲みに行っているようだから、出来の悪い上司に感化されてしまったのかもしれない。

警護されているというより、これではまるで何かの罰ゲームだ。

佐脇は早急に単独行動に戻ることにした。そうは言っても、若手とは言え現職バリバリの刑事を撒くのは簡単ではない。

手っ取り早い方法を採《と》ることにした。トイレの個室にある小窓から逃げるのだ。刑事課のある階のトイレには鉄格子《てつごうし》が塡《は》まっていて容疑者が逃走するのを防いでいるが、一階は犯罪とは無関係な一般人の出入りも多いから、トイレに鉄格子はついていない。しかも脱出しても着地が安全だ。

狭い小窓を悪戦苦闘して抜け、我ながら絵にならないな、と思いつつ脱走に成功した佐脇は、今日もまた、伊草に会ってみることにした。昨日の別れ際に伊草が言った言葉……いつまでもヤクザをやっているつもりはない、このまま座して死を待つわけにもいかない……が気になったし、昨日かかってきた、狙撃犯かららしい電話の言葉、「一回で諦めると思うな」も引っかかった。

調べてみると伊草は言ったが、狙撃犯が鳴龍会の人間だという可能性はあるのだろうか？

佐脇と伊草……二人の間で、ヤクザ稼業についての考え方は一致していた。

世の中なんでも、身の丈を守っていれば問題はない。出過ぎたり、欲をかき過ぎるから問題になる。

ワイロを受け取る側である佐脇も同じ認識だった。だからこそ、鳴海を出て大阪にでも進出し、組を大きくしようなどとは夢にも思わない伊草とはお互い気心が通じて、これまで上手《うま》くやって来れたのだ。

だが……。

人の心も変わるのさ、とかつて日吉《ひよし》ミミが歌ったように、世の中の変化につれて、伊草の中でも何かが変化したのかもしれない。

ここは、じっくりと話し込むほうがいい。

佐脇は、私用であることを強調するために、わざわざ整備工場のガレージに寄って、愛車の真っ赤なフィアット・バルケッタを出した。しばらく乗っていなかったから、少しは走らせてやらないといけない。

鳴龍会の事務所に前もって電話を入れた。若頭の伊草は、小なりとは言え組の運営から、傘下《さんか》の企業まで目を配らなければならず、多忙な身だ。いきなり行っても不在なことが多い。

『若頭は、今、いません』

電話に出た若い組員はそう言ったきり黙っている。

「だから、どこに行ってるんだ？　そこまで言わなきゃ留守番の意味がねえだろ！」

怒鳴りつけてやると、若造は申し訳なさそうに、『伏せとけと言われてますんで』と弁解した。

「おれが誰だか判ってるのか？　伊草とはマブダチの佐脇だぞ」

『はあ、それはよく判ってるんで……』

言い淀《よど》んでいたが、渋々《しぶしぶ》と行き先を告げる。

『ロアリングドラゴン・リサイクルサービスって会社です』

「なんだそりゃ？　お前んトコはまた新しい会社を始めたのか？」

『いえ、ウチの組じゃなくて』

若造は、若頭が個人的に始めた会社だと説明した。

鳴龍会とは関係のない、伊草の個人的な会社……。そう言えば伊草は、昨日の別れ際に、ヤクザ稼業とは関係のない会社を始めたと口にしていた。

それがどういう意味を持つのか計りかねながら、佐脇は若造に聞いた住所に向かってバルケッタを走らせた。

イタ車のエンジンは、走るのが楽しくて堪らない！　と喜び勇《いさ》んで駆け回る犬のように、愉快で軽快な音を出している。整備屋の腕もいいのだろうが、この楽しげな音を聞くことこそがイタ車オーナーの醍醐味《だいごみ》というものだろう。日本車はもちろん、ドイツ車やフランス車にもない、ダイレクトに本能を刺激する音だ。最近はイタ車と言えば故障、というお約束の展開も減ってきたし。

『ロアリングドラゴン・リサイクルサービス』という会社は、鳴龍会傘下の、産廃処理場の隣にあった。

組と関係ない個人の会社だとは言っても、母体の隣では、どうしたって関連会社と思われる。伊草ほどのキレモノにそれが判らない筈《はず》はないのだが、別の場所に土地建物を借りて、これまでとはまったく縁のない商売を始めるという、そこまでの余裕がなかったのかもしれない。

伊草の意図を推《お》し量《はか》りつつ、佐脇は車を止めて周囲を見回した。ついあれこれと観察し、頭に入れたくなるのは、臨場するときの刑事の習性だ。

社名を書いた看板が掲《かか》げられたオフィス、というより「作業場」、いやむしろ「飯場」に近い、プレハブ丸出しの安っぽい建物の前には、軽トラックが三台くらい駐車出来るスペースがあった。

建物の裏には、ちょっとした空き地がある。広さは建物と同じくらいで、粗大ゴミとなった電化製品が乱雑に積まれている。冷蔵庫や洗濯機、エアコンといった白物家電に、テレビやパソコン、業務用コピー機などの電子機器も混じっている。

そういったものを一通り確認してから、佐脇はオフィスに足を踏み入れた。

八畳くらいの広さがあるプレハブの内部には、簡単な事務机が三つと、事務用ファイルケースとロッカーにパソコン一式、そして安物の応接セットがあった。

「社長、いるか？」

板敷きの床を足音高く歩いた佐脇は、いつも鳴龍会に乗り込むのと同じ調子で声を掛けたが、それはヤクザそのままの口調だと気づいて、言い直した。

「いや、失礼。鳴海署刑事課の佐脇と申しますが、社長はご在社？」

事務机の前に座っていた若い男が立ち上がり、こちらにやって来た。

「伊草は今、席を外しておりますが……」

ガタイのいいその男は、如才《じよさい》ない手つきで名刺を差し出した。

「佐脇さんですね。お噂《うわさ》はかねがね。わたくし、『ロアリングドラゴン・リサイクルサービス』の専務をしております、大林杉雄《おおばやしすぎお》と申します。伊草がひとかたならぬお世話になっておりますが、わたくしも以後、よろしくお見知り置きを」

言葉に関西訛《なま》りがあった。

大柄だが仕立てのいいスーツをきちんと着て、髪もきちんと切り揃えて梳かしている。色白の四角い顔に、前髪を少し垂らしているのは今の流行か？

ヤクザ特有の下から見上げるような三白眼ではなく、まっすぐ視線を合わせてくる様子はごく自然で、整った顔立ちにも、やさぐれた表情はまったくない。ガタイのいい体育会系の学生が、そのまま就職した、という感じだ。

初対面だったので、佐脇も名刺を出した。

「妙に酒落《しやれ》た社名じゃねえか。ロアリングって、どんな意味だ？」

「ロアリングドラゴンで吼《ほ》える龍、という意味になります。いずれ社名を変えることになると思いますが、とりあえず、これまでの流れで」

「社名を変えるときには、この事務所も移転したほうがいいだろうな」

どこか鳴龍会とは関係のない場所に、と思っている佐脇に、大林が訊いてきた。

「それで、署の方が、どういうご用件です？」

突然、警察の人間がやって来たら誰だって心がざわめく。

「あ、いや。知ってのとおり、おれは伊草……オタクの社長とは長い付き合いってだけで、今日はちょっとウチウチで話をしたいことがあるんだが……いつ頃お戻り？」

「あいにく商談に出たばかりで……帰社時間はちょっと判りかねます」

大林はそう言って一礼した。

リサイクルの会社と言っても、ここは使用済みの品物を買い取って販売するショップではない。産廃や、用済みの物を買い取って転売する会社だ。だから事務所はプレハブでも十分だが、ブツを置いておく場所は必要だ。裏のスペースだけでは到底足りない。それもあって、鳴龍会の産廃会社に隣接した場所に会社を開いたものか。

だとすると、このリサイクル会社は、いずれ縁を切るにしても、目下のところ、鳴龍会とはズブズブの関係にあるのだろう。

「つかぬことを訊くが……社長はまだ、アッチはそのままなんだろ？」

遠回しな訊き方に、大林は「は？」と聞き返した。

「つまり……鳴龍会にはまだ籍があるんだよな？　それとも盃《さかずき》を返したのか」

昨日の昼、伊草は別れ際に「いつまでもヤクザをやってるつもりはない」と言ったのだ。それが気になっていた。と言っても、ついさっき鳴龍会に電話したとき、あの若造は特に何も言っていなかった。足を洗うとか破門になるとか、そういうトラブルがあったのなら、「伊草なんて野郎は知らねえ!」というけんもほろろな反応が返ってくる筈だ。

「あのですね。当社はその……そちらの方面とは、一応関係ありませんので。ですから、そういうことは判りかねるんですよ」

大林は関西訛りの標準語で丁寧《ていねい》に答えた。

「けどよ、ほかならぬ社長の身分に関する話だぞ。商売にもかかわる大事なことだろ」

大林は頷いた。

「いずれきちんとする、と申しておりました」

「じゃあ、リサイクルのブツの保管とか管理はどうしてる? お隣さんとツーカーでやってるんじゃないのか? 事務所の裏を見せてもらったが、あんなので場所が足りるのか?」

大林はしばらく佐脇を見た。どう答えていいか、言葉を選ぶ様子だ。

「たしかに、お隣とは、同業ではないですけど、関連する業種の会社として、ご指導を戴いております」

「そうかい。隣の敷地にブツを置かしてもらったり、向こうは向こうでお宅にガラクタを買ってもらって、持ちつ持たれつの関係なんじゃないの?」

「いえ。隣の『鳴海産廃』サンには相場の保管料をお払いして、適正にやっております。廃物の購入についても、きちんと法令を遵守《じゅんしゅ》し、間違いのないようにやっております」

大林はそう言って、佐脇を見据えた。因縁つけようとしても無駄だぞコノヤロウ、という気持ちが目に現れている。鳴海には来たばかりのようだが、佐脇については「ワイロを掠め取る、ヤクザより悪辣《あくらつ》な刑事」という噂をすでに耳にしているのだろう。

「大林クンよ、そう身構えなさんな。ご承知の通りおれは素行不良だが、誰彼構わずカツアゲして小銭をせしめてるわけじゃない」

オフィスの中をもう一度見渡したが、ヤクザ系の企業にありがちな社長の写真や、社訓のようなものを額に入れて飾ったりといったデコレーションはない。もちろん神棚も日本刀も虎の毛皮もない。もっとも、そのものズバリのフロント企業でも、最近はヤクザ性を極力隠してカッコいいオフィスを構えていたりするから、見てくれだけでは判断出来ないのだが。

「オタクの商売にアヤつけてるんじゃないんだ。ただ、オタクや会社は関係なくても、社長がアッチの関係者だったら、アッチ……まあハッキリ言って鳴龍会のことなんだが、その協力企業と見なされることがあっても仕方ないよな」

「ウチの伊草は、それで悩んでいるんですけどね」

暴対法や暴排条例がある以上、まともな商売をやりたければ、ヤクザを廃業するしかない。この前伊草と話した通り、この法律や条令に大きな問題はあるが、ヤクザさえ辞めてしまえば商売に関する障害はなくなるのだ。商売を優先するのならヤクザは辞めればいい、という論法も成り立つ。行政としても、そうやってヤクザの総数を減らして、いずれ壊滅に持っていきたいのだ。ただ、現場をよく知る佐脇としては、そういう机上《きじょう》の論理に大いに疑問を持たざるを得ない。

「おれは伊草とは古いつきあいなんだが、この会社があるってことはつい昨日知ったばかりなんだ。いつ出来たの？」

佐脇はタバコに火をつけ、わざとらしくあたりを見回した。

大林は意味するところに気がついて、「まあどうぞ」と応接セットのソファに案内した。テーブルは安物だが、クリスタルの立派な灰皿が置かれている。

「会社が出来たのは、半月ほど前ですよ。設立の準備は今年の初めくらいから手伝ってますが」

「で？　キミも鳴龍会関係のヒト？」

探るような佐脇の目付きに、大林は笑って答えた。

「違いますよ。ボクは大阪で流通関係の仕事をしていて、社長とはずっと以前からの知り合いで、新事業を立ち上げるのにお前なら任せられるっちゅうことで、誘われたんですワ」

大阪と聞いて、すぐにあの巨大暴力団のことが頭に浮かんだが、それは偏見《へんけん》というものだろう。大阪イコール、ヤクザとお笑いとお好み焼き、と連想するのは短絡的だ。

「ここは女子社員はいないの？」

「事務員なんか雇《やと》えませんよ。立ち上げたばかりで、まだどないなるやら、海のものとも山のものとも」

　大林はお茶を淹《い》れながら答えた。

「リサイクルも、今ごろ参入しても美味《おい》しいところはあんまり残ってないんです。しかしまあ、産廃の仕事は初めてやないんで、多少のノウハウはあるってことで」

「キミにノウハウがあるの？」

「いえ、あるのは伊草ですが」

　鳴龍会は、ここの隣にある産廃処理場を傘下に収めている。一時は相当に荒っぽく、ほとんど違法な処理をして儲けていた。覚醒剤《かくせいざい》には手を出さない鳴龍会の、三大定期収入源の一つだったのだ。ちなみに他の二つは売春と賭博《とばく》だ。

「ノウハウって、あれか？　毒物だろうがなんだろうが構わず埋《う》めちまうとか、処分場が満杯になったらもっと山奥に谷をみつけて不法投棄とか、そういう手口のことか？」

　一瞬、怒りの表情を見せたが、すぐに抑《おさ》え込んで、大林は如才なく答えた。

「……いえ、ウチはリサイクルですから、不法投棄や不法処分は関係ないです。基本、資源として再利用するための会社ですンで」

「リサイクルでも、法のウラを悪用して儲ける手立てはあるんだぜ？」

どっちがヤクザか判らない図式で、佐脇は真面目に応対する大林に説法を続けた。

「ただの産廃をリサイクル品と称して補助金を騙《だま》し取るとか、スクラップにするはずの家電や廃車をそのまま外国に売り飛ばしてリサイクル料と売却代金を二重取りとか……そういう手口について知らないはずはないよな？」

「イヤ、ですからウチは、そういうことはやっておりません！」

執拗《しつよう》な佐脇の煽《あお》りに、さすがに大林は顔色を変えて声を荒らげた。

「ただでさえヤクザ関連という色眼鏡《いろめがね》で見られてますからね。法律を厳守してキレイな商売をしようと努《つと》めておりますンで」

「そうだろうな。そうじゃなきゃ困る。伊草の名前に傷がつく」

佐脇はあっさり引き下がった。振り上げた手のやり場に困った大林は、無意味な営業スマイルを浮かべるしかなかった。

会話が途切れた。と言っても、佐脇が一方的に喋っていたのだから、大林が返してこなければ会話は成立しない。

伊草も、いつまで経《た》っても戻って来る気配はない。

「新しいシノギ、じゃなくてカタギの仕事で、伊草も大変なんだろうな。突然来て悪かった。また出直すと伝えといてくれ」

邪魔したな、と佐脇はプレハブの事務所を出た。

伊草の本心はよく判らない。暴対法で鳴龍会本家が解散するしかなくなったときのことを考えて、その受け皿を用意したのかもしれないし、アイツの言葉通りに、本気でヤクザからの転身を図《はか》ろうとしているのかもしれない。

あの大林という若者も、よく判らない。本当にカタギなのか、それとも大阪の組関係者なのか。もしかすると大阪の企業舎弟かもしれない。

あの社名といい、おれに黙って会社を立ち上げていたことといい、大阪から腹心になるべき人物を連れてきたことといい、どうもこの件については引っかかることが多い。

伊草とチョクで話せたら、疑念は一気に氷解するんだが。

佐脇はバルケッタのアクセルを踏んだ。

産廃処理場と伊草の会社がある山中から鳴海の市内までは、山道だ。舗装はしてあるが、ところどころアスファルトが崩れている。過載ダンプの重量で道が壊れているのだ。

そんな箇所のひとつに、軽自動車がとまっていた。崖《がけ》に沿《そ》ったカーブで、ガードレールはあるが、その外側は急斜面だ。

車の外には女が立っていて、呆然としている。

佐脇はバルケッタをとめ、「どうしました？」と声を掛けた。

「ああ、済みません」

地獄にホトケ、という感じで、その女は縋《すが》り付くように佐脇に駆け寄ってきた。

目鼻立ちのハッキリした、おや、と思うほどの美女だった。

年の頃は二十代後半か。瞳が大きく鼻もツンと高い、メリハリの利いた派手な顔立ちで、キツめのメイクが良く似合っている。明るい茶色に染めたロングヘアを、大きなウェーブの派手な髪型にしている。こんな艶《あで》やかな美女がどうしてこんな山奥にと首を傾げるほどの美貌《びぼう》が、周囲から浮きまくっている。

彼女が着ているピンクにクリーム色のラインが入ったスーツは、バブル期の遺産のような、ボディラインがはっきり出る今時珍しいボディコンだが、それが実に似合っている。躰《からだ》に密着している分、出るところは盛りあがって見事な曲線を作っているのだ。仮に大きな魅力的な胸が偽物だとしても、ウエストのくびれは官能的に締まり、ミニスカートに包まれたヒップからすらりと伸びる、長い脚が描くラインが悩殺的で、素晴らしい。

「車のタイヤが道の割れ目に填《は》まってしまって……全然動かなくなってしまったんです」

美女は心底困った表情で佐脇に訴えた。大阪風のイントネーションだが、このへんで大阪の訛りのある言葉を使う者は特に珍しくない。

スタックした軽自動車は、メタリックピンクの側面にクリーム色のロゴが入っている。彼女のスーツと同じ色だ。

小洒落たレタリングで『ウェスト・ヘルシーフード・サービス』と書かれているのを見

ると、営業車なのだろう。

「ええと、健康食品関係？」

「ついつい、身元の詮索《せんさく》をしてしまう。

「ハイ。健康食品全般の販売をしております。鳴海地区の担当で」

美女は救援が来たので明らかにホッとしている。

軽自動車の足回りを見てみると、彼女が言った通り、タイヤのひとつがアスファルトの裂《さ》け目に食い込んでいる。ローギヤで思い切ってアクセルを踏み込めば脱出出来るのだが、急カーブの山道、しかも断崖絶壁《だんがいぜっぺき》でアクセルを踏み込むのは怖いのだろう。勢いがつきすぎると崖に激突するし、それを避けようと急ハンドルを切れば、ガードレールを跳《と》び越えて真っ逆さまに転落してしまう。それを想像すると、足が竦《すく》んでしまうのはよく判る。

「じゃ、私がちょっとやってみましょう」

佐脇は、軽自動車のオートマティック・レバーをLに入れて徐々にアクセルを踏み込んだ。

動かない。

押してもダメなら引いてみな、の歌の通り、Rにいれてバックしてみると車は動きだし、タイヤはあっけなく道の裂け目から抜けた。

大阪弁丸出しで美女は真顔で喝采《かっさい》を送り、満面の笑みを浮かべた。派手な美貌が艶やかな笑顔になって、まばゆいほどだ。

「ほんまにありがとうございます！」

「いや、お礼を言うのはこっちですよ。こんな田舎の山奥で、こんなご褒美《ほうび》にありつけるとは。いえ、あなたの笑顔のことですよ」

ちょっとキザですが、と佐脇は臆面《おくめん》もなく言い添えた。

「では、ご褒美を差し上げましょ」

美女は、自社の製品らしい健康ドリンクを差し出した。

その如才なさに苦笑しつつ、キャップを取って飲んでみると、ヨーグルト系のドリンクの味はなかなかよかった。

「毎日飲むとお通じがようなるんです」

「そりゃいいね。おれは便秘気味で……」

と言いかけた佐脇は、いかんいかんと言葉を飲み込んだ。場末の飲み屋のねえちゃん相手に駄弁《だべ》っているのと同じ調子で、下品なことを口走ってはいけない。

が、艶やかな美女は笑顔のまま佐脇を見つめていた。

「ええ、硬い便も軟《やわ》らかくなってお尻に優しくなるんです」

「凄い！　凄いわァ！」

「そりゃ結構ですな」

おれのウンコが硬いのは酒を飲みすぎるからだ、と佐脇は自分のことをよく判っている。

「で、この山道を、どこに行こうとしてたんです?」

なんとか話を継ごうと、行き先を訊いてみた。

「はい、『ロアリングドラゴン・リサイクルサービス』という会社に伺おうと思っていたのですが」

なんという偶然だ、と佐脇は驚いた。

「そのリサイクル会社の社長さんと私、知り合いで……知り合ったのは大阪なんですけど。なにかこちらで新しいお仕事を始められたそうで、私も、たまたまこちらに移って来てセールスの仕事を始めたので、ご挨拶《あいさつ》させてもらお思うて」

話しているうちに、美女の大阪訛りはきつくなってきた。

「そうですか。私もそこをたった今、訪《たず》ねたところなんだが、社長は今出ていて、いつ戻るか判らないそうですよ」

「ああ、それは構いません。いつまでも待ちますから」

美女は何か心に決めているような様子で言った。

ほんとうに有り難うございましたと一礼すると、美女はピンクの軽に乗り込んで、走っていった。

佐脇は何となく気になりつつ、山道を遠ざかって行くピンクの車を見送り、一度はバルケッタに戻って、鳴海市街に向けて走り出した。

だが。

妙に引っかかるものを感じた。何がどう、と説明出来ないのだが、気になり出すと収まりがつかない。

佐脇は、道が少し広くなったところでUターンして、元来た道を戻ることにした。

今、あの事務所には大林一人しかいない。そこが気になったのだ。あの男は体育会系の好青年のように見えた。だが、まるっきり純情素朴《そぼく》な人間であるとも思えなかった。刑事の第六感と言ってしまえば、それまでなのだが。

産廃まで戻った佐脇は、プレハブのオフィスから少し離れたところにバルケッタを駐《と》めて、ゆっくりと近づいた。

プレハブの中からは、言い争うような声が聞こえてきた。

佐脇はそっと近づき、扉の隙間《すきま》から中の様子をうかがった。

「何度も同じことを繰り返すけど、マリエさん、ハッキリ言うてあんたにチャンスはないよ。いい加減に諦めんと」

「何度言われても私の気持ちは変わらへんから。あの人も、一緒に暮らす女の人が必要な答と違うの？　一人になった、今後は生活の拠点を全部鳴海に移す、言うから、私は大阪での暮らしも仕事も全部捨てて、こっちに来たんやないの。生半可な気持ちと違う。橋に火ィつけて焼いてしもうたようなものよ。もう戻れへんから」

「大阪に戻ることなんかない。おれと一緒になれば、あんたに不自由はさせへん。おれ、こう見えて結構やり手なんや。社長やってカタギになれば今までみたいに何もかも羽振り良くちゅうわけにはいかんやろ。カタギの仕事で稼ぐんなら、おれのほうに一日の長がある。おれに乗り換えてくれれば、いい暮らしさせたる。こんな田舎でよければ……いや大阪にあんたのマンション、借りたってもええんや」

海を橋で渡って逢いに行く、と大林は美女を口説いていた。その口調は熱を帯《お》びて、必死だ。しかし、マリエと呼ばれた美女は、とりつく島もない様子だ。

「あんた、女のこと判ってるようで判ってへんね。世の中、金で動く女ばかりと違うんよ。私はあの人と一緒になれるんなら、そんなことはどうでもエエの。というか一緒に苦労をしたいの。あんたにはそういう女の気持ち、判らへんかもしれんけど」

「ああ判らんね。なんでおれやったらアカンのや？　他の男とは結構、いろいろ付き合《お》うとったくせして、なんでおれの言うことだけは聞けへんのや！」

「あんたも判らん人やね。あんたは社長と知り合いで、仕事の繋がりも深いんやろ？　そんな相手とややこしいことになったら、社長と一緒になれるチャンスを自分からドブに捨てるようなもんやないの。自分の友達や、仕事仲間の女に手を出すことだけは、ようせえへんお人や、あの人は」

「だったらおれにはチャンスがないっちゅうことか？　そうなンか？」

大林はいきなり押し殺したような声になった。

佐脇はオフィスの入り口近くに身を潜《ひそ》めて、中を窺《うかが》った。

大林は顔を紅潮させ、欲望剥《む》き出しの下卑《げび》た表情でマリエに迫っていた。

口調に剣呑な響きが混ざる。

「いや、違うな。逆や。無理やりにでも今、ここで、アンタと男女の仲になってしまえば、逆に社長は今後、アンタには絶対手を出さへんっちゅうことや。アンタは諦めるしかなくなる。諦めておれの女になるしかなくなる。そういうことやろ？　大阪に一軒構えて、アンタを社長から引き離す必要もなくなるやないか」

なぜそんなことに気ィつかへんやったんやろ、と言いながら、大林は美女に襲いかかった。

「何すンの？　やめてッ！　アンタみたいなン大嫌いや！　社長が好きとかそういうのがのうても、誰がアンタみたいな外道《げどう》に」

「社長とおれがどない違う言うんや？　おれのほうが勝ってるくらいや！」

大林はマリエの目の前で吠えた。

「組は違うがこっちは巨大で大阪府みたいなもんや。アイツは若頭かもしれんが、鳴龍会なんかこの田舎の市役所みたいに小さいもんやないかい。シノギかて、おれのほうがずっと多いの、知っとるやろが！」

好青年の仮面をかなぐり捨てた大林は吠えながら、マリエの顔を平手打ちした。

怯《ひる》んだ隙にピンクのスーツをブラウスごと、左右に毟るように開いた。

ボタンがはじけ飛び、純白のブラに包まれた巨乳がまろび出るのが、佐脇にも見えた。

その胸は偽物ではなく、天然モノだった。ブラの中に大きな肉の塊《かたまり》が、窮屈《きゅうくつ》そうに詰め込まれている。

大林はその深い谷間に顔を埋めながら、スーツのミニスカートをたくし上げた。

ブラとお揃いの純白のガーターベルトと、レースのショーツが覗《のぞ》いた。

見ている佐脇はガーターベルトとストッキングの間から見える太腿《ふともも》に大興奮したが、眼福を作り出した張本人の大林には見えているのだろうか？　などとつい余計な心配をしてしまう。

大林は、マリエをひん剝いて犯すことしか頭にないのだろう。

マリエも必死になって抵抗し続けている。

「や・め・て！　止めてヨッ！」

拳骨《げんこつ》を振り回し、それがレイプ魔の頰に当たったが、頭に血が上っている当人は、蚊《か》に刺された程度にしか感じていない。大林はマリエを応接テーブルに押し倒して、純白のショーツに手を掛けた。そのまま一気に引きずり下ろして股を割り、挿入してしまおうという魂胆だ。

下着が膝まで下ろされて、美女の下半身は剝き出しになった。大林は彼女の両脚を持ち上げて応接テーブルに押しつけ、陰部を突き出させると、急いで自分のズボンを脱《ぬ》ごうとした。

が、焦《あせ》っているし片手で彼女の両脚を押さえているので、なかなかベルトが外せない。

それでもようやく凶器を取り出すことに成功した。

すでに臨戦態勢のイチモツは、桃源郷目指してじりじりと近づいていく。ペニスはひくひくと蠢動《しゅんどう》して、挿入されるのが待ちきれない様子だ。

「悪いが、そこまでだ!」

ガラリと事務所の引き戸を開けた佐脇は、済まんな、と大林に断りながらつかつかと歩み寄った。

「あ、アンタは……」

帰ったはずの刑事が再登場したので、大林は目を丸くして驚いている。マリエも驚いていたが、ハッと我に返ると大林を突き飛ばし、下着を引っ張り上げてスカートを降ろした。

「邪魔はしたくなかったが、こういう現場に居合わせたんじゃ、知らん顔は出来ねえ。これでも一応刑事なんでな」

　マリエはテーブルから降り、慌ただしく乱れた着衣を整えたが、一方、大林は、だらしなく性器を露出させたまま立ち竦んでいる。

「強姦《ごうかん》が今まさに進行中、という状況を黙って見過ごすことは職務上出来んのだ。ほら、さっさと仕舞え！」

　佐脇にそう言われて、大林はやっと気がついて、慌ててペニスをズボンに仕舞った。

「で、だ。この件を、どっちも忘れてなかったことにするのなら、おれも見なかったことにする」

　大林が現在、伊草の右腕であることを佐脇は知っている。それだけに大林を逮捕するのは避けたかった。

　マリエも、伊草とのことを考えると同じ結論に達したようだった。

「私は、それで結構です。この人が黙ってるんなら」

「……もちろん、黙ってます」

　大林は頷いた。

「そして、同じことを二度としないと誓《ちか》えるか？」

　悪ガキを補導した警官のような口調で、佐脇は大林を諭《さと》した。

「ええ。つい、気持ちが昂《たか》ぶってしまいました……」

「ではこれにて一件落着、でいいな？　おれは帰る。マリエさん、あんたも帰りなさい」

もっと真面目に事を収拾すべきかもしれないが、わざと軽く扱ったほうが後を引かないんじゃないか、と佐脇なりに気を使った。

マリエは自分の車に向かいながら、佐脇に振り返って訊いた。

「あの……刑事さんでしたの？」

マリエには身分も名前も明かしていなかった。

「申し遅れましたが……なにかあったら連絡をください」

佐脇は彼女に名刺を渡した。

「有り難うございました。今日は二度も助けてもらうなんて……なんか縁を感じますわ」

マリエは瞳をキラキラさせて礼を言うと、さっきとは別の健康ドリンクを差し出した。

ヤクルトのような小瓶に入った、乳酸菌飲料だった。

「美味《うま》い。あんたみたいな美人が毎日届けてくれるなら、どこの事業所も大喜びだろうな」

「だったらお届けします。鳴海署の刑事さん、ですよね？　この健康ドリンク、激務の方にオススメですよ。鳴海署まで毎日、私が配達しますから」

マリエは如才なく営業をかけて来た。

「もちろん、有料ですけど」

「そりゃそうだ。そのへんがヤクザと警察の違うところだ。ヤクザは金を払わないこともあるが、警察は一応払う。裏で倍返し、なんてことも、ままあるがな」

佐脇も調子を合わせた。

私、こういう者です、とマリエは名刺を差し出した。

『ウェスト・ヘルシーフード・サービス　鳴海地区担当セールスレディ　四方木《よもぎ》マリエ』

とあった。

「ヨモギさんとは珍しい名字だね」

ええまあ、と応じたマリエが会社の車に戻って去って行くのを見届けてから、佐脇はオフィスに戻って大林を見た。

「さっき言ったとおり、おれもこのことは忘れる。ああいう女が相手だと、モノにしたくなる気持ちはよく判る。だが、ボスに惚《ほ》れてる女に横恋慕ってのはマズいだろ。弟子が師匠お気に入りのソープ嬢を指名するようなもんだ」

よく判らない喩《たと》えを持ち出して、佐脇は大林を諭《さと》そうとした。

「あ……もう、いいです。いいですから。このことは充分反省してます。ほんと、刑事さんも見なかったことにしてください。会社も始まったばかりで、初っ端でミソつけたくないんで」

「おれだって、事が大きくなって伊草との間がマズくなるのは困る。彼女も水に流すと言ってくれたんだから、お前もそうしろ。おれもそうする」

じゃあな、と佐脇はもう一度オフィスを辞去して、バルケッタのエンジンを掛けた。

しかし……あの女、マリエは美人だが、トラブルの種になりそうだ。

佐脇の要注意リストのトップにマリエが入った。

あの女の存在が、伊草の新しい仕事と生活に暗雲をもたらさなければいいが。

佐脇はそう願った。

思えば、伊草の私生活については、ほとんど何も知らない。今の今まで、あんないい男が独身なのは、結婚より女道楽が好きなのだろうと思い、あまり深く考えることもなかった。自分と同じで、一人の女より大勢の女と愉しむほうがいいのだろうと思っていた。

しかし考えてみれば伊草には不思議と女の影がなかったのだ。そしてマリエが口走ったことも気になった。

『あの人も、一緒に暮らす女の人が必要な筈と違うの？　一人になった、今後は生活の拠点を全部鳴海に移す、言うから、私は大阪での暮らしも仕事も全部捨てて、こっちに来たんやないの』

ということは……伊草は大阪にマリエとは別に決まった女が居たが、最近別れたということなのか？

ヤクザとしてのシノギの場である鳴海から離れたところに一家を構えていたのであれば、それだけ、その女のことは大事にしていた筈だが、破局したとすれば、その理由は何なのか。

ヤクザの幹部と一緒に暮らしていたのなら、女にもそれなりの覚悟はあったはずだし、あの賢明な伊草が、中途半端な女と一緒になるとは思えない……。

あるいは、あのマリエのせいなのか？

大阪と縁が深い鳴龍会の若頭ともなると、毎月数回大阪に行って、あれこれ雑用を済ませてこなければならない。そのときにマリエと知り合って、ややこしいことになったのか？

最近の伊草の不可解な態度、ヤクザはもうやめたい、とも取れる言葉、新しく始めたカタギの仕事……それもすべて、私生活での変化に関係があるのかもしれない。

「なんだよ。水臭い。おれには相談する値打ちもない。お前は、そう思ってるってことなのか？」

目の前にいない伊草に向かって、気がついたら独り言を言っていた。お互い、プライベートには立ち入らない付き合いをしてきたが、今はそれが何とも言えず虚《むな》しく感じられる。伊草には、佐脇にも言えない悩みがあった……そう考えれば、一連の不可解な態度にも納得がいく。

本当に悩んでいるのなら力になりたい、と踏み込むべきか?

いや、今更そういう湿っぽい付き合いに切り替える必要はないのだ。伊草が生き方を変えようとしているのなら、おれには、それについて知る権利がある。お前とおれとは一蓮《いちれん》托生《たくしょう》、一つ穴の狢《むじな》、つまり運命共同体だ。だから、全部話してくれ。

そう告げるだけでいい。伊草には通じるはずだ。

直接話さなければならない。それも出来るだけ早く。

だが今は、伊草からの連絡を待つしかなかった。

*

翌日。

例によって署長より遅く出勤した佐脇は、例によって何食わぬ顔で刑事部屋に入った。

「重役出勤、ご苦労さん!」

と、例によって光田がいまどき珍しいレトロな嫌みを口にした。

「佐脇さん! 勝手に行動されては困ります! トイレの窓から逃げたっきり携帯も繋がらないなんて、ひどいじゃないですか!」

水野が立ち上がって抗議した。

「そんなに職務熱心なら、またおれのアパートで張ってればよかったろ。携帯はバッテリーがあがってたんだ」

「張ってましたよ。夜の十時くらいまでは。どなたかのところに転がり込んでるかもしれないし、いちいち心配するのも嫌になったので帰りました」

真面目な水野は本気で怒っている。

いつもの通りの光景だった。だが、違っていることが一点あった。

光田や水野の手に、見覚えある健康ドリンクのボトルが握られている。

さてはあの女が営業を掛けに来たか。敏腕《びんわん》営業レディらしく、やることが早い。

「みんなで取ることにしたのか？　福利厚生費で」

光田に訊くと、意外に渋い係長は首を横に振った。

「いいや。断っておいた」

「あっそ。まあ、それが無難かも知れんね」

佐脇のあっさりした答えに、光田が食いついてきた。

「やけにサッパリしてるじゃないか。あのセールスレディは、『佐脇さんの紹介で』と何度も言ってたぞ。どうせお前が色香に迷ってオイシイことを言ったんだろ。おれの紹介だと言えばみんな取ってくれるとかなんとか。それで釣って、一発ヤッたのか？」

「いやいやいや」

光田の見事な先読みに、佐脇は苦笑した。

「いくらおれでもそこまで手が早くはないよ。あの女とは昨日、たまたま知り合っただけだが、いろいろとワケアリのようだし、署としては関わらないほうがいいだろう。断ったお前さんの判断は正解だ」

予想とは正反対の反応を見て、光田はナニカアルナという顔になった。

「なんだ、そのワケアリってのは？」

「あの女は伊草に惚れている。それを知っておれが手を出すはずはないだろ。それにこのご時世だ。おれも少しは大人しくしないとな」

「そういうことか。お前もやっと年相応の分別が出来てきたようだな。そもそも企業にヤクザと関係を断つように指導してるんだから、警察がその決まりを破るわけにはいかん」

その言い方に、佐脇は引っかかった。

「いやいや。そうじゃない。あの女は伊草に惚れているってだけで、今のところは仕事の上での関係はないぞ」

「アレ？　また佐脇さん、急に新人クンみたいなことを言い出しましたね」

光田はニヤニヤした。

「あの手のケバい女とヤクザは猫と鰹節《かつおぶし》みたいな関係でしょうが。いずれ身も心も一体化するのは目に見えてる。そうしたらあの女の健康食品販売業は、まんまヤクザのシノギになるってワケだ。連中もこういうご時世だけに手が込んできたよなあ。しかし、警察としてはうしろ指一本、指されるわけにはいかんのであって、毛筋ほどの疑いも招いてはならない。李下《りか》に冠《かんむり》を正さず、ってね」

誰かの受け売りとしか思えない正論を吐く光田が、微笑《ほほえ》ましいとさえ思える。

「ま、おっしゃる通りなんで、反論の余地はないね。もしお前さんがそのドリンクを取ることに決めてたら、おれも同じことを言おうと思ったしな」

佐脇もかかわると面倒な女だと思ったことに変わりはない。理由は違っても結論は同じなのだ。

佐脇は自分のデスクに座って、ローカルの『うず潮新聞』を広げた。

「そういやこの新聞、タダで貰ってるんだよな。これって問題にならないのか?」

「うず潮新聞はフロント企業じゃないから、いいんだ。それに、これはもうはるか昔からの習慣だしな。今となってはどういう経緯で無料配達されてるのか、誰も知らない」

マスコミとしては、取材の便宜《べんぎ》を図ってもらいたいという一心なのだろう。無料購読くらいお安い御用だ。

「そういや、例のテレビの取材、どうなってる?」

佐脇は隣にいる水野に訊いた。

「佐脇さんが雲隠れしたんで、困ってましたよ。狙撃犯の捜査も以後、進展がないですし」

「いい加減に取材、諦めてくれねえかな?」

「まあ、時間切れになったら、『この事件はまだ未解決である』とかなんとか、ナレーションを入れてまとめるんでしょうけど」

どうやら水野もあの手の番組を熱心に見ているらしい。

噂をすれば影、とばかりに刑事部屋のドアが勢いよく開いた。

「おはようございます! 今日も取材、宜《よろ》しくお願いします!」

元気よく入ってきたのは磯部ひかるとクルーたちだった。一昨日と同じ顔ぶれがカメラを担ぎ、マイクを握っている。

「佐脇さん! ご無沙汰《ぶさた》!」

ひかるはターゲットをめざとく見つけて駆け寄ってきた。

「一日抜かしただけだろ。なあ、お前らに金魚のウンコみたいにゾロゾロくっついてこられたら、こっちは仕事にならないんだよ。部分部分を都合よく切り取って編集されても、妙な誤解を受けそうで困る」

「たとえば伊草さんとかに会ったりすること? そのへんの呼吸なら、私が判ってるから、大丈夫よ」

ひかるはサマーセーターの膨《ふく》らんだ胸をぷるんと震わせた。

この胸は、昨日の女・四方木マリエとどっちが大きいだろう？

つい、佐脇の考えはそっちの方向に向いてしまう。やっぱりおれはあの女とヤリたいんだな、と気づかされてしまった。

いやいや、ここで伊草と面倒なことになるのはマズい。しかも刑事とヤクザが女を巡って揉めるなどはマスコミがヨダレを垂らし、ちぎれるほどに尻尾《しっぽ》を振って飛びつきかねないネタだ。おまけに大林の横恋慕という付録つきだ。こんな田舎では滅多にお目にかかれない飛び切りの美女だからと言って、うっかり手を出すと大ヤケドをする。

「ちょっと。ヒトの胸を見て、ナニ考え込んでるんですか！」

ひかるも何かを察したようだ。

「いやなんでもない。相変わらずデカいバストだなあと思って」

これと同じくらい大きな胸の女がいるぞ、と言えるわけもない。

「で、今日はどうするんだ？　狙撃事件の捜査に密着するのか？」

「それより……出来れば、佐脇さんに凄く小さいカメラで撮ってもらっちゃうとか、そういうコトが出来れば最高だなあと」

「バカかお前は」

佐脇は即座に却下《きゃっか》した。

「おれが仕事しながらテレビの画も撮るってか？　頭にカメラをつけたヘルメットでも被

るのか?」

いやいやいや、と今度はひかるが首を振った。

「そんな罰ゲームみたいなことじゃなくて。狙撃事件は進展がないし……実際に狙われた佐脇さんの視点のほうがいい、と思ったので」

あわよくばもう一度おれが狙われて、その瞬間が撮れれば万々歳、とでも思っているのか、この連中は? とムカついている佐脇の心中はお構いなしに、ひかるは非常に小さなネクタイピン型CCDカメラとレコーダーを取り出した。

「これをつけてもらえれば、誰にも気づかれることもなく……」

佐脇は返事をする代わりに、水野の肩を摑んだ。

「昨日はこいつに密着したんだろ? 狙撃犯の捜査は、こいつがやってる。ガイシャのおれはタテマエとしては担当出来ない。今日も水野をヨロシク」

そう言って立ち上がり、さっさと刑事部屋を出ていこうとしたとき、ドアが開き、見覚えのあるピンク色のスーツが目に飛び込んできた。

「おいおい、何度来てもダメなものは……」

と言いかけたところで、ピンクのスーツを着ているのが四方木マリエではないことに気づいた。

「あ、初めまして。おはようございます! ワタクシ、『ウェスト・ヘルシーフード・サービス』の館林《たてばやし》と申しまして」

ころころと鈴が鳴るような可愛い声を発するのは、マリエとはまったく別の女だった。

「お忙しいお仕事を支える、健康食品のご紹介に参りました……」

「ええと、四方木さんと同じ会社の人だよね？」

はい、とその女性はキョトンとした顔で答えた。

「四方木さんの助手、みたいな形でやってます」

取り立てて美人ではないが、童顔で可愛いという印象が目に飛び込んできた。小首を傾げる仕草が、童顔を強調して実年齢をさらに不明にしている。ニッコリ笑うとえくぼが出来るのが少女っぽいが、どう見ても十代ではないし、二十代前半でもないだろう。しかし、そうではないと断言も出来ない。

「あの、四方木さんが断られても、もう一度アタックしてみようかと思いまして」

彼女は児玉清《こだまきよし》がやっていたような、右手を握って上に向けるポーズをとった。

その仕草が妙に可愛らしい。

「なるほど……おれは下っ端で何の権限もないから、そういう交渉は、あそこに座ってる男にしてもらえませんか。ほら、靴下の臭いを嗅いで渋い顔してるような、あの男」

佐脇がそう言うと、彼女は困った様子もなく「あ、はい」と答えて、またころころと笑った。

「ひかる。こういう『殺伐《さつばつ》とした事件を扱う刑事課にも、ふと流れる和《なご》やかな時間』って光景も撮っておけよ」

佐脇は振り返ってひかるに声を掛けると、さっさと部屋を出た。

第二章　窮鼠《きゅうそ》猫を噛む

鳴海署を出たのはいいが、する仕事がない。する気にもならない。伊草の携帯に何度か連絡を入れてみたが、つながらない。自分が狙撃されたことも、伊草から避けられている気配なのも、どちらも理由が判らず、スッキリしない。

こんなときは無駄に動いても仕方がない。それは経験から判っている。とりあえずは民情視察と決めた。暴排条例が県下の飲食店に及ぼす影響を評価するため、と一応の理由はつけてみたが、要するに陽も高いうちから飲んだくれるということだ。

飲酒運転だけはしないのでバルケッタを置いて、タクシーで深夜に帰還した。悪漢刑事《わるデカ》と自称して悪ぶって強がってはいるが、命を狙われたとなるとさすがに心穏やかではない。敵の正体が判らないのでは手の打ちようもなく、先手必勝でこちらから攻めていく得意技も使えない。

鳴海署も、水野を警護に就《つ》ける程度の手しか打たず、本気で対処する気はないらしい。もしかすると、ヤクザの犯行と見せかけて、県警そのものが佐脇の命を狙ってるんじゃないか、とすら思えるほどだ。

なので、いつもの二条町は避けて、隣町の三宅《みやけ》市まで出張って、馴染《なじ》みのない店を選んでハシゴをした。女と遊ぶよりも、酒をかっ食らうのが目的なので、面が割れている店は避けたのだ。

噂はすぐに千里を走る。「佐脇が荒れている」「佐脇が弱っている」「佐脇が追い詰められている」などと尾鰭《おひれ》がつくだろうし、馴染みのバーテンやホステスに心配されるのも痛し痒《かゆ》しだ。三宅市なら鳴海署の所轄《しょかつ》ではないし、佐脇も、そのへんの「ガラの悪い飲んだくれのオッサン」でいられる。

いや、この節、鳴海で飲みたくないのは、どこの店に入っても、誰かが佐脇に相談を持ちかけてくるからかもしれない。

暴排条例からこっち、そういう場面がやたらと増えた。こっちは酔っ払いたいのに、店側が真剣に、今後の商売の遣り方について相談してくるのだ。

水商売の店なら、ヤクザは上得意だ。つね日ごろからの付き合いも深いから、暴排条例の影響も大きい。商売あがったりになる以前に、いきなり取引を断ればヤクザを怒らせ、営業妨害を受けるかもしれない。あるいはヤクザ系の店に品物を卸《おろ》したり取引をして警察から利益供与をしていると見なされ「密接交際者」に認定されてしまうのも怖い。認定されると警察に睨まれ、最初は警告だけとしても、二度目には店名を公表され、ヤクザもろとも社会全体からつまはじきにされ、まともな商売が出来なくなってしまうかもしれないのだ。

だから、相手はすこぶる真剣に切実に相談を持ちかけてくるのだが、佐脇としては答えようがない。佐脇にだって、この条例が今後どう転び、どのように運用されるのか、見当がつかないのだ。

「ヤクザとの関係を断つ。それしか方法はない！」

警察としての公式見解は上記以外にありえないのだが、しかし、これでは答えになっていない。まさか、「どうせ形だけのことだからよ、しばらく我慢《がまん》して様子を見るんだな」とは言えない。万一「形だけ」ではなかった場合、その責任は取りようがない。

ただ一つ、ハッキリしていることは、この条例が警察上層部のごく一部の連中、そして退職の時期を迎えた大量の警察ＯＢを別にすれば、おそらく誰も幸せにはしないだろうということだ。

というわけでさんざん飲んで、目が覚めたら二日酔いだった。

頭がガンガン痛い。

しかも、枕元の腕時計を見ると、時間はすでに十時を回っているではないか。七時にセットしてある目覚《めざ》ましラジオが、どうやら鳴らなかったようだ。

「なんだ故障しやがって！　このポンコツが」

佐脇は目覚ましラジオを壁に放り投げ、テレビのリモコンのボタンを押した。

が、画面は真っ暗なままで、うんともすんとも言わない。

おや、と思い、部屋の蛍光灯《けいこうとう》のヒモを引いてみたが、明かりも点《つ》かない。

壁に投げつけた目覚ましラジオに手を伸ばし、スイッチを入れたが音が出ない。ラジオから伸びるコードを視線で辿《たど》ったが、プラグはきちんと壁のコンセントに差さっている。

「おれが寝てる間に核戦争でも始まったのか？　オイ」

佐脇は誰にともなく大声で喚《わめ》きながら冷蔵庫を開けた。

冷気が来ない。ビールは温まり、冷凍庫を開けてみると、常備してあるアイスクリームは、すべて溶けていた。

何かが起きた。

佐脇はシャツとパンツだけの格好で外に飛び出した。

「なんてこったい！」

電柱からアパートに伸びているはずの、電線が影も形もなかった。

「ケチでしみったれの大家のジジイ、おれが住んでることを忘れて電線を売り飛ばしやがったな！」

頭に血が上った佐脇は下着のままの格好で、田ん圃を挟んだ向こう側にある、大家の家に怒鳴り込んだ。

「アホか！　いくらワシがしみったれでも、電線外して売り飛ばすほど金に汚くないわい！」

大家の老人は、農業で鍛《きた》えた強靱《きょうじん》なカラダで刑事の前に仁王《におう》立ちした。

「刑事のくせに、泥棒が電線盗むのも判らんかったのか！　タダ同然の家賃で部屋貸してるのに、何の役にも立たん、このどヘボ刑事が！」

「判った。判ったよ。大声を出すな。頭が痛い」

佐脇は泣きを入れた。

「泥酔《でいすい》していたんで、いつ電気が切れたのかも判らないんだ。物音はしていたんだろうが、まるで聞こえなかった……」

「こっちは、アンタが入居してることで、番犬を飼ってるような感じで安心してたんだ。それがなんだ……この飲んだくれの役立たずが」

そう言われると反論出来ない。最近、役立たずと言われることが増えたような気がする。いきつけの店からも、伊草からも……。

佐脇はすごすごと自室に戻った。

仕方がない。タクシーを呼んで出勤して、電線窃盗《せっとう》事件として捜査するか。

だが、二台ある携帯電話を取り上げても、どちらもまるで反応しない。液晶画面も真っ暗だ。

ＩＴに弱いオジサンがよくやるように、携帯電話を叩き蓋を何度も開け閉めしてみたが、まるで起動もナニもしない。

バッテリーが完全にあがっていると気づくまでに、しばらく時間がかかった。

おそらく佐脇が帰宅してすぐ停電したので、まったく充電されていなかったのだ。官給の警察専用も、私物も、どちらも使い込んでバッテリーがへたっていたことも裏目に出た。

「畜生《ちくしよう》、どうすりゃいいんだ！」

自転車は盗まれたし車は三宅市に置いてきた。冷たい視線に耐えて大家に電話を借りるのも業腹《ごうはら》だ。立て続けに文明の利器を奪われ、あっという間に原始生活に転落だ。どうしてこんなことになったのか。

最近、県下で金属窃盗が多いとは知っていたし、使用中の電線でも盗む、専門知識のある悪質な泥棒もいるとは聞いていたが、まさか、こんなド田舎のボロアパートに目をつけられるとは。

いやこれは、おれへの攻撃かもしれない。狙撃するだけが攻撃ではない。停電という手の込んだ嫌がらせをしてきた可能性は否定出来ない。地味だが、かなりのダメージだ。となれば、これからも何が待ち受けているか、判ったものではないぞ……。

ここに越すときに、固定電話は解約してしまった。連絡はもっぱら携帯電話に入るので不要で無駄だと判断したのだ。

こういうとき、NTTの電話が懐かしい。佐脇は服を着て、とりあえず一番近いコンビニまで歩くなどと言っているヒマはない。

ことにした。バス停より近い。

三十分ほど歩いて、ようやくコンビニに辿り着き、携帯電話の急速充電器を使った。

やっと復活した官給にも私物にも、着信が山ほど入っている。留守電を再生すると、いきなり切羽《せっぱ》詰まった声が聞こえてきた。

『佐脇さん！　すぐに来て！　店に手榴弾が投げ込まれた！』

悲鳴のようなメッセージは昨夜の十一時三十四分だ。

他にも、『知らないヤクザがきて、みかじめ料を払えと因縁《いんねん》をつけられた』『協賛金を払ってもいいのか？』『ドスで脅された』などなど、方向性としては似たような訴えばかりが二十件ほど、びっしり録音されている。どれも佐脇の行きつけか馴染みの店ばかりだ。

背筋が冷たくなり、顔が強《こわ》ばってゆく。メッセージを再生し終えた佐脇は刑事課長の公原に連絡を入れた。現場に直行すると一方的に告げて切る。次いでタクシーを呼び、運転手に「二条町に行ってくれ！」と命じた。

「これなんだけど」

二条町の酒屋で店主がカウンターにごろんと置いたのは、手榴弾だった。

「そうだな。誰がどう見ても、手榴弾だな」

戦争映画でよく見る、丸っこくて鱗《うろこ》のような外装のものではなく、頭に短い棒のようなものが付いている。

「これ、ピンが付いたままだから爆発しないんだよね？」

二条町界隈の店に酒を卸している店の店主は、もう一度、手榴弾を手に取ろうとした。

「やめろ！　それ以上触るな。今、専門の奴を呼ぶから……って、これは自衛隊を呼ぶのかな？」

佐脇も、手榴弾の実物を見るのは初めてだ。T県警ではこういう実戦兵器が犯罪に用いられるような事件は発生していないし、暴力団事務所をガサ入れしても、出てきたことはなかった。

連絡を受けて、県警本部から爆発物処理班が急行することになったが、店主はこのまま営業を続けると言い張った。

「今、お昼前でしょ。うちはこの時間、お客が多いのよ。それにピンが付いてるんだし今まで爆発しなかったんだから大丈夫でしょ」

「しかしお前、おれの携帯には凄い声で留守電入れたじゃないか！」

佐脇は、職務上、落ち着いた態度を装《よそお》ってはいるが、実のところは浮き足立っている。

一見、冴《さ》えない中年男である店主のほうが腹が据《す》わっているようだ。

「そりゃ見た瞬間はパニックになるでしょうよ。手榴弾だもの。すぐに爆発して死ぬと思ったし」

店にふらっと入ってきた男が、このカウンターにごろんと置いたのだ、と店主は言った。

「男はそのまま出ていったと思うけど、そのときは動転しすぎてて、よく覚えてないんだよね。何度も必死に電話したけど、アンタは全然なしのつぶてだし……」

「おれに電話する前に一一〇番しろよ」

「この界隈の揉め事はまずおれに電話しろと言ったのは、アンタだよ。刑事なんだかヤクザの地回りなんだか、よく判らないよねぇ。ま、チマタでは舎弟刑事とかフロント刑事とか言われてるけどさ」

「しかしおれはみかじめ料は取らないぜ」

「その代わりに焼酎《しょうちゅう》とかスコッチとか、アンタ、来るたびに何か持って行くよね？　二条町のお土産だって。ひょっとしたらヤクザのみかじめより高くついてるかも」

「ま、その話は置いといて、先に進もう」

都合《つごう》の悪い話をスルーしたら、もっと都合の悪い話になった。

「そもそも私らは、これからどうしたらいいんです？　暴排条例たらいうのが出来たからって、突然、長年のお得意さんに背を向けることができますか？　それにこの辺の店には、ほぼ万遍《まんべん》なく鳴龍会の息がかかってる。フロント企業……ってほどじゃないけど、フロント飲み屋とかフロント風俗ばかりですよ。そういうお得意さんに卸すの止めたら、うちだって商売にならないじゃないのよ。酒の納品だって、いわゆる『利益供与』ってヤツになるんじゃないの？」

ここのところ神経を尖《とが》らせているらしい店主の言い分はよく判る。もっぱらこの辺の飲み屋や風俗店に酒を納入している卸し酒屋である以上、お得意を失ったらやっていけない。かと言って、鳴龍会の傘下にある店との取引を続ければ協力企業とみなされ、さらに上の卸し問屋から酒の仕入れが出来なくなって、これまた商売が続けられなくなる。

暴力団やその関係先と商売をするのは、「利益供与」や「助長取引」ということになるが、それを全面的に禁止して厳格に取り締まれば、この酒屋が口を尖らせて文句を言うように、一般人がダメージを受けてしまう。

今後、現場の警察が匙《さじ》加減に苦労することになるのだろう。

「だからおれも鳴海署《ウチ》も、見て見ぬフリを続けてるだろ？　条例をふりかざして厳しく取り締まるようなことは、やってないよな？」

少なくとも今のところはな……と内心で付け加えた。佐脇としては、現実的な判断から「オメコボシ」をしているわけだが、そういう、ヤクザに対する腰砕《こしくだ》けの姿勢に不満なやつがいるのだろうか？

「あるいは『見て見ぬフリ』に業を煮やした市民団体か何かが手榴弾を投げ込んだのか？　暴力団を厳しく取り締まれ！　と運動してる奴らが？　それはないだろ。口先だけのヒヨワな連中だぜ」

　もしくは暴力団同士の抗争が始まりつつあるのかもしれないが、今のところ、ヨソの暴力団が鳴海に進出しようとしているという話も聞かない。以前、あるパチンコ・チェーンが鳴海に大規模な進出を企て、その絡みで関西の巨大暴力団が入ってこようとしたことはあった。そのときは佐脇が普段は大嫌いな市民団体と手を結び、そのもくろみを完全に潰したのだが、以来、類似《るいじ》の動きはまったくなくなり、平穏な日々が続いている。

「……手榴弾を持ってきた男の風貌は？　ヤクザか？」

「どうしてヤクザ？　うちは鳴龍会とは上手くやってるって言ってるでしょ」

「だったら、鳴龍会じゃないヨソのヤツか？」

「それは判らないんだね。なんせ黒ずくめで黒の野球帽も被ってサングラスだったんで」

「本人を見れば指させる？」

「さあ。中肉中背で特徴なかったし。背恰好が似てるヒトが並んだら、自信ないね」

　手榴弾は目の前にあるが、佐脇もだんだん慣れてきて指先で転がしながら喋っている
と、サイレン全開のパトカーが複数やって来て、店に警官がどやどやと六人ほど入ってき

た。

爆発物処理班なら迷彩服にヘルメット姿で、土嚢《どのう》を山ほど背負《せお》ってくるのだろうと思っていたが、何のことはない、鑑識課員と同じ格好をした、見た目は普通の連中だった。

拍子抜けする佐脇を尻目《しりめ》に、だが彼らはテキパキと、酒屋の店主に「これですね？」と確認して形状を観察して写真に撮り、持参したジュラルミンのケースに素早くしまった。

「では、持ち帰って調査の上、処理します」

班長らしい男が佐脇に言った。

「これで終わり？」

「ええ、終わりです。手榴弾ですしね。米軍の不発弾処理とは違います。それにこれ」

男は手榴弾を入れたジュラルミンのケースを持ち上げた。

「中には冷却剤が入ってますので、多少劣化《れっか》して不安定になっている爆発物でも、落ち着かせることが出来ます。これは見たところ、さほど古くないので大丈夫でしょう」

彼らはすみやかに処理を済ませると帰って行った。

「……ま、ウチにもアイツらみたいな優秀なのもいるってことだ」

「そりゃ、アンタみたいな舎弟刑事ばっかりだったら世も末よ」

「うるせえ。タダで使える警察に過剰《かじょう》な期待をするんじゃねえ！」

「タダじゃないよね。税金だって払ってるし、アンタには始終、焼酎やスコッチのボトルを……」

「だから細けぇことはいいんだよ！」

分が悪くなった佐脇が別の店に行こうとしたとき、テレビの取材カメラとマイクが見えた。事件を聞きつけた磯部ひかるの取材クルーがすっ飛んできたのだ。

「ねえねえ今のナニ？　爆発物処理班が出動したって聞いたんだけど」

「ああ。店に手榴弾が投げ込まれた」

カメラの赤ランプが点灯し、ビデオが回り始めた。獲物《えもの》に食いつく勢いで、ひかるがマイクを突き付ける。

「で、その手榴弾は？」

「今すれ違ったろ。お巡りさんたちが持っていったよ」

カメラが慌ててパンすると、例のジュラルミンケースを持った一団がすでにパトカーに乗り込み、発車するところだった。

「あの人たち？　んもう！　取材したかったのに！　どうして先に言ってくれないの！」

「聞かれなかったから」

それでも佐脇は手短に経緯を説明してやった。

「では、地元のものではない可能性のある、別の反社会勢力が脅しに来たって言うことですか？」

ひかるはインタビュー口調で訊いた。

「そうかもしれんが見当がつかん。次の店、行くぞ」

佐脇は、同じ二条町にある行きつけのバー『バッカス』に向かった。クルーはそのままついてくる。

ほの暗い店内で、こんな田舎町にしては洗練された雰囲気のある初老のマスターはパイプをくゆらせつつ、淡々と聴取に応じた。

「みかじめ料を払え、おしぼりを使え、観葉植物を置けという話は、ウチにはなかったんですがね」

その理由はひとえに『バッカス』が佐脇愛用の店で、鳴龍会がそこに配慮してきたことにある。

「以前から、みかじめに類するものは一切払ってませんが、お客としてくる組員さんたちにはきちんと応対してたし、関係も悪くなかったですよ。何も問題はなかったんです。しかし昨夜は、初めて来る人たちが、これ見よがしに大声で喋ったり酒をこぼしたりグラスを割ったりしてね。他のお客さんは逃げちゃいましたよ。誰もいなくなったところで、取引しろと迫られて」

鳴海に似つかわしくない英国調の渋い店は、一人で静かにシングルモルトのスコッチを味わい、タバコをくゆらせるには最高の場所だ。他の常連客も、この店の雰囲気とマスターの人柄を愛している。それをぶちこわすのは、地元および佐脇に対する宣戦布告としか思えない。

クルーたちは、シックな店の雰囲気を壊さないように、撮影用のライトを点けることもなく、佐脇とマスターの話を静かに撮っている。佐脇は言った。

「暴排条例には今後いろいろと問題も出てくるでしょうから、ただちに徹底して厳しく運用するのは事実上、難しいとしても、お話を聞くかぎり、これはもう、明白な条例違反ですよね。判ったうえで、ワザとやったとしか思えない。こういうのを、なんて言うんだっけ? 出来レースじゃなくて……確信犯ですか!」

マスターに敬意を持っている佐脇は、彼としては丁寧な部類の言葉遣いで対応している。インテリらしいマスターが誤用を指摘した。

「それは違いますよ。確信犯というのは『本人が悪いことではないと確信しておこなう犯罪』のことだから。連中はニヤニヤしてましたからね。悪いことをやってる意識はあったはずですよ」

「いや、連中の正義からすれば、『悪いこと』じゃないでしょう。正当な業務の一環ということで」

佐脇は、騒いだ連中、および要求を突き付けた人物の風体を訊ねたが、とにかく今まで来店したことのない連中だったという。

「五人ぐらいいて、その全員が、ヤクザ映画に出てくるみたいなコテコテのヤクザというか、チンピラみたいな格好でしたよ」

マスターが口にした特徴は、まさに実録ヤクザ映画に出て来る典型的なものばかりだった。さすがにダボシャツを着たヤツはいなかったが、アロハや白ずくめのスーツに開襟《かいきん》シャツといった、どこかの余興で使う貸衣装を着てきた感じの男が五人。だが、ヤクザが一般人を脅すときは、そういう判りやすい見てくれを使うことは多い。

「全員がサングラスをかけてましたが、たまたま一人だけ、ちょっとのあいだ、外して拭《ふ》いてたんですよね。そのときに顔を見たので覚えてます。年齢不詳で、細長い顔に無精髭で神経質そうですぐキレそうな……」

それを聞いて、多分アイツではないかという見当が付いた。鳴龍会の中堅どころにいる、剣崎《けんざき》という男だろう。若手の組員が揉め事を起こしたときに、最初に出ていく役回りの男だ。

剣崎でも収まらないときは、若頭の伊草の出番となる。

しかし、マスターは剣崎が仕切っていたのではないと言った。

「連中をまとめていて私に要求を突き付けたのは、がっしりした体格の、見てくれは普通の青年風でしたよ。ちょっと言葉に訛りがあったかな」

「ということは地元の人間か？」

「いえいえ、このへんの訛りじゃなくて……大阪方面という感じでしたよ」

大阪弁。このへんではそれもまったく珍しくない。

「手がかりにはなりませんか……そう言えば始終、入り口のほうを気にしてましたね。そいつは」

マスターは眉間に皺を寄せ、記憶をたどる様子だ。

「まるで誰かが来るのを待ち構えているような……」

マスターは佐脇をじっと見た。

「結局、ずいぶん粘《ねば》った末に帰りましたけどね」

「ねえねえ。『バッカス』に因縁をつけていた連中って、アナタを待ってたんじゃないの？」

店を出てすぐひかるが訊き、佐脇は頷いた。

「そうかもしれんな。いや、たぶんそうなんだろう。だがしかし、どうしておれなんだ？」

「だから……アナタを嫌いなヒトは多いんでしょ？」

ひかるは身もフタもないことを笑顔で言った。

「鳴海署や県警にはな。ヤクザには好かれてるんだけどな」

そんなことを言いつつ、佐脇と取材クルーの一行が次に顔を出したのは『仏蘭西亭』だった。ここのオーナー・シェフからも相談の電話が入っていたのだ。故意か偶然か、このレストランも佐脇の行きつけの店だ。

「あ、取材は止めてください。また何かあったら困るので」

ひかるたちテレビのクルーを見たオーナー・シェフはうろたえ、両手を広げて彼らの入店を阻止《そし》しようとした。

「撮影はしませんから。お話を一緒に聞かせていただくだけで」

ひかるが談判して、オーナーは渋々頷いた。ひかるもこの店の常連で、佐脇に連れられて来る以外にも頻繁《ひんぱん》に利用している。佐脇は伊草のツケで飲み食いしているが、彼女は完全に自腹の上客なので断れない。

「見るからにヤクザ風の連中が五人。相当暴れていきましたよ。鳴龍会なら、普段お世話になってる佐脇さんとの絡みがありますから……すぐに警察を呼ばなかったのはそのせいです。まず佐脇さんに連絡してから、と思ったんですけどね」

馴染みのオーナー・シェフの顔には、なぜすぐに来てくれなかったのか、という不信感、そして憤《いきどお》りが浮かんでいた。

「この役立たずって、顔に書いてある」

ひかるが佐脇の耳元で呟《つぶや》いた。

たしかに、オーナーの顔は強ばっている。上品さがウリのこの店のオーナーがここまで感情を露《あら》わに出すことは今までなかった。

「連中の要求は何だったんです？　取引の強要ですか？」

「まあ、そうですね。おしぼりやリネンのクリーニング、観葉植物のレンタル、店内の清掃、店内の改装、広告宣伝、それに食材の仕入れの一切を任せてもらえないか、とね」

オーナーは佐脇の目を見ないで話をした。

「その五人の中に、年齢不詳で、細長い顔に無精髭で神経質そうな男はいませんでしたか？　頬が時折ひくひくと痙攣《けいれん》して、キレやすそうな感じの」

ええ、いましたとオーナーは頷いた。

「ああいう連中は今まで、一度だってウチには顔を出したことがなかったのに……露骨《ろこつ》な強要も、今までなかったことです。暴排条例で厳しくなってるのに、連中は何を考えてるんでしょうね？」

「厳しくなってるからこそ、ということもあるでしょう」

「アナタにそんなことを言ってもらっちゃ、困る」

オーナーは、思わず声を荒らげた。ちらと佐脇を睨んだが、すぐに目を逸《そ》らした。

「……失礼。しかし、ああいう連中が店に出入りするようになると、ウチとしては非常に困るんです。一応、フレンチレストランですからね。その辺の居酒屋とは違います」

「その辺の居酒屋でも困るでしょう。ウチの者に巡回させますよ。おそらく今回のことは、暴排条例に不満な連中のデモンストレーションだから長続きしませんよ。一時的なものだと思います」

そうだといいんですが、とオーナーは力なく答えた。

「オーナー、一度もアナタを見なかったわよね」

店を出て、ひかるが指摘した。

「基本的に嫌われてる感じ」

「なんでだよ。おれはここのお得意様じゃねえか」

佐脇はムッとした。ここに来れば料理の他にも酒をたんまり飲む「いい客」のはずだ。もちろんすべて伊草の払いだが。

「アナタ、この店じゃマナー無視でひどい食べ方してたから、本当は嫌われてたんじゃないの？」

たとえば、フレンチの店なのにレバニラ炒《いた》めが食いたいって、無理に作らせたことまであるよね、とひかるは意地悪な目で言った。

「レバニラの何が悪い？　フランス人はレバーを食わないのか？　マナーにしたって、そもそもフランス料理は細かいことは言わないんだ。テーブルマナーがどうのこうのって言うのは、どう転んでも不味《まず》いイギリス料理がハクをつけるために……」

「だからって、ヴィンテージのワインをチューハイみたいにバカ飲みしたり、ギャルソンを兄ちゃん呼ばわりしたり……」

「バカかお前は。ここは鳴海だぞ。東京の超一流店じゃあるまいし、客はみんな田舎モンだ。結婚式だって洋食のコースを出したら堅っ苦しいとか苦情が出る土地柄だぞ」

「それでもマナーを無視して下品に食べていいってことにはならないでしょ！」

「お話の途中ですが」

若いカメラマンが割って入った。

「そういう内輪の意見交換はあとでやってもらえます？　あのオーナーが怒っていたのは佐脇さんのマナーではなく、昨日やってきたヤクザたちに、でしょう？」

「そして、あてにならない常連の刑事さんにもね」

その後も、留守電に連絡してきた店を回ったが、どの店でも、今まで便宜を図ってきたのに肝心のときに役に立たない裏切り者が、という視線を向けられ続けた。風俗店に至っては遠慮会釈《えしゃく》ナシに、「刑事さんが用心棒代わりなら、これほど心強いことはないと思ってタダメシ食わしてタダ酒飲ませて女も抱かせてきたのに、いざというとき役に立たないんでは保険にも何にもなりまへんな」と露骨に文句を言われた。

「舎弟刑事と陰で言われるアンタがキッチリ締められんのやったら、最初からヤクザにシヨバ代とかみかじめ料払《はろ》うたほうがエエ言うことになりまっせ」

大阪出身のインディペンデント風俗店オーナーは憤りを隠さない。

「逆《さか》らって北九州みたいなことになっても知らんぞと言われたし、この際もう、鳴龍会の軍門に降《くだ》るほうがエエのかもしれん」

この店も、『佐脇のお気に入り』を前面に打ち出して佐脇と伊草の濃密な関係をうまく利用した結果、「あの店にはまあ、触らないでおこう」という不文律が適用されてきた。鳴龍会にみかじめ料を払うこともなく取引をすることもなく、二条町では完全インディペンデントな経営を貫いていたのだ。県警としても「あの店の、暴力団に対する毅然《きぜん》とした姿勢を見習え」と模範例にあげるような優良店だった。

それだけにオーナーの裏切られた、という怒りは大きいのだろう。

それにしても……。

佐脇は首を捻《ひね》った。

おれがヒイキにして、よく顔を出す店ばかりが狙い撃ちされているのはどういうことだ？　もしやおれの顔を潰すのが目的か？　これが銃撃に次ぐ、おれへの攻撃の第二弾なのか？

……と思ったときに、佐脇は気づいてしまった。今回狙われた店のほとんどが、伊草と一緒に長い時間を過ごした場所でもあるということに。支払いはいつも伊草だったから、タカリの場でもあったわけだが……。自分と過ごした時間や記憶を、もしや伊草は「なかったこと」と消し去ろうとしているのか？

佐脇には、そんな疑念すら湧《わ》いてきた。

「カメラ回して！　暴力団の思わぬ反撃に、苦悩する佐脇刑事のアップよ！」

ひかるの声に、佐脇は我に返った。

「バカかお前。そんなもの撮るな！　撮っても使い物に出来なくしてやる」

と、放送禁止用語を連発した。

「音を消しても口の動きで判るだろ。『オマンコ』って言ってるのが」

言い捨てたあと手を上げ、通りがかったタクシーを止めた。

「どこに行くのよ？」

「何もかも暴排条例が悪い。県警に乗り込んでお偉いさんに直談判してやる！」

乗り込みながら叫んだ佐脇は、運転手に出せと命じた。

「どちらへ？」

「今言ったろ！　県警本部だ！　県警本部は二つも三つもないだろ！」

店のオーナーたちから立て続けに浴びせられた反感。そしてひかるからもチクチクと突かれて、佐脇の怒りも危険水位を超えてしまった。

「刑事部長に会いたい」

T市にあるT県警察本部に乗り込んだ佐脇は、受付に座る警官にほとんど喧嘩腰で告げた。

「約束なんかない。鳴海署の佐脇が至急会いたいと怒鳴り込んで来たと言え」

その剣幕に驚いた受付の若い警官は、用件を取り次いだ。

「他の約束は素っ飛ばしていいから、おれに会わせろ！」

「あの……この件は、鳴海署の公原刑事課長はご存知ですか？」

おろおろして訊いてくる。

「いいや。まったくご存知じゃない。それがどうした？」

十五分後、佐脇は空いている会議室で日下部《くさかべ》刑事部長と対面していた。

「血相を変えてどうした？　鳴海署のエースが私に何の用かな」

階級が警視正の日下部は、巡査長の佐脇から見れば十歳年下だが五階級上のキャリア組で、次の異動では他県の県警で本部長になろうかというエリートだ。

「警視正もお忙しいでしょうから時候の挨拶なんか抜きにして、単刀直入に言います。このままじゃマズいですよ」

「単刀直入すぎて何のことだか判らないね」

とぼけつつ日下部はニヤリとした。

「鳴龍会の舎弟刑事としては、事態が悪化する前に手を打っておくべきだったんじゃないのかな？　相手のためにも、君自身の保身のためにも」

舎弟刑事……酒屋と同じことを言いやがる。

佐脇は内心のむかつきを押し殺した。

「そうは言いますが、つい数日前まではまったく何の問題もなかったんですよ。平穏《へいおん》無事で平和そのものだったのに。鳴海は北九州とは違います」

「しかし、暴力団排斥《はいせき》は全国的な流れだし、厳しい条例も出来たからねえ。我々だって、条例が出来た以上、それに従って取り締まらないわけにはいかんだろ？」

現場に出て捜査指揮をするよりデスクでハンコをついているほうが似合うエリート警視正は、表情の乏《とぼ》しい無個性な顔で言った。何度か会わないと覚えられない、特徴のない顔だ。集団に紛《まぎ》れやすいから、スパイには向いているかもしれないが。

「警視正は、現場をどれくらい知ってますか？」

佐脇は苛立《いらだ》ちを募《つの》らせてタバコを取り出した。会議室に灰皿はないが、ポケットから携帯灰皿を出したので、日下部も苦笑して黙認した。

「私だって現場の経験はあるよ」

どういう経歴なのか、日下部はそれ以上口にしない。

「少しでも現場をご存知なら、条例におよそ現実性がないということも判るでしょう？

世の中、ヤクザは必要ですよ。必要悪という言葉があるが、まさにそれです。白は白、黒は黒と、何もかもが割り切れるならいいが、そうじゃないことも多い。今まで民事不介入といって警察がしなかった仕事をヤクザが引き受けてきた面もある。弁護士じゃ実力行使出来ないし、悪質な相手に紳士的な対応をしたって埒があかない場合だって山ほどある」

そこまで言って、佐脇は一応相手の顔を立てた。

「……釈迦に説法ですが」

「……続けて」

日下部は教師が出来の悪い生徒の言い訳を聞くような口調で先を促《うなが》した。

「私としては、社会の隙間を埋めているのがヤクザだと思ってます。それに地域差を無視して、どの県も一律に条例を施行するのは変だ。東京や大阪、九州なんかは欲をかいたヤクザが出しゃばりすぎて弊害《へいがい》のほうが多いのかもしれませんが、ウチの県は概《おおむ》ね、大人しくやってますよ。一般人と共存してる。町内にヤクザが住んでいても何の問題もない」

日下部は反論するでもなく、黙ったままだ。

「しかもヤクザを取り締まっても民間人が守られるわけではない。昨今は、上意下達のきちんとした組織のない『半グレ集団』が伸《の》してきています。ウチの県にはまだいないかもしれませんが、いずれ出現するでしょう。連中は統制が利かないし、今のところ取り締まる法律もないから警察には手が出せない。ヤクザより始末が悪い。ヤクザがいなくなれば、その空白をあっという間に連中が埋めますよ」

　黙って傾聴《けいちょう》している日下部の目は冷たい。

「……それに、ウチだって、ヤクザからは恩恵《おんけい》を受けてます。連中から情報をもらって捜査に生かしてきた経緯もある。容疑者が潜《もぐ》った場合、警察の網にはなかなか掛からないけど、連中はそういう情報もきっちり捕捉してるんで。それを全部ご破算にしたら、警察の捜査能力も検挙率もガタ落ちになりますよ」

「要するに君の言いたいことは」

　日下部は、やっと口を開いた。

「ヤクザの力を借りないと警察は捜査が出来ないと言うことか？　そんな言い訳は断じて認められん。君らがこれまで以上に頑張ればいいだけの話じゃないか？　自分たちの無能を棚に上げて、何を言ってるんだ」

「イヤそれはタテマエではそうですが、現実として」

「現実としても、警察がヤクザの世話になるというのは言語道断だ。腹が減ったから食い物を盗む、セックスしたいからレイプする。それと同じ思考だろうが？」

　日下部はにべもなかった。

「民間人についても同様だ。困ったからヤクザの手を借りるという考えが改まらないからヤクザがはびこり、ヤクザは必要悪だという誤った考え方がさも常識のように定着してしまう。行政や裁判所、弁護士などをきちんと使えば、ほとんどのことは解決するはずだ。それでもどうしようもないという事例は、それ自体が真っ当な事柄ではないからだ。バクチの負けの取り立てとか、な」

冷たい目で佐脇を見つめる警視正の目には、感情がなかった。

「なるほど、そういうお考えですか。キミの言うことは判るが、とも言わないんですな。ならば伺いますが、あなたがたキャリアは、現場の事を、一般の人たちの生活を、真剣に考えてるんですか？　今までお得意さんだったのに、ヤクザというだけで利益供与とされ、取引が出来なくなっても、それはその店の不徳の致すところでしかないっておっしゃるんですか？」

佐脇の声にはドスが利いていた。芝居がかってのことではない。自然に湧き上がる怒りのゆえだ。

「現場は混乱してますよ！　県警の刑事部長として、それを看過《かんか》されるおつもりか！」

「なら言うが、キミは最もヤクザに汚染された警察官だ。舎弟刑事が何を言うか。キミの言うことなど一切、聞く耳持たない」

そう言うと、日下部は立ち上がった。

「昨夜二条町で起きた一連の騒動も、ヤクザ側からの、君に対するいわば逆襲かもしれん。警察にはヤクザを食い物にする悪徳刑事がいると世間に広く知らしめるのが目的なんだろう。この騒ぎが続くようなら、君の進退も考えなきゃいかんだろうな。君が監察官のお世話になるのは何度目かな？」

日下部の目が光った。

＊

日下部とはまるで話にならず、佐脇は苛立ったまま県警本部を後にした。

このまま鳴海署に行くのも業腹なので、三宅市に向かい愛車バルケッタをピックアップした。

どうせおれはヤクザに小遣いを貰って酒も女もゴチになっている、不良警官の悪徳刑事のワルデカだ。

開き直った佐脇は、イタ車のエンジン音も高らかに海沿いの道を爆走し、しばらく気儘《きまま》なドライブと洒落込んだ。ほとんどヤケで、我ながらプチ家出する反抗期のガキのような気分ではあったが。

タバコをひと箱一気に吸い、ラーメンやカレーといったB級グルメ店をハシゴすると多少の気が晴れて、ようやく鳴海署にハンドルを向ける気になった。

鳴海市街に入ってしばらく走っていると、市立公園に続く道路脇に、見覚えのあるピンクのスーツ姿の女性が屈《かが》み込んでいるのが見えた。その側には、やはり見覚えのある、クリーム色のロゴが側面に書かれたピンクの軽自動車が駐まっている。

佐脇はバルケッタを止め、声をかけた。

「やあ、またお会いしましたね。またトラブルですか？」

「はい？」

そう返事して立ち上がった女性は、しかし四方木マリエではない。昨日、鳴海署に健康ドリンクを売り込みにきた女性だ。たしか名前は……館林と言ったはずだ。

「どうしましたか？　車がエンストでも？」

佐脇の呼びかけに、その女性は慌てたようにスカートから草の葉を払い落とした。

「いえ、何でもないんです。ほら、このあたり、クローバーがたくさん生えているでしょう？」

佐脇には、彼女の言っている意味が判らない。

「クローバーがたくさんあるなあと思って……探してみようかなって」

「探すって、何を？」

「四つ葉のクローバーを」

何を言っているんだ、この女は？

佐脇は思わず相手の顔をまじまじと見た。今どき小学生のガキだって、そんなものに興味ないだろう。つーか、この女は大人になっても少女趣味が抜けない、夢見る夢子ちゃんか？

だがマリエの配下で健康食品の販売をしているというこの女は、どう見たってハタチは過ぎている。

「私、見つけるのがうまいんですよ。ほら」

女が佐脇に差し出した片手には、すでに数本の緑色をした植物が握られている。見ればその一本一本に、明らかにハート型の葉が四枚ずつ付いている。

「カンみたいなものが働くんです。あるんじゃないかなあって、さっきも予感みたいなモノを感じたので、車を止めて探してみたら、こんなに」

女はひどく幸せそうだ。びっくりしたように見開かれた大きな瞳以外は、口も鼻もすべてが小づくりで、顎《あご》も小さい。声も澄《す》んで可愛らしい、いわゆるアニメ声というやつだ。

食べ物をあつめる小動物。リスとか野ネズミみたいな……。

佐脇の頭にそんなイメージが浮かんだ。冴えない田舎町以外の何ものでもない鳴海の郊外で、いきなりメルヘンの世界に入り込むとは思わなかった。

小柄で華奢《きゃしゃ》な身体つきの女だった。ピンクの制服も、マリエが着ると凶悪なまでに牝《めす》の匂いをたちのぼらせるボディコンタイプのデザインなのに、この女が着ると小学校の入学式か、何かの発表会で少女が着ているようにしか思えない。

それはこの女の小づくりな顔や、薄い胸や細い腰だけではなく、四つ葉のクローバーを握りしめている小さな手も、そして佐脇より頭ひとつ分以上は低そうな身長も、何もかもが小さく出来ているからなのだろう。

女は肩からかけた会社支給とおぼしき、業務用のピンクのショルダーバッグから白いハンカチを出して、大事そうに緑色の植物をくるんだ。

「そんなモン……いや、そのクローバーをどうするんですか?」

「お守りにします。押し葉にして、しおりをつくったりして」

お守りならそんなに何本もいらないだろうとは思ったが、それ以上聞く気を失った。

この女はどこかズレている。見るからにやり手な、あのマリエが、なぜこんなトロそうな女を助手として使っているのか不思議だったが、すぐに、ああなるほど、と合点《がてん》がいった。

あの四方木マリエは、この無力な小動物系の女をうまく言いくるめて、安く便利に使っているのだ。最低賃金すら払っているかどうか怪しいものだ。

見れば見るほど、彼女は無防備で、よく言えば純真、悪く言えば絶好のカモというタイプだ。

都会の雑踏《ざっとう》にほうりこめば、たぶん三十秒フラットで悪い男に声をかけられアンケートに協力させられ事務所に連れ込まれ、高額の商品を売りつけられて、断りきれずにローンの契約書にサインしてしまう……そういう展開が目に見えるようだ。

「お守りが出来たら刑事さんにも差し上げます。鳴海署にいらした方ですよね？」

「はあ、そうですが……ドリンクの件は、どうなりました？」

昨日、刑事部屋を出るときに、公原課長を指さして「売り込むならあの男」と教えてやったのだ。

女はびっくりしたような目で佐脇を見た。

「そうでした！　そういえば昨日は大変お世話になってしまって」

その女は大きなバッグの中をごそごそと探して、やっと名刺を取り出した。

「ごめんなさい。私、こういうものです」

小さな可愛い鼻の頭に汗を浮かべて、名刺を差し出した。ピンクとクリームイエローの縁取《ふちど》りの名刺には、『ウェスト・ヘルシーフード・サービス　鳴海地区担当・館林いずみ』と印刷されていた。

「またお邪魔しますので、私のこと、覚えていてくださいね」

小首を傾げ、にっこりと笑ってお辞儀する。今どきこんなアイドルか、少女マンガのヒロインみたいな仕草をする女がいることも驚きだが、その仕草が、なぜか彼女がやると不自然ではない。

「あ、いけない。もうこんな時間！」

いずみは明らかに大きめでサイズが合っていないスーツのピンクの袖《そで》を押し下げ、手首の時計を見た。紺《こん》のベルトに銀の小さな文字盤の、今どきこんな垢《あか》抜けないデザインの時計があるのか、というような腕時計だ。

「マリエさんにまた叱《しか》られちゃう。急がなくちゃ！」

慌ただしく独《ひと》り言を言うと、ピンクの営業車に飛び乗った。

四つ葉のクローバー探しに夢中になって時間の経《た》つのも忘れたというのか？　浮世離れして時間の観念もないように見えるが、大丈夫かこの女は。

佐脇が呆れて見ていると、いずみはもたもたと、一度エンストさせてからようやくエンジンをかけ、窓越しにもう一度佐脇にぺこりとお辞儀をすると、よたよたとその場から去っていった。免許が取れたことが何かの間違いではないかと思えるような運転ぶりだ。

ピンク色の軽が見えなくなるまで見送っていることに気づいた佐脇は、ハッと我に返った。

何か不思議な生き物に遭遇《そうぐう》したような、奇妙な気分だ。だがそれは、不快なものではなかった。胸の中に、ぽわんと何か温かい灯がともったような感覚だった。

世間一般の連中は、こういうものを「癒《いや》し」などと呼ぶのかもしれないなと思いつつ、佐脇はバルケッタを出した。

殺伐《さつばつ》とした気分が完全に消えるとともに、鳴海署に顔を出す気にもならなくなった。かと言って車なので酒を飲むわけにもいかないし、さんざんやっつけられたばかりだから二条町に足を向ける気にもならない。

この際、新規開拓するか。

佐脇はバイパス沿いの、今まで入ったことのなかったラーメン屋に行って、本日三杯目のラーメンを食べた。

彼が愛する昔ながらの味ではない、流行のスープを売りにしているらしいその店のラーメンは、最悪だった。

あまりに不味かったので、ついビールを飲んでしまった。

さすがにこのまま車を運転して署には行けないので、歩いて行けるところにあるネットカフェに入って、しばらく寝た。


夕刻。

鳴海署の駐車場には相変わらず白黒のパトカーや地味な国産車ばかりが駐まっている。

深紅のバルケッタは悪目立ちするよなあ、と思いつつ佐脇は愛車を駐め、刑事部屋に入っていくと、驚いたことに、館林いずみがいた。

「あれ！」

しかもそこにいる刑事課の人間が全員、健康ドリンクを飲んでいる。

「あ、佐脇さん。おかげさまで、みなさんに毎日買っていただけるようになって」

いずみは佐脇に駆け寄ってくると、またペコリとお辞儀をした。

「いやあ、これ、飲んでみると気分爽快《そうかい》で、働く意欲が湧いてくるというか、疲れがスッキリ吹き飛ぶというか……」

光田がニコニコして言った。

「まるで覚醒剤を打ったヤク中が言いそうな言葉だな」

呆れる佐脇の耳元で、光田はぼそりと呟いた。

「なんかな……あの子に頼まれると断りきれなくてなあ」

バツが悪そうに言う光田の机の上には、見慣れない円盤状の透明な物体がある。

「ああこれ、ペーパーウェイトね。あの子に貰ったんだ」

透明なアクリルの中には、ハート型の葉を持つ緑色の植物が閉じ込められている。そのハート型は四つ。

「お守りなんだとさ。良いことがありますように、って、あの子が課のみんなに配ってた。手作りだって言ってた。ホントか嘘か知らないが」

「ホントだよ」

佐脇が答えると、光田はなぜお前が知っているという顔になった。

「じゃあ、お前も狙撃犯の魔手から逃れられるって事か」

「お守り、気に入ってもらえました？」

佐脇と光田のそばに寄ってきたいずみがニッコリ微笑む。販促グッズということになるのだろうが、その割りには健康食品会社のロゴも、いずみの名前も何も入っていない。さらにクローバーの茎《くき》がよれているところなどが、あまり器用そうには見えない彼女の手製であることは間違いないだろう。

「お守りってのはホントだったんだ」

佐脇の言葉に、いずみは頷いた。

「会社に帰って作ってみました。アクリルってすぐ固まるんです」

出来たモノは素人の工作風だが、見るからに不器用そうなのにこういうモノを作ってしまうのか、と佐脇は妙に感心した。

「佐脇さんにも差し上げますね」

いつの間にか名前を覚えられている。いずみが離れて行くと光田がボヤいた。

「おれとしたことが。絶対に断るつもりだったんだが……あの館林って子に、こう、首なんか傾《かし》げられてお願いされちゃって、こういうお手製のものまで貰っちゃうとなあ、断れないだろ？」

「ま、判らんでもないね、その気持ち」

「調子が狂うっていうか、そんな感じなんだよなあ。最初に売り込みに来た四方木って女、ああいう露骨な色仕掛けとは百八十度違うんだが、どうもこれが」

たしかに、オーラだか雰囲気だか知らないが、受信する者の機能を微妙に狂わせる、変な周波数のエネルギーを館林いずみは発しているようだ。

「なにヒソヒソ話してるんですか？　ハイこれ」

いずみがやって来て、佐脇にもアクリルのペーパーウェイトを手渡した。

「一番よく出来たのを佐脇さんにあげようと思って」

そうは言うが、佐脇には光田が貰ったものとの違いがまったく判らない。だが、しげしげと見るうちに茎がよれておらず、まっすぐのまま固められていることが判った。

「一番納得のいく作品なんです」

そう断言されたら、そういうことなのだと納得するしかない。

佐脇は有り難く頂戴した。

「佐脇さん、貰った以上はドリンクも取らなきゃね！」

警務課庶務係長のくせに刑事課に入り浸るのが好きな八幡《やわた》が、相変わらず調子のいい口調で割り込んできた。

「というか、佐脇さんはまだ契約してなかったの？　紹介したアナタが真っ先に購入しなきゃ。それがスジってモンでしょ！」

「スジって、なんのスジだ。おれは別にこの健康ドリンクの宣伝マンでもなんでもないぞ」

ハイハイハイと八幡はロクに聞いていない。

「それはそうと、例の手榴弾。旧ソ連のRGD－5ってヤツだと判りましたよ。極東のロシア軍から流れてきたのかどうか、警察庁《サッチヨウ》に照会中とのことで」

「アンタは庶務係長のくせに、なんでもよく知ってるな。だから共同通信って渾名《あだな》があるんだ」

「それは光栄だなあ」

八幡はその渾名が気に入っているようで、ニッコリ笑った。

そのとき、デスク上のパソコンを見ていた光田が「畜生またかよ。参ったな」と声を上げた。

「またフリーズしちまったよ。今日で三度目だ。さっきはメールが来ないって電話が来たし……こっちはきっちり送信してるのに」

「水野にメンテさせればいいでしょう？」

八幡はそう言いつつあたりを見回したが、パソコンに詳しい水野の姿はない。

「あいつは、テレビの取材中だ。佐脇が逃げるから、アイツがお守りをしてるんだよ」

光田は八幡を見た。

「お前、直せ。そこそこ詳しいだろ」

八幡は、イヤイヤ私なんぞと後ずさりした。

「逃げるな。始終ネットのことばかり話してるお前なら、このくらい朝飯前だろ？」

「イヤ自慢じゃありませんが、いわゆるノマドな人であるワタクシは、大手メディアが報道しない真実の情報は、全部スマートフォン経由で得ておりまして、据置きPCのことはちょっと……。それに署のパソコンはウィンドウズだし」

「ノマドって何だ？　何の窓だよ？　そこから覗くと何かが見えるのか？　スマートフォンがなんだ？　ウィンドウズじゃ判らねえってか？」

まったく口先ばかりで役に立たない野郎だな、と光田は最高に不機嫌になった。

だがそういう空気を読めない八幡は、光田の誤りを訂正しようとする。

「ノマドっていうのは、移動しながら仕事が出来る人間を言うんです。もともとは遊牧民という意味で……」

「うるせえな、このメガネバカ。刑事が移動しながら仕事をするのは当たり前だろうが。現場百回って言葉、教えてやろうか？」

フリーズした光田のディスプレイを、いつの間にかいずみが覗き込んでいる。

「あの、これ、私に直せるかもしれないので、ちょっと触らせてもらっていいですか？」

「あ？　アンタが直せるの？」

多分、と光田に答えたいずみの眼差《まなざ》しは本気だった。

「あれ？　民間人が警察のコンピューターを触ってはいけないんじゃなかったんですか？」

口を挟んだ八幡を、刑事課の人間全員が「黙ってろ！」と牽制《けんせい》した。

「いいか？　パソコンの調子が悪いと業務に支障をきたす。鳴海署の人間がだれも直せない以上、民間の協力は有り難く受けるしかない。なにか問題があるか？」

光田に詰め寄られて、八幡は顔を赤くするとコソコソと刑事課から逃げて行った。

「ああ、これはウィルスのせいですよ。このパソコン、ノートンもウィルスバスターもなにも、入ってませんよね」

きびきびとキーを打ち画面を確認しながら、いずみは頷いている。

車の運転で見せた不器用さや、どことなくトロそうで浮世離れした雰囲気とは、まるで別人のようだ。表情も引き締まり、指先が目にも留まらぬ速さでキーボードを叩いている。

「一応、三十日間無料で使えるワクチンソフトをインストールしました。スキャン中です……ほら！　ゾロゾロ出てきましたよ。問題のあるファイルが、こんなに」

ディスプレイには、汚染されたファイルがどんどんリストアップされていく。

いずみの意外な一面を見た佐脇は妙に納得していた。

なるほど、こういう「特技」があるから、いずみは、あのクセの強い四方木マリエの下でも働けるわけか。ヒトは見かけで判断すべからずってことだな。

「ご安心ください。ほとんどウィルスは駆除《くじょ》出来ましたから……あ、メールソフトの設定も勝手に変えられてますよ……フィルタリングされてるメールが多すぎます」

「それ、知らないよ。そういう操作やった覚えがない」

光田は驚いている。

「だからウィルスが勝手に書き換えたんです……あ、警察庁からメールが来てます。昨日付で」

「警察庁！　そんなの聞いてないぞ！」

光田は慌ててディスプレイに齧《かじ》り付いた。

「ゴミ箱に入ってましたよ」

「だからそんなの知らないって……」

光田は慌てて警察庁からの通達メールを読んだ。

「ああ、暴力団に関する……密接交際者リストだ。特に東京大阪の巨大暴力団関係で、偽名や別名を使って活動している者、と」

光田はマウスを操作して、そのリストをプリントアウトさせた。

「みんな、これ、目を通しておいてくれ。どこに出没してるか判ったもんじゃないからな」

佐脇も何気なく手に取って目で追っていたが、五十音順のリストの最初のほうで目が止まった。

大林杉雄こと木嶋哲夫《きじまてつお》。関西の巨大暴力団の理事と親密な交際歴有り。いわゆる「準構成員」だ。二〇〇三年に大阪で起きた大規模な詐欺《さぎ》事件に連座しているとみられたが証拠不十分で不起訴処分……。

「なんだ。カタギの振りをしやがって。あいつはやっぱりヤクザなんじゃないか……」

署に顔を出したばかりだというのに、佐脇は踵《きびす》を返して部屋から出ていこうとした。

大林に会って、鳴海に来て伊草の会社を手伝っている真意を質《ただ》そうとしたのだ。

が、ドアを開ける直前に、公原刑事課長に呼び止められた。

「ああ、佐脇クン。ちょっと待ちたまえ」

振り返ると、公原が腕を組んで佐脇を睨んでいる。

「君は暇そうだよな。そんな君を見込んで、事件の担当を頼みたい。鳴海署管内でも最近、鉄製品並びに非鉄金属の盗難が頻発《ひんぱつ》するようになった。君にこの件の捜査を任せたい」

「あー、お言葉ですが、課長」

佐脇は階級も立場も上の相手に、上から見下ろすような態度で応じた。

「おれは刑事課捜査一係の人間じゃなかったのか？　窃盗は三係だろ？」

「じゃあ今からお前は三係だ。三係に配属だ。今直《ただ》ちに任命してやる。即刻だ」

行け！　と公原は人払いするような手つきで佐脇を追い出した。

鳴海署滞在わずか二十分ほどで、佐脇は再び外に出た。

バルケッタに乗ろうとしたところで、後ろから追いかけてきたいずみに呼び止められた。

「佐脇さん！　もうお出かけですか？」

「聞いてたろ？　おれは忙しいんだ」

「私もですよ。これから伊草さんの会社に行くんです」

「何をしに？」

佐脇は思わず問い返した。

「何をしにって、セールスです」

「だけどあの会社は四方木マリエが……」

そう言いかけて、マリエが大林にレイプされそうになった光景を思い出した。なるほど。あんなことがあった後では、さすがに行く気にはならないだろう。

「昨日、マリエさんがもう行っていたとは知らずに、ダブってセールスに行ってしまったんです、私。で、いろいろお話ししているうちに、パソコンの話題になって、業務用のプリンターならアレがいいとか、会社のサイトを立ち上げるならこのソフトを使ったら便利だとか、そういう話題に興味を持っていただいて」

「大林が？」

「いえ、社長さんですが、それが何か？」

いずみは怪訝《けげん》そうに言った。

「で、私みたいな社員がいると助かる、いっそウチで雇いたいぐらいだ、と言われて」

「それはいかん」

佐脇は思わず言った。

「なぜですか？」

「……言ってしまうと、あの会社はいわゆる暴力団関係企業だ」

「ええ。社長さんがそういう方だってことは知ってます」

こくんと頷いたが、小首を傾げた。

「それが、何か問題なんですか？」

「暴力団員が健康飲料を飲んではいけないという法律はないし、暴排条例も実際はそこまでの規制は出来ないだろうから、あんたがセールスに行くのはかまわん。だが……あの会社に転職するとなると話は別だ。それはやめておいたほうがいい」

「社長さんは別に、本気で私を雇いたいって言ったわけじゃないですよ。ただの話の流れで、そうなったらいいな、というだけのことです。なぜそこまで悪く言われなければならないんですか？」

いずみに素直にストレートに疑問を呈《てい》されると、佐脇は返答に詰まった。世間の常識とか、世の中そういうモンだとか、曖昧《あいまい》な答えでは通用しそうもない。

「つまりあの会社は……社長の伊草はれっきとした暴力団員だし、専務の大林も準構成員だ。あそこに勤めると、暴力団関係者に認定されてしまう恐れがある」

そんなのおかしいです、と、いずみは不服そうな気持ちを隠さない。

「会社として認められて、法律を守ってお仕事をしているのに？　それじゃ社長さんが気の毒じゃないですか。せっかく苦心して会社を立ち上げたのに、暴力団だからってお仕事の邪魔をされるなんて」

「イヤおれは刑事だから、どうしたってそういう話にはなるよ」

いずみに非難された気になって、佐脇は言い訳した。

「それに、仕事のことだけじゃなくて、伊草さんはいろいろとお気の毒なんですよ。奥さんが出て行ってしまって、お子さんとも会えなくなったって」

「えええっ！」

初めて聞く話に驚いて、佐脇は大声をあげてしまった。

「そんなこと、一度も聞いてないぞ。アイツとは古い付き合いなのに……」

これまで伊草とはプライベートな話はほとんど、いや、まったくしたことがなかった。それは、知り合った当時からだ。お互い独身の遊び人として扱って、男の遊びを続けてきたのだ。もっとも、伊草の下半身は妙に真面目で、警察官である佐脇のほうが自由奔放《ほんぽう》だったのだが。

「あいつに家庭があったなんて、全然知らなかった。しかしセールスに行ってすぐ、そこまでのことを聞き出すとは、あんた、ある意味凄腕だな」

そう言われたいずみは、いえいえと首を横に振った。

「凄腕なんて……ただの話の流れです。お客様からいろいろ聞き出してお仕事に結びつけようなんて、私、思ってもみませんから」

佐脇は自分の無知を恥じつつも、伊草に決まった女がいたどころか実は家庭があり、しかもそれが崩壊していたという話に動揺していた。

考えてみれば伊草は組の義理事《ぎりごと》や、仕事の関係で大阪に行くことが多かった。佐脇に知られることなく一家を構えていたとすれば、それは県外でのことだろう。入籍もしていないはずだ。それはいい。伊草が大切にしていたプライバシーに土足で踏み込む気などない。だが、その大切なものが最近壊れたとすれば、それはやはり暴排条例が関係しているのではないか。そういうことなら自分に相談してくれても良かったではないか……。

伊草の会社を訪ねようと思って署を出たのだが、この流れだとちょっとそれは不味かろう。この件に触れないとしても、いろいろとモヤモヤした気分が顔に出てしまうかもしれない。

少し時間を置いて、直接本人に確かめるしかない、と佐脇は思った。ただし、本人に打ち明ける意志があれば、の話だが。

二条町での昨夜の件を相談しようと思っていたが、今はそれもタイミングとしては最悪だ。おそらく伊草は、暴排条例はもちろんのこと、それをゴリ押しして大事なものを奪った警察にも、その一員である佐脇にも、憎しみを抱いてしまっているかもしれない。何よりも伊草から連絡が来ないのが、その証拠ではないか。

不安と疑心暗鬼が黒雲のように広がったところで、私用のほうの携帯電話が鳴った。

伊草か、と一瞬喜びかけたが、電話の声は別人だった。

『大林ですが』

会って話を聞いておきたかったもう一人の人物ではある。

『ちょっとお時間、戴けますでしょうか?』

大林はあくまで腰が低い。会うのは望むところだが、佐脇の行きつけの店は現在、ちょっと憚《はばか》られる。

『私の知ってる店で宜しければ……』

大林は、バイパス沿いのアメリカン・ダイナーの店を指定した。

「なるほど。鳴海にもこういう店が出来たのか」

　本場アメリカのハンバーガー・レストランに行ったことなどないが、いかにもそれっぽい内装に飾り立てられた店内に感心しつつ、佐脇はハンバーガーにかぶりついた。ローラースケートを履《は》いたウェイトレスをかたどったネオンに、椰子《やし》の木、カウンターにも派手なネオン。昔風のジュークボックスからはオールディーズの名曲が流れている。メニューにはハンバーガーやステーキ、スペアリブにパスタやピザがあり、飲み物は巨大なグラスになみなみと注がれて出て来る。

「『アメリカン・グラフィティ』の世界だな」

「なんですかそれ」

　若い大林は、あの映画を知らないのか。

　説明するのも面倒なので、佐脇はスルーした。

「しかし、客が少ないな」

「酒を出さへんからでしょう。バイパス沿いですからね。いずれラーメンとか牛丼とか土着なメニューが増えて意味不明な店になるか、潰れるかのどっちかですわね」

　大林はあっさりと言った。

「ボクは好きなんですけどね」

「客も少ないから内密な話も出来るし、ってか?」

「まあそれもありますが。佐脇さん」

大林はフライドポテトを摘《つま》んでいた手を止め、改まった顔になると姿勢を正した。

「先日は事務所でお恥ずかしいところをお目に掛けてしまって」

「いや。だから、それは済んだことだ」

「秘密を守っていただいて、感謝してます。いろいろ微妙なときなんで、余計な波風は立てたくないんで」

「その波風を立てたのはお前さんじゃないか」

「ですからあれは……つい、魔が差したというか」

大林はコーラを飲んで口を湿らせた。

「少々お願いがありまして。我々も充分に気をつけて頭を低くしてるんですから、警察のほうにも、ちょっと配慮をお願い出来ないものかと」

「配慮? 捜査に手心を加えろというのか? そもそも開き直って攻撃をしかけてきたのはそっちじゃないのか?」

佐脇は大林を睨みつけた。

「あのう……話がこんがらがってるようですが」

大林がおずおずと言った。

「鳴龍会の武闘派らしい連中が、ゆうべ二条町でトラブルを起こしたらしいって話は聞いてます。せやけどボクが言うのは、それとは別の、ウチの会社の件でして」

「二つの件はけっして、別個には扱えない。どちらも鳴龍会がらみである以上。それは判るだろ。判らなければ、お前はアホだ」

佐脇はあくまで威丈高《いたけだか》だ。

「おれたちも条例が出来たからと言って、すぐに杓子定規《しやくしじようぎ》に適用して、お前らを締め上げようって気はない。しかし、北九州を手本にしたのか何なのか知らないが、流れに逆らうようにショバ代よこせだの今まで通りの取引をしろだの、いい返事をしないと暴れるだのって言うのは、自分で自分の首を締めてるんだぞ。お前らの会社だって、商売がしづらくなる。判ってるなら自分たちで跳ね上がりのバカな連中を押さえ込めよ」

「やってるんですよ、社長は懸命に」

大林は佐脇の目をじっと見た。

「社長は……伊草は、鳴龍会を必死に押さえ込もうとしてます。若手を中心に、お上の遣り口には我慢がならん、この際目にモノ見せてくれる、っちゅう勇ましい連中は多いですわ。そりゃそうでしょう。幹部連中はそれなりに抜け道をつくっていて、店の名義なんかをカタギの親戚《しんせき》にして商売してますが、若手にはそういう資産も何もないですからね、連中が一番苦しい」

「だったら、ヤクザを辞めてカタギになれっていうのが、ウチの上のほうの考えだ。いや……判ってる。お前が何を言いたいかは」

佐脇は大林の反論を手で制した。

「実際問題、そんな簡単なモンじゃないってことはおれが重々判ってる。判っているが、おれだけの力じゃ、どうしようもない。これはウチの県警や議員サンや、市長や知事のレベルでどうにかなる話じゃないんだ。なにしろ今は日本中がそうなんだから……」

「ウチの伊草は、そろそろ限界です」

佐脇の話を聞いていなかったように、大林は低い声で続けた。

「とにかく、鳴龍会の下のほうを抑えるのは大変なんです。なのに警察は挑発ばかりしてくる。上の睨みがますます利かなくなっているのは当然でしょう」

「じゃあ、どうするつもりなんだ？　北九州みたいに、お前らの言うことを聞かない会社の社長とかを殺して回るのか？」

「とにかく」

大林は自分のペースで話をする姿勢を崩さない。

「伊草は伊草なりに、下が暴発しないように必死に動いてるんです。なのに、お話を聞いてると、佐脇さんは、社長のそういう誠意を全然感じてくれてないようですね」

「誠意で社会が動けば、こんないいことはない」

佐脇の返事はにべもない。

「けど人間の付き合いって、気持ちが通じるかどうかが大きいじゃないですか。しかし、佐脇さんには伊草の気持ちは通じないんですね」

「伊草の気持ちは判る。しかし判ったところで、鳴龍会か否かを問わずヤクザが暴れてカタギ衆が被害を被《こうむ》れば、おれとしては動く。当然のことだ。警官なんだからな。そこを普段からの付き合いとゴッチャにするほど伊草はバカじゃないはずだが？」

はー、と大林はこれ見よがしに溜息をついた。

「やっぱり判ってない。エエですか、ハッキリ言わせてもらいますが、これまでの長い付き合いがあるんならば、佐脇さん、アンタがカラダを張ってでも、ここは一肌脱いで、動くのが当然じゃないんですか？　口ではなんとでも言えますよ。人間、一番大事なのは、いざ事があったときに、実際にどう動くか、ちゅうことです」

佐脇には大林の言い草が信じられなかった。利口なはずの伊草が、大林を通じてこういう無理を言わせているのか？　だとしたらあいつは相当追い詰められているのか？　どんな人間でも、追い詰められたら正常な思考も判断も出来なくなる。

「これは言わんとこうかと思いましたが、この際やから言わせてもらいます。伊草は、アナタのことをよく思っていませんよ。出来た人やから態度には出しませんけどね。この間も、思いあまった、いう感じで言ってました。長年、アナタに金を使ってきた意味がない。アナタを飼ってきた意味がなかったと」

「そうかそうか。そんなことを言っていたか、伊草は」

佐脇はヘラヘラと笑って応じたが、次の瞬間、目にも留まらぬ速さでテーブル越しに鉄拳が飛んだ。

ダイナーのロングシートには、大林がひっくり返っていた。

「痛いわ、オッサン……」

大林は頬を押さえ、三白眼で佐脇を見上げた。

「痛いわ。民間人を殴《なぐ》るんかい」

シートに肘《ひじ》をつき、ゆっくりと起き上がった。

「誰が民間人だ？　ああ？　大林杉雄こと木嶋哲夫。関西の巨大暴力団の準構成員。ってことは、ヤクザとしちゃバリバリのエリートだよな？　お前の身元は判ってる。バレてるんだぞ。何を考えているのかは知らないが、伊草に伝えろ。事態を悪化させたくないと思ってるなら、直接おれに電話してこいと。お前が間に入ると話がややこしくなる」

佐脇は立ち上がった。当然のように、支払いはせずに、そのまま歩き去った。

大林はどういうつもりなのか。

伊草との関係を案じて、バカなりに仲介しようとしたのか？

たしかに、伊草が連絡してこないのは、警察の遣り口と、頼りにならない佐脇に腹を立てのことだと言われれば、その通りかもしれない。ついに終わりが来たのだろうか、と考える。伊草との長い付き合い、共存共栄の関係にも、ついに終わりが来たのだろうか、と考えると苦い思いが広がった。だが今、あれこれ考えても仕方がない。目の前にある、今出来ることをやるだけだ。

佐脇は、こうなったらどんな罵詈讒謗でも全部聞いてやるとばかりに、バルケッタを駆って、留守電が入っていた店を全部回って苦情を承《うけたまわ》ることにした。

＊

「社長。佐脇という男は、とんだ食わせ者ですよ」

ダイナーで佐脇に一発貰ったあと、事務所に戻った大林は、伊草にご注進した。

「あの男は、徹底的に暴力団を締め上げようとしています。鳴海署はもちろん、県警上層部の弱味も握っていて影響力があるのを利用して、この際、我々を壊滅させようと動いてますよ！　流れを読んで、すかさず勝ち馬に乗り換えようというハラです」

事務所で新聞を読んでいた伊草は、「まさか」と鼻で笑った。

「いくらなんでも、佐脇がそこまでする理由がないだろう」

「社長！　社長はどこまで甘いんですか！」

大林は憤懣《ふんまん》やる方ない、という表情で伊草に詰め寄った。

「保身ですよ保身！　あの男は鳴龍会、特に社長との濃密な関係を問題にされるのが怖いんです。なんせ舎弟刑事とまで言われてるほどですからね。やつはそこを逆手に取って、ヤクザを、鳴龍会を、伊草を誰よりも知っている自分だからこそ、連中を叩き潰す知恵がいくらでも出せると、県警上層部に売り込んでるんです！」

伊草は、読んでいた新聞をいきなり下に置いた。

「それは本当か？」

「本当ですとも。今日、佐脇はT市にある県警本部に出向いてます。ワタシが調べたところでは、刑事部長の日下部と三十分ほど密談してますよ。たしか、ウチの県警は、組織犯罪対策課は刑事部の中にありますよね？　よその県だと刑事部から独立してたりしますが」

「刑事部の中にある……」

伊草は繰り返した。目が、暗い。

「日下部って刑事部長は、前は大阪府警にいたんですよ。ここで手柄をあげて、次はどこか田舎の県で本部長に昇格して、いずれはサッチョウに戻って大出世ってコースを狙ってるんです」

「佐脇と利害が一致してるって言うのか？」

伊草の口調は依然として半信半疑だが、表情には深い憂慮《ゆうりょ》の念が浮かんでいる。

「佐脇の行動を、どうしてお前が知ってる?」

「県警に知り合いがいましてね。いろいろと連絡を取ってるんですよ」

大林はさりげなく言った。ヤクザでのし上がっていく者は、行政や警察に独自のパイプを持っている。伊草にしても、佐脇との深い関係があったことが、若くして若頭になれた理由のひとつだったのだ。

「あの男は、困ったときに助けてくれる人間じゃないですよ。むしろ足を引っ張って喜ぶタイプです。あの男は心底、腐ってます。若頭は今までの付き合いがあるから、目が曇《くも》ってるんだ。現実をキッチリと見据えてください!」

大林の熱弁を、伊草は黙って聞いている。

「若頭! 聞いてますか?」

「ここで若頭と呼ぶな」

伊草は制した。

「あ……申し訳ありません。社長。このへんで、攻勢を掛けたほうがエエんと違いますか? 北九州で起きてる民間人を狙った一連の事件にしても、警察に暴力団を弾圧する口実を与えているように見えますが、実際のところ、暴力団の力を再認識して、今までオレたちを甘く見て警察の言いなりになろうと思っていた連中は縮み上がってるはずですよ」

熱弁を振るう大林の目は熱を帯び、強烈な光を放っている。

「無茶なことを言うな。ウチと北九州じゃ今までの経緯も違うし土壌も違う。ウチは荒っぽいことには慣れていない」

「そんなことは何とでもなります。若い連中を訓練すればいいし、大阪では精鋭と言われる武闘派の一団を密《ひそ》かに育てています。そいつらを呼べばいいでしょう！」

なんだったらワタシが手配を、とパソコンに手を伸ばそうとしたところに、伊草の携帯が鳴った。

着信に表示されているのは、佐脇の名前だ。

応答せずに電源を落とした伊草だが、しかしすぐに舌打ちをした。

「佐脇ですか？　こっちからかけ直したらどうです。きっと口から出まかせの、耳触りのいい嘘ばかり言いよると思いますがね」

「いや、いい。今話してもいいことはないだろう」

新聞に目を戻すでもなく考え込んでしまった伊草を見て、大林はそっと事務所を出て行った。

……おれはおれなりに、鳴龍会を把握して事態を沈静化させようとしているのに、あの男はどうしてそれを邪魔する？　大林が言ったように、今がおれや鳴龍会の売り時だと判断して、県警上層部にネタを提供して、自分だけはぬくぬくと生き残ろうとしているのか？

まさかあの男だけは……。

いや、人間、一番可愛いのは自分だ。義理も人情も紙風船だ。いざとなれば簡単に捨て去れるだろう。

伊草は立ち上がった。

今は酒が飲みたい。しかし、事務所にはアルコールは一切置かないことにしている。ここが第二の組事務所になってしまうのを警戒しているからだ。

本当のことを言えば、酒よりも、もっと必要としているひとがいる。彼女がいれば、酒などいらない。別に、何をするでもない。彼女の顔を見て、たわいない話でもすれば、元気が出るのだ。なんとかなるという気力が湧いてくる。不思議なことだし、高校生ではあるまいし、とも思うが、実際、今の伊草に彼女の存在は大きな力を与えてくれている。

しかし、だからと言って、まるで自分の女か何かのように呼びつけるのは嫌だった。彼女はすぐに来てくれるだろうが、そうするとまた違う関係になって、今の形を歪《ゆが》めてしまうだろう。彼女との、今の距離間を保《たも》っていたい……。

ならば、会社を閉めて、独りで飲むか。

帰り支度をしていると、事務所の扉が開き、ころころと鈴を振るような声がした。

「あら、今日はもうお仕舞いですか？」

「ああ……君か」

どぎまぎした。自分の気持ちが全身から溢《あふ》れてるんじゃないかと慌てたが、これではまるで童貞の中学生じゃないかと思ったら余計に全身がカッとなって汗が噴き出てきた。

「どうしました？　で、あれからどうですか？」

「ど、どうって？」

どぎまぎしている伊草を見て、いずみはにっこり微笑んだ。

「パソコンのことですけど」

「あ。ああ」

「ちょっといいですかぁ」

いずみは伊草の返事も聞かずに、座ってマウスを操作し始めた。

「またエッチなサイトばかり見てる！」

いずみは小学校の教師のような顔をして伊草を睨んだ。

「馬鹿な！　絶対そんなはずは……」

「ウソです。ウィルスは全部駆除されて、毎日新しいワクチンが更新されてます。もう大丈夫です。もうお仕事が終わったのなら、ハードディスクのデフラグもやっておきましょうか？」

「あ、ああ、簡単に出来るのなら」

「簡単ですよ。パソコンが勝手にやってくれるので」

いずみが操作している後ろに立っていた伊草は、彼女から立ちのぼる清潔な香りに魅了されていた。化粧品やヘアスプレー、香水の匂いではない。濃厚な「女」はまったく感じさせないが、石けんの香りの中に、そこはかとない、ほのかな甘さが漂っている。

小動物のような、幼い子供のような、思わず抱きしめたくなるような、頼りなくて、か弱い愛らしさ……。

伊草は、フラフラといずみに近づき、後ろから両手を回して肩を抱きしめ、明るい色の髪に顔を埋めた。

「あ」

いずみは小さな声をあげ、そのまま固まった。

中学生や高校生ではない、二人ともいい年をした大人なのだが、なぜかぎこちない。

「済まない。怖がらせるつもりはないんだ。これ以上のことはしないから……」

伊草の声は掠れていた。しばらくこのままで居させてくれ、と。

願う心の声を聞き取ったかのように、いずみはそのままじっとしている。

「お願いした件を、考えてくれましたか？」

「はい。あの」

「パソコンのことではなく……いずれ一緒に暮らしたい、これからの人生を私と共にすることを考えてほしいと……このあいだ、お願いしたことですが」

これからずっと、いずみと居られたら、どれほど癒されるだろう。弱って歪みかけて病み始めた心も、元気を取り戻して真っ当な形に戻るだろう……。

彼女が居てくれれば、おれはなんとかやれる。

「もちろん、私がカタギに戻って、鳴龍会とも縁が切れたあと、という意味だが……」

いずみは振り返り、伊草の胸をそっと押し返した。

「伊草さんが鳴龍会と縁を切るなら、それは私なんかのためじゃダメです」

大きな目で、ひた、と伊草を見上げながら、いずみはキッパリと言った。

「普通の人に戻って、普通のお仕事もうまく行くようにして、それから奥さんと、お子さんに会いに行くんです。また一緒に暮らそうって。今度は鳴海と大阪を行ったり来たりじゃなくて、ずっと一緒に。そして、誰に隠すこともなく。そのためのお手伝いなら、私、なんでもしますから！」

優しく、だがしっかりと伊草から身を振りほどき、いずみは事務所を出て行ってしまった。

後を追うことも出来ず、呆然としていると、エンジン音が聞こえ、いずみの乗った車が遠ざかってゆくのが判った。

フラれたのか、おれは？　いや、そうではない。希望はある。若い者たちの生活が立ち行くように考えてやったうえで、きちんとケジメをつけて鳴龍会を離れる。そうすれば、いずみとの未来も見えてくるではないか。そうなるまで手伝ってくれる、彼女はそう言ったのだ。

いずみとは大阪時代からの顔見知りだった。マリエを通して会ったことがあるという程度で、恋心を抱くなど夢にも思っていなかった。しかしその後、組の仕事に忙殺されて家庭を壊してしまったり、マリエが強引に大阪から移ってきたりして、自分の身辺が激変して……伊草はやっと自分の本心に気づいた。

いつの間にか、いずみのことを、心から愛するようになっていたことを。

そんな、自分の気持ちが伝わった事を感じて、なんとなく心が温まりつつ帰り支度を再開した伊草は、そこで刺すような視線を感じて事務所の玄関先を見た。

その視線が発せられる源《みなもと》には、邪悪な炎が燃えていた。

怒り狂った四方木マリエが、憎悪の表情を剝き出しにして、立っていたのだ。

第三章　一色即発

一度はバルケッタを二条町に向けた佐脇だが、気が変わった。

留守電に返事がないことも仕方がないと放置するつもりだったが、次第にこのままにしておいてはいけない、と強く告げる心の声があった。

何よりも、大林の言ったことが気になっていた。

『伊草は、アナタのことをよく思っていませんよ。出来た人やから態度には出しませんけどね。この間も、思いあまった、いう感じで言ってました。長年、アナタに金を使ってきた意味がない。アナタを飼ってきた意味がなかったと』

佐脇としては、伊草がそんなことを言ったはずがないと確信している。しかし人間、何かの拍子で感情がこじれると、妙な邪推《じゃすい》をしてそれを信じ込んでしまうこともある。そうなってから誤解を解くのは難しい。

「鉄は熱いうちに打てだ。違うか、この使い方」

と、佐脇は一人でツッコミを入れながら、伊草の会社に向かった。

夜の山の中は暗い。途中、ピンクの軽自動車とすれ違った。『ウェスト・ヘルシーフード・サービス』の営業車だ。マリエか、いずみが乗っているのだろう。

やがて、木立の向こうに灯りが見えてきた。鳴龍会傘下の産廃処理場はすでに本日の営業を終了しているから、伊草の事務所だけが明るい。

佐脇はバルケッタを会社のプレハブ脇に駐《と》めたが、その駐車場同然の空き地には、たった今、すれ違ったのと同型のピンクの軽自動車が駐まっている。事務所に近づくにつれ、何やら中で揉めている声が聞こえてきた。

女の怒鳴り声だ。それに男が怒鳴り返す。かなりの修羅場のようだ。佐脇はそっと近づいて聞き耳を立てた。

「だいたいあの女はなに？　横から出てきて人のモノかっ攫《さら》うような真似して」

「おれをモノ扱いするな！　それに、おれはお前と何の約束もしてないじゃないか！　勝手な妄想をして暴走してるのはお前だろ。頭おかしいんじゃないのか？」

「私はあの女のことを言ってるのよ！　私が大阪から呼んでやって、結構な待遇を用意してやったのに、恩を仇《あだ》で返すなんて」

あの女、というのは館林いずみのことだろう。

「あんな女は得よね。頼りなさそうな顔してるだけで、男はほっとけない、と思ってしまうのよね。私みたいなキツい女は、いつも悪役になってしまうのよ。男ってほんと、バカ入口に仁王立ちになって怒鳴りまくるマリエの剣幕に、伊草は手を焼いているようだ。マリエがビジネススーツの下に着たカットソーのトップスは巨乳で大きく膨らんでいる。それを震わせながら怒っているので迫力は抜群だ。

「いい年してかわい子ぶりっ子して、男の気を引く最低の女。あんな泥棒猫にダマされるあんたもあんたよ!」

マリエが伊草に摑み掛かろうとしたが、そこはダテに男を売る商売をしていない。

伊草はマリエの腕を摑んで背中に捩《ね》じ上げた。

「落ち着け! もっと冷静になれ!」

が、マリエは激怒してさらに暴れた。

「放してよっ!」

伊草はその言葉に従って、パッと手を離した。

「なによっ!」

「お前とはもう、話も出来なくなったみたいだな。出ていけ!」

「いいえ、出ていかないわよ! キッチリ話をするまでここを動かないからねっ!」

そうかい、と伊草は言うと、荒々しく上着を手に取った。

「お前が出ていかないなら、おれが出ていく」

外にいた佐脇は慌てて建物の角をまわり、陰に隠れた。伊草が険しい顔で会社の軽トラックに乗り込み、発進させるのが見えた。

「待ちなさいよッ！」

マリエが絶叫し、何かが事務所の扉に当たった。派手な音を立ててガラスが割れる音がする。

佐脇が事務所の入り口に駆け寄ると、扉のガラスが粉々に割れ、その中に、やはり粉々になった花瓶の残骸《ざんがい》らしきものが転がっている。

「……スカーレット・オハラかよ！」

顔を出した佐脇を見て、マリエは露骨に失望した表情を見せた。伊草に戻ってきて欲しかったのだろう。

「あんたほどの美人なら怒った顔も魅力的だが、逃げる男は追わないほうがいいぜ」

「何よ！　いずみなんか馘《くび》！　解雇してやるわ！　あんな子供みたいな女の、どこがいいっていうのよ！」

自分の言葉で再び激昂《げっこう》したマリエは、手近にあった重いクリスタルの灰皿を摑んで投げようとした。

「おっとそいつは駄目だ」

佐脇は、力一杯に彼女を羽交《はが》い締めにして完全に動きを封じた。

「ナニすんのヨッ！」

「いいから落ち着け！」

佐脇が力を入れてマリエを締めつけると、彼女はそれ以上暴れなくなった。

「まったく。伊草と話すつもりだったんだが、とんだ所に来合わせたようだ……伊草、お前、しっかりしろよ！　テメエの不始末だろ！」

どうせもう聞こえないとは思ったが、外に出ていった伊草に、一応怒鳴ってみせる。

佐脇は、抗《あらが》うマリエを事務所の外に連れ出し、バルケッタに押し込んだ。伊草の軽トラックはすでに影も形もない。

「ナニすんのヨッ！　アンタに関係ないでしょっ！　ほっといてよ！」

さんざん暴れて抵抗するのを有無を言わせず車の中に押し込み、そのままエンジンを掛けタイヤを軋《きし》ませて発進させると、マリエはスイッチが切れたように黙ってしまった。

「……どこに行くのよ」

佐脇は答えず、無言のまま夜の山道を高速で飛ばした。

ガードレールも街灯もない狭い道は、ヘッドライトが照らし出す範囲しか見えない。フロントガラスの向こうには、崖の山肌やその向こうは奈落《ならく》の底という感じの生い茂《おしげ》った雑草が、ビュンビュンと前方から迫っては後方に飛び去っていく。

「止めて……止めてよっ！　怖いから！」

恐怖に耐えかねたのかマリエがついに絶叫し、佐脇は、思いっきりブレーキを踏んだ。ギャギャギャーッとタイヤが鳴って、車は半回転して急停車した。

急制動をかけた佐脇も、狭い山道でまさか車がスピンするとは思わなかった。マリエはもっと驚いて、シートにへばりついたまま、息をするのがやっとの状態だった。

しばらく無言が続いたが、やがてマリエが口を開いた。

「……いつもこんな運転してるんじゃないんでしょ?」

「若い頃、カースタントに憧《あこが》れて、ちょっと練習をしたことはある」

「山道では、やめてよね」

佐脇は黙って頷いた。

マリエは自分のバッグをゴソゴソ探してお茶のペットボトルを取り出すと、一口飲んで佐脇に差し出した。

刑事はそのお茶をゴクゴクと飲み干した。

「……ねえ。アタシって魅力ない?」

マリエはぼそっと言った。

「あの女に負けてる?」

あの女、というのは館林いずみのことか。

「そんなことないとは思うが」

「……じゃあ、抱いてくれる？」

マリエはそう言いながら、佐脇の太腿《ふともも》に手を滑らせた。

香水の種類は全然知らないが、なかなかいい香りが漂《ただよ》ってくる。

この女のような、癖《くせ》があって濃厚な色香を漂わせるタイプに目がない佐脇としては、絶好の据《す》え膳《ぜん》だ。

「ねえ。ここで抱いていいのよ。今、すぐに」

マリエは運転席に身を乗り出し、佐脇の腿に置いた手を、さらに上のほうに這《は》わせてきた、と思ったら、そのまま顔も近づけて、唇を重ねてきた。熟女らしく、焦《じ》らすように舌先を差し出して来る仕草が、妖しい興奮をそそる。

「おいおい……オトナを揶揄《からか》っちゃいかんよ」

「あら。アタシだって立派なオトナよ」

マリエは刑事の手を取ると、スカートの中に導いた。

薄い下着の向こうにある女芯は、ぽってりと熱く火照《ほて》っていた。

「スリル満点のドライブで、濡れちゃったみたい……」

指先でマリエの奥をまさぐると、熟れた女の部分はトロトロに濡れそぼり、秘唇も充血してぷっくり膨らんでいるのが判った。

マリエの指も、佐脇の股間を無遠慮に弄《いじ》っている。

このところ火遊びをしていなかった悪漢刑事《わるデカ》の分身は、絶妙なフィンガータッチでにわかに元気に勢いづいた。

「ここんとこ、ご無沙汰《ぶさた》だったんでね」

「忙しくて?」

「いいや。ちょっと女に飽きてたんだ」

実際は、このところ磯部ひかるが密着取材の準備で東京との打ち合わせに飛び回り、おまけにお気に入りの風俗嬢も誘いに乗ってこず、ただただ無聊《ぶりよう》をかこっていたのだ。

マリエの手が佐脇のジッパーを下ろして、屹立《きつりつ》したモノを取り出した。

「佐脇さんって案外正直なのね」

「それがおれの弱点だな」

彼女は、男の股間に顔を寄せると、口に含んだ。

舌がカリを包み込むようにねろねろと絡《から》まり、唇をすぼめてサオを上下させつつ、マリエは巨乳を彼の太腿に擦りつけてきた。

ボリュームのある膨らみがぷるぷると蠢《うごめ》く感触は、なかなか気持ちがいい。

佐脇は、彼女のジャケットの下に手を潜らせ、カットソー越しにブラのホックを外した。

ぱらりと外れたブラからは大きな双丘が溢《あふ》れ出したのをいいことに、じっくりと揉みあげにかかる。片手で乳房、片手で秘芯。

マリエの花弁からは愛液が滲《にじ》み出て、薄いショーツをしとどに濡らしていた。その欲情は本物のようで、彼の指がクリットを掻き乱したり硬くなった乳首を擦り上げるたびに、背中がヒクヒクと震え、マリエは腰をくねらせた。

「なあ……おれもオッサンだから、やることやるなら、場所を変えないか。車の中っての
は狭くてどうもな」

佐脇がそう言っているのに、聞こえないフリをしたマリエは、さっさと彼のズボンを脱がして、大胆にも対面座位の格好で、彼の上に躰《からだ》を沈めてきた。

「お」

つい、声が出てしまった。

彼の先端がマリエの叢《くさむら》に呑み込まれ、すぐに濡れた柔らかな肉の感触が、やわやわとペニスを包み込んできた。

熟女の熟し切った媚肉の感触はなかなか良好だ。根元まで呑み込まれたペニスが、締まりのよい花芯にじわじわと締めつけられて、嬉《うれ》しい悲鳴を上げている。熟女の淫襞が吸いつくように絡みつき、くいくいと波状的に締めつけて来る。

マリエのペースにハマって堪《たま》るか、と佐脇は下から突き上げた。

「ううっ。た、たまらない……」

下からの攻撃に、マリエは腰をくねらせた。その動きが艶《なま》めかしくて、佐脇は余計に興奮の度を高めた。

佐脇の首に腕を回したマリエは目を瞑《つむ》り、完全に喜悦を貪《むさぼ》る態勢だ。腰の蠢きは相変わらずで、それも妖しい限りだ。

カットソー越しに、ブラが外れた巨乳を彼に擦りつける。それに興奮した悪漢刑事は、彼女の上半身を露わにしてしまった。

むっちりしたマシュマロのような双丘が、溢れるように現れた。

「残念だな。これだけの見事なおっぱいは、ラブホの明るい部屋でじっくり鑑賞したいんだが」

佐脇がそう言うと、マリエはうふふとエロティックな含み笑いをした。

「あ・と・か・ら、ね！」

そう言う相手を懲《こ》らしめるように、目の前の巨乳に磁石のように吸いついて揉み立ててやる。

「はああっ。いい。いいわ……」

なんとも揉み心地のいい乳房だ。見た目通りマシュマロのようにふくよかで、無心になって揉み続けずにはいられない。柔らかいだけではなく、きっちり芯もあって乳首の硬さがまたエロい。指先でころころ転がすと、マリエがひくひくと反応するのも興をそそる。

しかも、着衣のままで乱れているマリエの姿が強烈にエロティックだ。トップスのカットソーがたくし上げられて乳房は剝《む》き出しだ。スカートも腰まで捲《まく》れ上がっているから、太腿も濃い繁みも、ぷっくりとふくらんだアソコも、何もかもが丸見えだ。内腿までをぐっしょりと濡らし、欲情して腰を使っている熟女の姿は、淫靡《いんび》以外の何物でもない。全裸ではなく、半裸に布地がまとわりついてよじれ、皺が寄っているところが生々しい。

佐脇は、こういう気が強い女が好みだ。セックスでさえ仕切りたがり、自分のペースで事を運びたがるマリエを、もっと淫《みだ》らに狂わせてみたくなった。

下から腰を思いきり突き上げると同時にマリエの肩を押さえこみ、自分の下腹部に密着させてみた。

「ああっ。凄い。いい……いいっ！」

そのままどすどすと腰を突き上げ連打を浴びせると、マリエは佐脇の目論見《もくろみ》どおり、ますます乱れていった。

額には大粒の汗が浮かび、熟れきった女芯にも淫液が溢れて、そのねとねとした感触と淫らな水音が狭い車内に響きわたる。

気の強い女ほど、逆にいたぶられるのを好むものなのだろうか。

佐脇が思いきり乳房を摑みあげてやると、マリエはさらに激しく腰をうねらせた。

指先で硬くなった紅い乳首をころころと転がしてやると、ひいっ、と彼女は息を深く吸い、次の瞬間、不意に花芯をきゅうっと締めつけた。

吸盤のように吸いついて来る肉襞はますます快調だ。彼のモノにぴったりと貼りついて、逃がすものかというように食い締めている。どんなに激しくピストンしても、グラインドしてもそれは離れないのだ。

マリエにとっても肉襞を引っ張られ、中を掻き乱されているのだから、喘《あえ》ぎも悶《もだ》えようも、ますますエスカレートするばかりだ。

佐脇は、腰の動きをさらにパワーアップさせ、乳房を揉みしだくピッチもあげた。

「アンタほどのイイ女は、男が放っておかなかっただろうな。この極上のオマンコで、今まで何本ぐらいくわえ込んだ？　華麗なる男遍歴ってやつか？」

佐脇は乳首を指に挟んでくじりながら聞いた。

マリエは首を振り、腰をわななかせて悶えまくりつつ、掠《かす》れた声で答えた。

「ま、まあ、それなりには……だってアタシ、男が好きだから」

彼女の肩がひくひくと痙攣《けいれん》を見せ始めた。

佐脇は焦らそうとワザと腰の動きを止めて、彼女の柔らかな脇腹や内腿をぞろりと手で撫《な》でてやった。

「ひいぃっ！」

マリエは堪らなくなったように、ふたたび自分から腰を使い始めた。

まろやかな曲線を描く彼女の腰が快楽を求めて、彼の肉棒を貪るように前後左右に蠢いている。その動きがこのうえなく淫靡で、クネクネと動く様子が卑猥《ひわい》な生き物にさえ見える。

マリエは肉芽を擦りつけるようにして、腰を蠢かせている。

それに気がついた佐脇は、つながっている部分に指を挿し入れて肉芽を探りだし、指先でぐりぐりと転がしてやった。

「はあぁっ！」

マリエは息を呑み、全身を硬直させた。と、同時に花芯も最大限の締まりを見せて、佐脇の肉棒をこれでもかというように、ぎゅっと締め上げた。

さすがの悪漢もこれには堪らず、ついに堰《せき》を切ったようにアクメになった。

次の瞬間、マリエはがくがくと激しく痙攣しながら、全身から力が抜けたようにぐったりした。

二人はほぼ同時に絶頂に達した。

「……だから、どうせなら場所を変えようと言ったのに……」

佐脇はそう言いつつ、まんざらでもない。カーセックスは久しぶりだ。若い頃、レイプなのか和姦なのかよく判らないまま突き進んだ、勢いだけのセックスを思い出す。

マリエは佐脇に抱きついたままシートレバーを引いて、がくん、とシートを倒した。

「ね？　二回戦は、ゆっくりやる？」

「ああ。そうしてもらいたいね。おれもトシなんで、ゆっくりやりたいんだ」

「トシって言うワリには、高校生みたいに早かったんじゃない？」

マリエは彼の早漏気味な射精を揶揄《やゆ》した。

「そう言うなら、二回戦はじっくりやってやろう。オマンコがすり切れそうで痛いから、もうカンベンしてと言わせてやる」


バイパス沿いのラブホにしけ込んだ二人は、濃厚な二回戦に臨んだ。

「ねえ。伊草ちゃんから聞いてるかどうか知らないけど」

濃厚でしつこいぐらいに長い二回戦を終え、ふたたびグッタリしたマリエは、部屋の冷蔵庫からビールを取り出して一気飲みすると、おもむろに話し出した。

「伊草ちゃん？」

あの若頭のことをちゃん付けで呼ぶ女は、マリエが初めてだ。

「そう、伊草ちゃん。アタシたちは長い付き合いなのよ。あの人が鳴龍会の若頭になる前からの関係だから。伊草ちゃんは、関西方面の折衝《せっしょう》役だったでしょ？」

鳴龍会と関西の巨大暴力団とは特別な繋がりがある。田舎の零細《れいさい》暴力団が曲がりなりにも独立を保っているのは、巨大暴力団の現組長が若い頃、鳴龍会の世話になったから、という特殊な事情があってのことだが、その関係を維持するためにも折々の気遣いは必要で、伊草は若手の頃からパイプ役として汗をかいてきた。今でも月に数回は大阪に出向いているから、マリエの言うことも嘘ではないだろう。

「アタシは、はっきり言って、伊草ちゃんの『大阪妻』だったのよ。キタのクラブに勤めていたから、裏の情報もいろいろ耳に入ったので伊草ちゃんに教えてたの。それでカレもずいぶん助かったはずよ」

マリエは全裸のままソファに座って二缶目のビールを飲んだ。

全身からフェロモンを発散しているマリエの肉体は、極めてエロティックだ。適度に肉がついているから、スレンダーな若い女より濃厚なエロスが滲み出ている。それは、女体に染みついたセックス遍歴の反映かもしれない。

「それで……伊草ちゃんには、奥さんと別れたら一緒になってってずーっと言ってて。カレ、耳にタコが出来たとボヤいてたけど。だから、カレが奥さんと別れたと聞いたから、こっちに移ってきたのよ。無職でいるのもアレなんで、手っ取り早く健康食品の販売なら出来るだろうと思って、代理店契約して……鳴海ってけっこう広いから、一人じゃカバー出来なくて、いずみを呼んだのよ。あの子、冴《さ》えない会社で、安いお金で事務やってたから呼んであげたのに、恩を仇で返しやがって」

マリエは怒りが込み上げてきたのか、言葉が極端に悪くなった。地が出た、ということか。

「あの子、アタシと伊草ちゃんの関係を知ってるはずなのに……こういうの、仁義に反するよね？」

「……男女の仲は、理屈じゃ割り切れないからなあ……」

佐脇は言葉を濁《にご》した。

「アンタだって、伊草ちゃんを裏切って、おれとこうしてるんだろ？」

「これは、はっきり言って、アテツケよ！」

マリエがあまりにもあっけらかんと言ってのけたので、佐脇は苦笑するしかない。

「まあおれは、アンタみたいな女、嫌いじゃないけどね」

大阪の女はふふふと笑うとバッグからタバコを取り出し、深々と吸い込んだ。

おれにもくれや、と貰いタバコをして二人並んで紫煙をくゆらせながら、佐脇はニヤついた。

「おれはアンタとカラダだけの関係になってもいいんだけどな」

悪くなかったろ、とマリエを見た。

「言っとくけど」

マリエもニヤリと笑って佐脇を見返した。

「伊草ちゃんはアンタより上手いのよ」

佐脇はそれを聞くとタバコを消してマリエに襲いかかった。

「今の発言を撤回させてやる。もう一回戦やろうぜ」


久々に、備蓄した精液を全部使い果たすようなセックスをして、泥《どろ》のように眠った佐脇は、翌朝、マリエを自宅まで送ってやった。鳴海市内の繁華街にほど近い小ぎれいなマンションだった。

「いいとこに住んでるじゃねえか」

「あたしだってキタの売れっ子だったんだから、多少の蓄《たくわ》えはあるわよ。それにココは事務所兼用だしね」

朝日を浴びつつマンションに入っていくマリエは、情事の余韻《よいん》を引いて、妙にセクシーだった。これからシャワーを浴びて気分を切り替えるのだろう。

おれもひとっ風呂浴びてから署に顔を出すか、と佐脇はバルケッタを鳴海市の外れのボロアパートに走らせた。

だだっ広い駐車場というか空き地に真っ赤なイタ車を駐めて、二階の自室に行こうとしたとき、猛烈な違和感を覚えた。

なにかが違う。

クイズの間違い探しのようにしばらく考え、やがて正解が判った。

アパートの鉄階段が、なくなっている。

余りのことに、まさか階段がなくなっているとは思いもせず、何が違うんだろうと目の前で起きている異常事態を、すぐには認識出来なかったのだ。ある日突然、富士山が消えていたら、そんなことが起きるわけがないと富士山消失の事実を真っ先に除外してしまうだろう。それと同じ心理が働いたと思われる。

が、階段がなければ二階に上がれない。

着替えそのほかにアクセスする手段を奪われ、佐脇は、呆然とした。

＊

「おいお前ら！　仕事だ仕事！　気合いを入れろ！」

いつにないハイテンションで鳴海署の刑事課に入ってきた佐脇は、「お。定時出社！なにかあったのか?」などと口にする光田や公原の揶揄《からか》いを無視して、水野に命じた。

「産廃をしらみつぶしに当たる。県内全域と隣県の、該当する場所のリストを作れ。早急にだ！」

「ですが佐脇さん、二条町を中心にした一連の飲食店脅迫に関して、有力情報、というより苦情がたくさん入ってますが、そっちはどうします?」

「後回しだ！　金属窃盗のほうが先！　とにかく早くやれ！」

久々の、やる気溢れる佐脇の口調に、水野はハイと返事をして、パソコンに向かった。

「インターネットとか使えばリストは簡単に出来るだろ？　おれには出来ないがな」

昨日、金属盗犯捜査を割り当てられたときには、まったくヤル気のなかった佐脇のこの豹変《ひょうへん》ぶりに、刑事課の面々は面食らった。

「おやおや。三係はお気に召さないんじゃなかったんですか？　突然ヤル気を出しちゃって、どうしたんですか佐脇サン」

光田はニヤニヤ笑ってチョッカイを出してきた。

「うるせえ！　人間何をやるにもモチベーションってのが大事なんだ。誰あろうこのおれに、舐《な》めた真似をしやがるヤツは断じて許せねえ。とんでもないものを盗まれて、黙ってられるかってんだ！」

「何を盗まれたんです？　まさかハートとか？」

水野もついつい口を出す。

「お前は黙ってリストを作ってろ！　聞いて驚くな。おれのアパートの外階段だ」

「まあこの前は自転車を盗まれましたしね。電線も盗まれたんでしょう？　このところ消火栓やガードレールやマンホールの蓋が盗まれてますし……」

別に驚くにはあたらないと言いたげな水野の口ぶりに、佐脇は怒った。

「ヒトゴトだと思いやがって！　階段がないんだぞ？　部屋に入りたくても入れないんだ。しかもそれがずっとだぞ？　クルマや家の鍵を盗むよりタチが悪いとは思わないか？」

佐脇は、入ってきたばかりなのに、回れ右をして出ていこうとしている。

「佐脇さん、リストがまだ」

「仕事の遅いお前を待ってられるか！　手近なところから回るんだ！」

アパートから乗ってきた真っ赤なバルケッタを駆って、取りあえず、最初に伊草の会社に向かった。いつもは仕事に愛車は出さないのだが、今はそんなことを言ってる場合ではない。

ここには昨夜も来たが、そのときには会社の裏のスクラップ置き場には何もなかった。

が……。

「邪魔するぞ！」

会おうか会うまいか、昨日はあんなに迷っていたのに、今の佐脇はまったく気後《きおく》れすることなく伊草のところに突き進んだ。

「すみません。昨夜は。電話をもらったようですが、色々あって、出られなくて……今こちらから連絡しようかと……」

言い訳しかけた伊草は、ずんずんやって来る佐脇のただならぬ様子に気づき、デスクから立ち上がったまま、反射的に身構えた。

「お前ンところは、盗品を扱うのか？」

「は？」

伊草は思いがけないことを言われた、というふうに目を丸くした。

「盗んだモノをリサイクルと称して売ってるのかと聞いてるんだ」

「何を言うんです！　バカも休み休み言ってください！」

伊草も大声を出した。

「ウチは盗品は扱わない！」

「ほお？」

きっぱりと言いきった伊草に、佐脇は意地の悪い笑みを浮かべた。

「お前はヤクザの中でもスジを通す男気あるヤツだと思っていたが、どこでどうヤキが回ったんだ？　女にだらしない上に、商売もズルズルか」

「なんのことです」

伊草は不愉快そうな表情を隠さない。

「どうも最近、アタリがきついんじゃないですか？　まあ、佐脇さんの個人的な判断じゃなくて、警察全体の方針なんだろうけど……今度は濡《ぬ》れ衣《ぎぬ》を着せようってことですか？　そんなにヤクザの商売を潰したいんですか！」

今まで溜まっていた鬱屈《うっくつ》が爆発したのか、沈着冷静な伊草が声を荒らげて佐脇に嚙みついた。

「いろいろ言ってくるヤツは多かったけど、私としては佐脇さん、あなた個人を信頼してきたつもりなんですがね」

「おい。お前はずいぶん偉くなったんだな。上からおれにモノを言うのか」

「言いがかりはよしてくださいよ」

「お前の言い方じゃあ、まるでおれが無実の罪をでっち上げて、お前を捕まえようと悪知恵をめぐらせているみたいじゃねえか」

佐脇も負けずに言い返す。

「おれの言うことが濡れ衣か？　それならお前が自分の目で確かめて、その上で、お前の言い分を聞かせてもらおうじゃないか」

「ああ、いいですよ。受けて立ちましょう！」

伊草も胸を張って応じた。

「では聞くが、この、裏のスクラップ置き場にあるモノはなんだ？」

のしのしと事務所を出て裏に向かう刑事に、伊草も付いていく。

事務所の裏に転がっていたのは、錆《さ》びた鉄パイプと鉄板が熔接《ようせつ》された、階段状のモノだった。ペンキが剝《は》げて、一見、廃材としか見えないのだが。

「これはな、ウチのアパートの階段なんだよ。外階段。お前の目には薄汚い廃金属に見えるだろうが、これは、おれの住んでるアパートについていたものだ。つまり、立派な盗品だ。これがないから今朝、おれは自分の部屋に入れなかったんだ」

どうだと言わんばかりの佐脇を見て、伊草は首を傾げながら、スクラップにしか見えない鉄階段をしげしげと眺めた。

「これは……見覚えがないな。そもそも、こんなモノがここにあることを、私は知らなかった」

「バカかお前は。言い訳ならもっとマシなものを考えろ」

佐脇は弱みを握った相手をいたぶるような意地悪い目で、伊草を見た。

「いや、本当に知らなかったんですよ。毎日、終業前にここに置いたものの確認をするんだが、昨夜はたまたま……事情があって、その確認をしなかった。ここのモノを勝手に持ち去るヤツはいないから、始業時の確認はしていないんですが……」

「持ち去るヤツはいなくても、置いていくヤツはいる。そういうことか？」

「いやそれは……」

伊草も、事情が判らなくて混乱している。

「私にも、どういうことなのか……」

「いろんな推測が出来るが、今とにかくハッキリしていることは、おれのアパートの外階段が大胆にも取り外された上に盗まれて、鉄屑《てつくず》としてここにあるってことだ」

「もう一度言いますが、私は盗品を買うことはしません。それに、これがウチに持ち込まれた記録はないし、私の記憶にもないんです」

「あくまでお前は知らないし、知らないのだから責任もないと言い張る気か？　それなら警察として打つ手がある。しかし、いきなり、そういう杓子定規なことをするつもりはないよ、おれは」

佐脇は表情を少し緩めると、伊草の肩を拳で突いた。

「とりあえず、お前の責任で、この階段を戻しておけ。きちんと熔接して、だぞ。おれがドスドス上り下りしても安全なようにな」

判ったと伊草は頷いた。

「当面、この件を事件にするつもりはない。ただ、誰がやったかは突き止めたいし、おれの心証によってはきっちり立件する」

そうでしょうね、と伊草はもう一度頷いた。

「管理がなってない、と言われれば一言もないんですが、誰が運び込んだのか、正直、判らない。ここにあるスクラップの大半は、隣の産廃から引き取ったもので……ただ、小口で、廃品回収の真似事をしているコドモがいて、何度か買ってくれと廃金属を持ち込んできたことがあります。出所《でどころ》の判らない怪しいものは扱わないと言うと、そいつは見積書と領収書を持ってきて、正式な取引だと。そこに書いてあった相手方に連絡したら確かに売ったというので、一応信用したわけです」

「それは金属類か？」

「いいや、それに限らず、いろいろと。使えなくなった家電とか、ビルを解体したときに出た鉄骨とか、事故を起こして廃車になった車とか、まあその時々で」

伊草の言う通りなら……いや、この男は姑息《こそく》なウソはつかないから本当だろう。伊草が正式に鉄階段を買ったのではないなら、そのコドモとやらが勝手に置いていった可能性がある。

「そのガキか誰か判らないが、犯人が運んできたとき、お前さんが出社していなかったから、置いていったんじゃないのか？」

一応、そいつの風体を聞かせろと、佐脇は手帳を取り出した。

「大柄で、だぶだぶのパンツと上着を着ていて……パンツはずり下げて、妙な穿《は》き方をしてる奴で」

「ああ、低脳なガキがテメエの短足をより強調させてるアレだな」

そうそうと伊草は同意した。

「それで、ベースボールキャップを前後逆にかぶって、その上から大きなヘッドフォンをかけて、胸には太い金のチェーンをじゃらじゃらさせて、派手なスニーカーを履《は》いていますね、だいたいいつも」

トラッドやブリティッシュなファッションが好みの伊草は、そいつの理解しがたいファッションセンスを嫌悪しているらしい。

「ウチに売りに来るのにワンボックスカーで来ることが多いんですが、車の中にはやたらデカいスピーカーをつけてましてね、メロディのない、ただ独《ひと》り言を喋ってるだけみたいな曲を、いつもの凄い音量で再生してますよ。爆音とかいうらしいんですが。外にいても車から聞こえる重低音が腹に響いてね」

「あの連中の感覚は、判らん」

佐脇は手帳を閉じた。

「伊草。お前を泥棒の元締めみたいに扱った事に関しては、悪かった。すまん。後はこっちで捜査する」

佐脇は含みを残して伊草の会社を後にすると、鳴海署に向かった。

知らないことは専門家に聞くのが一番だ。ヤクザのことは知っていても、コドモのことは詳しくない。専門家と言えば、生活安全課だ。

佐脇の以前の相方は捜査中に殺されてしまったが、そのフィアンセだった篠井由美子《しのいゆみこ》が生活安全課にいる。今は水野と付き合っているという話を聞いたが、自分のことに忙しい佐脇は、他人の私生活に余り興味がない。だから盟友の伊草の離婚について、いや、そもそも結婚していたことさえ知らなかったのだが。

「ちょっと聞きたいんだが、金属盗を働きそうなガキに心当たりはないか?」

伊草の会社からトンボ返りして生活安全課に顔を出した佐脇は、挨拶もそこそこに篠井由美子に訊ねた。

「短足ズボンに野球帽を逆さまに被ったままバカでかいヘッドホンをつけて、チンピラみたいにネックレスをじゃらじゃらさせて、阿呆陀羅経《あほだらきよう》みたいな音楽をクルマから大音響で流してるガキのことなんだが」

「阿呆陀羅経というのは……ヒップホップですかね。日本語だと歌詞の意味が判るから、まあ、ぐちぐちと繰り言を言ってるように聞こえるかもしれませんね」

優しい性格の由美子は、佐脇の典型的にオヤジ的な感性を一応認めた。

「でも、中にはいいものもあるんですよ。感動しちゃうような」

「生活安全課の人間としては、そういうシンパシーも大切だろうが、おれにはアメリカの貧乏なガキを猿真似したバカが、鳴海の田舎でイキがってるだけにしか聞こえないがな。何でもアメリカの真似すりゃいいってもんでもないだろ」

「それはそれとして、佐脇さんが言ったファッションは典型的なラッパーのものですね」

「ヒップホップなら、『ホッパー』って呼ばないのか?」

「ヒップホップは西アフリカとアメリカの都市中心部に起源を持つ文化の総称で、ラップはその中に含まれます。で、話を戻すと」

由美子はさり気なく話を本筋に戻した。

「鳴海界隈《かいわい》でラッパー気取りなら、津野樹《つのたつる》ですね。二条町の飲食店や路上でライブやったりしてますよ。でも、鳴海じゃ音楽では生活出来ないから、いろいろとバイトをやってるみたいで……」

「あんたが知ってるってことは、生活安全課としてマークしてるってことか?」

「目立つ子は、どうしても記憶に残りますよ。特に文化不毛の地である鳴海では……で、カレがなにか?」

佐脇は由美子にこれまでの経緯を説明すると、彼女は少し考え込んだ。

「多少イキがってるところはあるし、音楽活動するのにお金は必要なので、割りのいいバイトをしているとは聞いているけれど、悪事に荷担するような子じゃないんですが」

会ってみたいという佐脇に促されて、由美子は案内を引き受けた。


着いた先は、二条町にほど近いが、二条町ほどヤバくはないところにあるカフェバーだった。夜は同じ店舗がガールズバーとして営業するらしい。

真っ黒な壁に、装飾用のネオン管が走っている。同じく真っ黒なデコラのカウンター席の他に、テーブル席が四つ。店の奥には一人分の小さなステージがあって、ミニライブも出来るようになっている。どこもかしこも黒塗りだが、夜になってスポットを当てればそれなりに映《は》えるだろう。

「ラップだかヒップホップだか知らないが、そんなのよりもっと酒落《しやれ》た音楽が似合いそうじゃねえか。ジャズとか」

「ジャズはあの狭いステージじゃ無理でしょ。弾き語り系じゃないと」

店に入って声を掛けようにも、誰もいない。そこにビールケースを抱えた若者が入ってきた。極端な腰パンで、脚の半分ほども使えなさそうなのが傍目《はため》にも不自由でイライラする。新手の拘束着のようにも見える。

「なんスか？　まだ店開けてないんスけど」

「津野君、元気？」

由美子が声を掛けると、短足を誇示する若者は、「ああ、婦警さん」とようやく相手を認識したらしい。由美子は制服姿だから、一見して判りそうなものなのに。

「どう？　順調？」

由美子は気さくに声を掛けている。

「まあまあッスね」

格好は完全なラッパー気取りらしいが、佐脇の目には不細工な貧乏人にしか見えない。その上、顔は典型的な田舎者フェイスだ。

「ちょっと訊きたいことがある」

佐脇は前振りなしに警察手帳を突きつけた。こういうガキと世間話をしようにも共通の話題があるとは思えない。

「アパートの鉄階段を盗んだろ？　鳴海市の外れ、山田《やまだ》町字《あざ》山田の、田ん圃の真ん中にあるボロアパートだが」

「あそこ、廃墟だろ？」

樹は思わず言って、シマッタという顔になった。

「残念だな。あのアパートはオンボロで廃屋だと思っただろうが、実はおれが住んでるんだ」

すかさず問いつめる。

「お前さんの考えか？　誰かに言われてやったのか？」

「は？　意味判んないんスけど」

樹は刑事を無視してビールケースから取り出した瓶をカウンターに並べ始めた。

「津野クンよ。お前さんは虫草山にある産廃、あの産廃の隣にあるリサイクル会社に出入りしてるだろ？　そこに鉄屑として外階段を持ち込んだんじゃないのか？」

「知らねえよ」

「知らねえよじゃねえだろ！　お前が鉄屑集めて売り飛ばしてることはネタが挙がってる

んだ！」

佐脇はいきなりギアをトップに入れて樹の胸ぐらを掴んだ。

「……よせよ。ヤメロ」

「オマワリを舐めてると承知しねえぞ。ここにいる婦警さんみたいにみんな優しいと思ったら大間違いだぞこの野郎！」

顔を近づけもの凄い形相《ぎょうそう》で睨まれた樹は、目が点になって声が掠れた。

「お、おれは、誰にもキョウサされてないからな」

「あ？　なんだ？　よく聞こえなかった。もういっぺん言ってみろ」

佐脇は胸ぐらを掴んだまま樹を揺さぶった。

「だから、おれは誰にもキョウサされてねえっつってんの」

「キョウサ、ねえ。そんな難しい言葉、誰に教わった？」

「誰にも教わってねえよ。自分の考えでやったんだよ」

なるほど、と佐脇は頷いた。

「お前は、自分の考えで、おれが住んでるアパートの鉄階段を盗んだことを認めるんだな？　そうだな？」

「……そ、そんなこと言ってねえ！」

「今言っただろ！」

佐脇は樹を引き寄せ、反動をつけてカウンターに突き飛ばした。

「ったく……なんだよいきなり」

その衝撃でカウンターに並んだビールが全部倒れた。

「佐脇さん……ちょっとやり過ぎでは」

横で見ていた篠井由美子が慌てている。だが、ここでやめるつもりは佐脇にはない。かがみ込んで樹に顔を近づけ、低い声で言った。

「ヤクザと刑事の共通点がなにか、知ってるか？　どっちもガキに舐められたら商売にならねえってところだよ」

言いざま身体を起こし、今度は樹の肋《あばら》のあたりにケリを入れる。田舎のラッパーは数メートルふっ飛んで床に転がった。

「ヤクザと刑事の違いも教えてやろう。ヤクザが誰かのガラを押さえれば不法監禁や不法拘束になるが、刑事は合法的に逮捕出来るんだぜ。ワイルドだろぉ？」

転がったラッパーの腹をもう一度、今度は蹴る真似だけしてやると、樹は身体を丸めて防御しつつ、泣きを入れた。

「ヤメロ！　言うから！」

佐脇は彼を立たせて、近くの椅子に座らせた。

「お前あれだろ？　キョウサって言葉を教わったヤツに、鉄階段を盗んで売り飛ばせって教唆《きようさ》されたんだろ？」

樹は黙って頷くと、痛そうに肋を押さえた。

「で、そいつに『おれに教唆されたと絶対に言うな』とか言われたんだろ？　そのときキョウサって言葉を知って、そのまま使ってみたってか？」

「クールだと思ったから」

樹は小さな声で言った。

「クール？」

ギャグが滑ってサムイという意味かと言う佐脇に、若者文化に多少通じている篠井由美子が「カッコイイって意味です」と耳打ちした。

「……まあいい。で、お前に知恵をつけたのは、どこの誰だ？　それを言えば、お前のやったことは見て見ぬふりをしてやってもいい」

そう言われても樹はキョトンとしている。

「……もしかして、『見て見ぬふり』の意味が判らねえのか？」

やれやれと、ウンザリしつつ、佐脇は言葉の意味を教えてやった。

樹は激しく迷っていたが、首を傾げた。

「いや……なんつったらいいのか」

「言えねえか。お前に教唆したヤツはそんなに怖いヤツなのか？　ヤクザか？」

樹は首を傾げた。

「それじゃ便利な言葉を教えてやろう。言いたくても言えないときは、『ノーコメント』って言うんだ」

「じゃあ、ノーコメント」

言ったとたんに佐脇の張り手が炸裂《さくれつ》した。

「痛《い》ってえよぉ！　何すんだよう」

ラッパーは頬を押さえて涙目だ。

「おれがオマンコと言ったらそのままオウム返しにするのか、お前は？」

「……とにかく、言えねえんだよ！」

「判った。あくまで口を割らない気なら警察でじっくり話を聞くしかないな。ちょっと来てもらおうか」

「これって、いわゆる任意同行ってヤツ？」

「よく知ってるじゃねえか。任意とは言うが、イヤとは言えない任意だ。おれに刃向かったら即座に公務執行妨害で逮捕してやるからな。少年法で保護されると思うなよ」

篠井由美子はどうしようもない、という表情で、成り行きを見守っている。ダメを出しても聞き入れる佐脇ではない。

コワモテ刑事に免疫《めんえき》のない樹は、震え上がっていた。

「わかった。言うよ。信じてもらえないと思うけど、名前も、顔も知らないんだ」

「ああ信じられないな。だが続けてみろ」

「おれが鉄屑集めて売ってるのを知ってたんだとは思うけど……いきなり電話が掛かってきて、山田町の廃墟アパートの鉄階段を売り飛ばせって」

「電話で指令を受けたってか。お前は電話一本で泥棒するのか」

「違うよ。前金払うって。二条町の角の電話ボックスの中にある電話帳に万札挟んであるから、それが前金だって。行ってみたらホントに万札が挟んであったから……」

佐脇は考え込んだ。

「お前はここだけじゃなく、二条町でも路上ライブやってるそうだな。ってことは……一応スジは通してるんだよな?」

それを聞いてガキはガキなりに察するところがあったらしい。

「あ……鳴龍会じゃないっスよ。っつーか、電話だけの連絡だから、相手が誰だか知らねえんだよ、マジで」

佐脇はあとを由美子に任せることにした。コワモテの手法で口を割らせるにも限界がある。樹の言っていることが本当なら、これ以上佐脇が突っ込んでも成果は上がらないだろう。由美子に優しく誘導尋問させるほうが得策かもしれない。

「あとはこのお姉さんが優しくしてくれる。署でゆっくり話を聞こう」

「え」

話が違う、と樹は心外そうだ。

「店を放り出して行けないだろ？」

うまい口実を考え出せたと得意顔になったが、すぐに佐脇に潰された。

「店のオーナーに電話して来るように言え。どうせランチの料理はオーナーが作るんだろ。お前は阿呆陀羅経をうなるしか能がねえんだから、皿洗いと注文取りが関の山だ」

オーナーが来るまでおれが留守番してやると言う佐脇に、樹もこれ以上、逆らう理由が見つからない。

パトカーが呼ばれて、篠井由美子が付き添って津野樹は署に送られていった。

さてと。

佐脇は開店前のカフェバーの留守番を始めた。

ただ待っているのもオトナのすることではない、と勝手に冷蔵庫を開けてハイネケンを取り出し、グビグビやりながら生ハムやチーズも出して、本格的に飲み始めた。

そこに、私用の携帯電話が鳴った。かけてきたのは伊草だった。

「どうした？　階段の取り付け工事は終わったのか？」

「あの件は手配するところです……それより、ちょっと面倒が起きて」

「鳴龍会の下のほうから突き上げを食らってるのか？」

イヤイヤと伊草は電話の向こうで苦笑したが、その声は硬かった。

「こういうことは内輪にしておきたかったんですが……手短に言うと、別れ話に立ち会ってもらえないかと」

四方木マリエの件か、と佐脇はすぐに察した。

「判った。だがおれは今、留守番中で、すぐには行けないんだ」

「なんですかそれは」

まさか刑事が店番をしているとは思っていないだろう。しかし、佐脇のいるカウンターにはハイネケンから始まって世界のビールが並び、ツマミも勝手に出して食い散らかしている。

「だから、ちょっと待ってくれ。おれが居たほうがいい話なら、場を繫いでおけよ」

佐脇はそう言いつつ、ボトルに残ったビールを飲み干した。

＊

タクシーを降りた佐脇がバイパス沿いのファミレスに入っていくと、店の中ほどのテーブルで、女二人が対峙《たいじ》している光景がすぐに見えた。まさかいずみまでが呼び出されているとは思わなかったが、これは厄介《やっかい》なことになりそうだ。

マリエは眦《まなじり》を決していずみを睨みつけている。いずみの横には伊草が居て、佐脇に目で挨拶《あいさつ》したが、いつもの強い押し出しはなく、女二人の間で困り果てている風情だ。

佐脇が席に近づくにつれて、一触即発の不穏な空気がぴりぴりと伝わってくる。周囲の席に客が居ないのは、みんなヤバい雰囲気を感じて退避したのかもしれない。だが、今現在ファミレスに居合わせている客の全員が遠巻きに、成り行きを興味津々で注視しているのは明らかだ。

「待たせたな。すまん」

そう言って佐脇がマリエの隣にすわっても、緊張しきった空気は少しも緩まない。いきなりいずみがぺこり、と頭を下げた。

「マリエさん、ごめんなさい。でも、伊草さんは可哀想な人なんです」

「どこがよ？　可哀想なのは私でしょうよ。何もかも捨てて、大阪から鳴海に来たのに、それが全部ムダになりそうなのよ！　何もかも、アンタのせいで！」

可哀想と言われた伊草も、鳴龍会の若頭として流すわけにはいかない。

「ちょっと待てよ。おれのどこがカワイソウなんだ？　女にカワイソウと言われるようじゃ極道もおしまいだ」

だが、いずみは怯《ひる》まない。

「いいえ。伊草さんは強がっているだけなんです。伊草さんが一生懸命、お仕事を頑張ってきたのは奥さんやお子さんのためでもあったんでしょう？　なのに突然、それがいけないってことになって、奥さんがお子さんを連れて出ていってしまうなんて。それが辛くないわけないです！」

「辛くなんかない。それどころか、縛《しば》るものがなくなってせいせいしてるんだ」

だが、いずみは容赦《ようしゃ》なく追及する。

「嘘です。お子さんにもう会えなくなったのが寂しい、坊主もそろそろ父親が必要な年頃なのに、ってこのあいだ言ってたじゃないですか！　目に涙まで浮かべて」

どうやら伊草はいずみには心を許し、長年の盟友だった佐脇にさえ打ち明けていなかった内心を曝《さら》け出していたらしい。

「おれは泣いてなんかいない。泣いてるのはお前じゃないか」

伊草の言うとおり、いずみの大きな目は涙でいっぱいになり、それが溢れそうになっている。

せっかく駆けつけたのに、伊草はともかく、女二人は佐脇などまるで眼中にない様子だ。

「泣いちゃいけないんですか？　伊草さんが泣かないから、私が代わりに泣くんです。知ってます？　悲しいことがあるのに泣かないと、心が死んでしまうんですよ！」

ここでマリエがヒステリックに怒鳴った。

「ああもうイライラするッ！　いずみ、あんた、どんな手を使ったのか知らないけど、ずいぶん若頭、じゃなくて社長に食い込んでいるよね？　なにが心が死んでしまうよ？　私の心なんかとっくに死んでるわ。社長に大阪に帰れ、と言われたときにっ！」

視線で人が殺せるものなら、いずみはとっくに焼殺されているだろう。それほど凄まじい、火炎放射器さながらの目つきでマリエはいずみを睨みつけている。

だが驚いたことに、ネコ科の大型肉食動物というイメージのマリエに対して、無力な小動物のようにしか見えないタイプのいずみは一歩も引かなかった。

「マリエさんにもお願いです。伊草さんをこれ以上、苦しめないであげてください。今の伊草さんに必要なのは、出て行った奥さんのかわりになろうとする人じゃないんです。そんなことより、奥さんとお子さんが戻って来れるように、そのお手伝いをしてあげなくちゃいけないいんです」

「へえ？　あんたにその『お手伝い』とやらが出来るわけ？　どうせうまいこと言って社長に取り入ろうとしてるだけでしょ？　アタシが馘にしたもんだから、次の仕事を見つけようって魂胆ね！　あんたは、キレイごとばかり言ってるくせに、ウラではそういう計算ばかりしてるのよね？　可愛コぶったウワベをしちゃって、そういうあんたが大嫌いなのよ！」

そう言いざま、マリエはテーブルの上のグラスをつかみ、中の水をいずみの顔面にぶっかけた。いずみの髪も顔もピンクのスーツも、あっという間にずぶ濡れだ。

「おい何をする」

伊草が機敏《きびん》に動き、次はホットコーヒーのカップに手を伸ばそうとしたマリエの手首をすかさず捉《とら》えた。

「放してよ社長！　社長はこの女に騙《だま》されてるのよ！　いい歳して可愛コぶっちゃって、コソコソと人の男を横取りしようとする、その陰険な根性が許せないのよ！」

マリエは絶叫し、物凄い力で伊草の手を振りほどいた。すでに店内にいる全員が、あからさまにこのテーブルを注目している。

まずいことになった、と佐脇も割って入ろうとしたが、間に合わなかった。マリエは、ナイフやフォークなどカトラリーが入っていたプラスチックのトレイをつかみ、固まっているいずみめがけて思いっきり投げつけた。

「この泥棒猫がッ！」

ほとんど怒号、というほどの大声の罵倒《ばとう》とともに、トレイが椅子席の背に当たった。がんがらがっちゃんと大きな音を立てて、大量の金属が床に散乱した。

「やめろ、マリエ！　落ち着くんだ。人目があるだろ！　それに、いずみとは……館林さんとは何もない。お前の思っているような関係じゃないんだ」

そこでマリエの攻撃の矛先が変わった。声を低くして、今度は伊草を非難し始めたのだ。

「嘘ばっかり。隠しても無駄よ。社長も、こんな猫かぶりの偽善女にコロっとダマされて、バカじゃない？　このいずみだって、下心があるに決まってるでしょう！　そんなだから……見る目が全然ないから、奥さんにも逃げられたのよ！」

これはマズいと佐脇が立ち上がったのと、伊草が身を乗り出したのが同時だった。マリエの頬を張る派手な音があたりに響き渡り、次の瞬間、マリエは床に散乱したフォークやナイフの上に倒れていた。

「四方木さんっ！　大丈夫ですか？」

あーあやっちまったぜ、と固まる佐脇を尻目に、機敏に動いたのはいずみだった。

大慌てで席を立ち駆け寄ったいずみは、マリエの肩を抱いて顔を覗き込んでいる。たった今まで罵倒されていたのに、どことなくリスを思わせるいずみの小づくりな顔には、マリエを本気で気遣う表情が浮かんでいる。

「お客さま困ります！　これ以上騒ぎを続けられると、警察に通報しなければならないことに……」

さすがにファミレスの店長らしき男性も飛んでくる。

「警察はおれだ。鳴海署の佐脇だ。すまんが、ここはこれで」

佐脇がすかさず近づき、ズボンのポケットから万札を数枚摑み出すと、店長の手に押し付けた。

衆人環視の中で女に手を上げてしまい、さすがにマズいことになったと伊草も我に返った。

「すぐに店を出ろ。ここを離れるんだ。この馬鹿野郎が」

佐脇は伊草の肩を押した。

「あんたもだ。二人で、店を出ろ」

「でも……四方木さんが」

躊躇《ためら》ういずみに、佐脇は強く言った。

「彼女はおれが面倒を見る。それより早くここを出ろ。面倒な事になってるのが判らないのか?」

内ポケットの中で警察専用の携帯電話が鳴っていたが、今はそんなものに構ってはいられない。佐脇は呼び出しを無視して、伊草を睨んだ。

「お前がここまでの間抜け野郎だとは思わなかった。早く出ていけ!」

刑事は伊草といずみを強引にファミレスの戸口に向かわせながら、伊草に耳打ちした。

「こうでもしないとカッコが付かねえだろ?」

「迷惑かけついでにお願いがあるんですが」

伊草もいずみに聞こえないように小声で答えた。

「鳴海港にある貿易会社に行ってみてもらえませんか？」

「なんだそれは？」

「彼女……館林さんの再就職先です。今日から働いてるはずです。うちが紹介しました。貿易会社でパソコンが使える人を探してるって聞いたモノで」

「うん。だから？」

「私は、動けないんで……私が顔を出すのは時節柄マズいでしょう」

『密接交際者』と看做《みな》されては先方にも、いずみにも迷惑がかかる、と伊草は判断したのだろう。

「わかった。おれが、その会社の様子を見てくればいいんだな」

「それとなくね。頼みます」

伊草は佐脇に、名刺を渡した。

『鳴海日華《にっか》貿易株式会社　社長　周国豪《しゅうこくごう》』という文字が見えた。

「それは引き受けた。じゃあ、長居は無用だ。早く行け！」

伊草はすぐタクシーをつかまえていずみを乗せ、自分も駐車場に駐めておいた営業車に乗り込んだ。

そこまで見届けて、佐脇は店の中に戻った。

マリエは自分で起き上がったのか、すでに席に戻っていた。

「……なんてことないわよ。カラダはね」

気が強く、伊草を相手にして一歩も引かなかった彼女だが、さすがに今は呆然として、弱々しい笑みを浮かべている。

「最悪よね。こんなことになって、私自身、笑うしかないわね」

自嘲《じちょう》しつつ、マリエは唇を噛みしめた。

「私……悪いことしてないよね？」

「してないよ。アンタはアンタとして、間違っちゃいない」

マリエは誤解されやすいタイプだが、伊草を想うその気持ちに嘘はなかったはずだ。暴対法以降の苛酷《かこく》な人生を闘ってゆくにしても、これ以上のパートナーはなかっただろうと佐脇にも思える。しかもこんなにいい女なのに、その気持ちに応えてやらない伊草が信じられない……。

などと思ってしまうのは、マリエがまさに佐脇の好みのタイプなので、身びいきという面もあるだろう。伊草がマリエを振ったからこそいい思いが出来たことも確かだが、それにしても、と、佐脇には、盟友への怒りと情けなさが湧《わ》いてくる。

マリエを捨てて、どう見ても釣り合わないいずみを選ぶとは、どういうことなのか。しかも女二人は知り合い同士ときている。

ああいう男ではなかったはずだ。常に判断が的確で、不要なトラブルは回避し、何事にもソツのない男だったはずなのに、このていたらくはどういうことなんだ？

すべてにヤキが回ってきたのか？

その存在を隠し通してきた家庭が、壊れてしまったことが原因なのか？　これもやはり暴排条例が原因なのか？

長年の付き合いだけに、伊草を内心弁護してみたり、盟友であるがゆえに批判せずにはいられなかったり、佐脇も動揺していた。簡単には片付けられない、それほど深い付き合いだったのだ。

「ま、とりあえず部屋で休んで落ち着け」

マリエにかけた言葉も、自分に言い聞かせるようなものだった。

携帯電話の呼び出しが何度も鳴るのを無視してタクシーを拾い、マリエを自宅マンションに送り届けた。

さすがに部屋の中に入ることはなく、マンションのエントランスで別れて、マリエが中に入るのを見届けたところで、また携帯が鳴り始めた。

『佐脇さん！　困るじゃないですか。すぐに出てくださいよ！』

鳴海署からかけてきたのは水野だった。

『二条町周辺の飲食店に取引の強要を迫っていた男が割れました』

「知ってるよ。鳴龍会の剣崎だろ？」

『知ってたんですか！　じゃあもう動いてるんですよね』

「いいやまだだ」

その返事に、あからさまにガックリする気配が、電話の向こうから伝わってくる。

「だがサボってるんじゃない。別件でいろいろあってな」

佐脇としてはすでに金属窃盗犯を挙げるという一仕事を済ませているのだから、文句を言われる筋合いはないと思っている。

『剣崎だとアタリをつけていたのなら、なぜ放置してたんですか』

「アイツなら、短気ですぐキレるが身元は割れてる。シロウトじゃないから無茶はしないし、飛ぶ心配もない」

ヤクザの肩を持つようだが、鳴龍会という組織に入っている以上、抑《おさ》えは利《き》く。いわゆる半グレ集団のような組織にまったく属していない連中であれば、統制がまったくない分何をしでかすか判らず、一度地下に潜《もぐ》られたら厄介なのだが。

『じゃあ、いつ挙げるつもりだったんです？　次に恐喝行為をするまで待つつもりですか？』

「判ったよ。今からやるよ」

水野に急《せ》かされる形で、佐脇は車を拾って二条町に向かった。

飲み屋街の裏手にある安アパートが、剣崎のヤサだ。特に仕事がなければ、近くの、昼から開いている安酒場でクダを巻いているはずだ。

飲み屋街の入り口でタクシーを降りて歩いて行こうとしたとき、その男が目に入った。相変わらず年齢不詳の細長い顔に無精髭、神経質そうな表情で、カバンを持って立っている。派手なアロハ姿でジャケットを肩に掛けているのは、これから旅に出ようとでもいうのか。

「おい。高飛びか?」

佐脇に声を掛けられた男はギョッとして、咄嗟《とっさ》に逃げ腰になった。佐脇に摑まれた肩を振りほどいて、逃走を開始する。

こういう相手に待てと言って待ったためしはない。

スライディングして脚にタックルしてやると、痩《や》せぎすのアロハ男は見事に転倒した。どこかを打ったものか、しばらく起き上がれなかった。

「どこに逃げるつもりだ。香港にでも行くのか?」

「何のことやら……」

男はゆっくり立ち上がって、トボケた。

「なあ剣崎のにいちゃんよ。この辺の店にガタクリ掛けた程度で高飛びするたぁ、ちょっと大袈裟《おおげさ》すぎやしねえか?　それとも、表に出るにはヤバすぎるヤツがバックにいるのか?」

佐脇に睨まれた剣崎は、しばらく気圧されまいと睨み返していたが、やがて、目を伏せた。まるで猫の喧嘩《けんか》だ。

「さあ……何のことだか。とりあえず、高飛びじゃないです」

「じゃあ、どこかのオネエチャンと温泉旅行か？」

「だから、それも違うって！」

剣崎は苛立《いらだ》ったようにケンのある目を佐脇に向けた。

「これから仕事で出張するんだよ」

「どこへ？　ヤクか売春させる女でも仕入れに行くのか？」

「いやいやいや、違うって。ウチの組がヤクを扱わないのは知ってるだろう？　それに女はおれの担当じゃない」

そこへ、ハンチングを被ってセカンドバッグを脇に挟んだ、いかにも手配師然とした初老の男が現れ、剣崎はそいつに声をかけた。

「ああ、善《ぜん》さん。ちょっとこの刑事さんに説明して。オレが今から行こうとしてるトコについて」

善さんと呼ばれた男は、佐脇も顔を知っている。この界隈では手配師として知られている男だ。日雇い労務者の手配から政治結社の集会のサクラまで、人集めに関することなら何でも一手に引き受けるプロだ。

「何か問題でも？　この男に仕事を紹介したのは間違いないですよ、刑事さん。今から行ってもらうんで待ち合わせしたんですよ」

善さんが口にした行き先は、近県にある原子力発電所だった。

「あ？　電力会社はヤクザを雇うのか？　それって電力会社がヤクザの協力企業になるってことだぞ」

「またまたまた」

胡散《うさん》臭さを全身から発散している善さんは、何を今更、と言わんばかりの笑みを浮かべた。

「事故を起こした原発の作業員は山ほど数が必要だけど、なかなか確保出来ないってのは知ってるでしょ？　だから下請け孫請けひ孫請け、そのまた下請けって具合にどんどん仲介を増やして、そうやって作業員を掻き集めてるんです。こんな末端まできたら、作業員がヤクザかどうかなんて判りませんよ」

「いやしかし、剣崎よ。お前は鳴龍会若手のリーダー格だろ？　若頭の伊草に次ぐ地位にいるんじゃないのか？」

「何をおっしゃいます。ウチみたいな小さい組だと、若頭の下はもうみんな兵隊ですよ。警察と行政に締められて、仕事がなくて食うや食わずの兵隊ですよ。おれもね、地元にいたいけど、金がないんで、仕方ないんでサ」

剣崎は情けなさそうな顔になった。

「なにしろ金がないんだから」

「金がないからって……仮にも鳴龍会の幹部が、二条町の自分の組のシマの店にガタクリ掛けたってのか？　判らんな」

佐脇は首を捻った。

「それはヤクザの仁義に反するだろ」

「食えなきゃ、仁義もへったくれもないッスよ」

剣崎は言い返してきた。自分がやったともやらないとも言わないが、苛立った口調からすると、二条町の飲食店への営業妨害にコイツがかかわっているのは間違いない。

「義理も人情も金があってこその話ですよ。警察だって同じでしょ？」

たしかに警察も、裏金をつくっては酒を飲み、親睦を深めているのだから、同じ、と言われればそうなのかもしれない。

「刑事さん。いい加減に話を切り上げてもらえませんかね」

手配師の善さんが、腕時計の文字盤を、指でとんとんと叩いている。

「そろそろバスが出るんで。誰かが原発に行って作業しなきゃいかんのだから。誰も行かなくなったら困るでしょ？」

「それはそうだが……」

剣崎が作業員として原発に行くことになった、そこに至る事情がよく理解できない。善さんが苛立った口調で説明する。

「ハッキリ言って、金で釣るだけじゃ命の危険に曝《さら》される作業員の確保は出来ないってことです。剣崎みたいに、組長から言われりゃハイと言わざるを得ない人間が必要なんですよ」

剣崎も頷いた。

「おやっさんに言われたからね」

そういう些末《さまつ》なことは、これまでは伊草が差配して、組長が直々に動くことはなかったはずだ。現在、それほど伊草が他のことで忙殺され、鳴龍会自体にも余裕がなくなっているのか……。

「ね、刑事さん。おれも金ないし、そういうことで今回は目を瞑ってよ。ね」

剣崎は佐脇に手を合わせた。

善さんは、二人の様子を見ていたが、ふたたび腕時計を見て、手を上げてタクシーを止めた。

「じゃ、そういうことで。話はまたの機会ということで」

またの機会などわざわざ作るはずがない。話が有耶無耶《うやむや》のまま、善さんは剣崎を連れてタクシーに乗り込み、何処へか走り去ってしまった。

「とりあえず……」

佐脇は、頭の中を整理した。

金属窃盗犯は挙げた。二条町周辺の取引強要犯は去った。犯行を教唆した人物が別の人間を使ってくる可能性はあるが、一応、実行犯は両方とも潰した。

しかし、自分を狙撃した下手人については依然として手掛かりすら掴めていない。

成果が上がったような、上がってないような、消化不良のような気分で、このまま署に戻る気にはなれなかった。

そこで伊草に頼まれた件を思い出した。

館林いずみの再就職先の様子を見てくる、という約束があったのだ。

ポケットを探ると、伊草に手渡された名刺が出て来た。そこにメモされた住所に行ってみることにした。

釣り合わない組み合わせだとは思うが、伊草がいずみを気にかける気持ちは、どうやら真剣なものらしい。それを思えば、約束は誠実に果たすべきだろう。

『鳴海日華貿易』は、港の近くにある煉瓦《れんが》造りの古いビルにあった。昔の日活映画に出てきそうな、まさに霧笛《むてき》と浜風が似合う、波止場《はとば》にある貿易会社という風情だ。

だがこの会社は別に老舗《しにせ》ではなく、入居しているビルや日活の映画よりも、はるかに新しい。中国が建設ブームに沸いていた数年前に設立され、会社が移転するたびに大きくなっていたのだ。

道教のものらしい神像の絵が飾られ、入り口には風水で使う八角の鏡が置かれていたりするのが、いかにも中国系の貿易商社という雰囲気だ。

「やあ。ちょっと邪魔するよ」

特に用もないのにぶらっと入れるのは刑事の特権だ。

「特に変わりはないかな？」

佐脇が警察手帳を出すと、入り口の一番近くに居た女子社員が慌てて席を立ち、奥に知らせに行った。

「これはこれは……鳴海署の刑事さんですね。お名前は確か……佐脇さん？」

社長らしき人物が奥から出てきた。名前は周国豪。言われなければ中国人とは判らないほど、日本語は巧い。

何かで一度顔を合わせただけなのに、周は、佐脇の顔と名前を覚えていた。異国で事業を立ち上げ、展開しているだけのことはあると思わせる、初老の、いかにも苦労人といった雰囲気の男だ。笑みを絶やさず腰が低く言葉は丁寧で人当たりはいいが、目は笑っていない。

背が高くて痩せているところは、同じ名字の周恩来《おんらい》に似ている気もする。佐脇もそつなく返した。

「私のような下っ端を覚えていただけたとは光栄です。こちらの会社もご発展のようで」

「おかげさまで。有り難いことです」

周大人《ターレン》はあくまで低姿勢と感謝の姿勢を崩さない。地元経済界にとけ込むために、非常に気を遣っているのだろう。

「最初鳴海に来たときは、中国の食品を扱ってました。そのあと、農薬の問題があって、一時売れなくなったときは困りましたが、幸いなことに、スクラップの需要が中国で高まりましてね。食品の輸入から、鉄屑や廃プラスチックの輸出に切り替えたんです。それからは何とか……社員に給料も払えています」

おかげさまで、と言いつつ周大人は深々と一礼した。決して「儲《もう》かってる」とは言わない。謙遜《けんそん》しているのではなく、用心深いのだろう。

「あっ佐脇さん、来てらしたんですか？　先ほどは……本当にすみませんでした」

オフィスのドアが開き、いずみが入ってきた。佐脇の次に、社長に謝っている。

「すみません。遅くなってしまって。もっと早く戻るつもりだったんですが……」

ということは、いずみはファミレスを出たあと、ずっとどこかにいて、今戻ったということなのか。あんな修羅場のあとだけに、ショックで立ち直るのに時間がかかったのかもしれない。

「あんた……大丈夫なのか?」

思わず訊いた佐脇に、いずみはしっかりと答えた。

「私は大丈夫ですよ。それより……マリエさんが」

自分にひどいことを言った四方木マリエのことを心配している。どこまで人のいい女なのか、と佐脇は呆れた。

「彼女のことなら心配いらない。それより、ここの仕事はどうだ」

「今朝始めたばっかりで……まだ何もお役に立てなくて」

「そんなことはない。館林さん、パソコンが得意で助かってますよ。日本語で言う即戦力、ですね」

社長の周大人は満足そうにいずみを見た。

社長が命じて持ってこさせたジャスミン茶は、美味《うま》かった。

「今朝からじゃ、まだ慣れたとは言えないか」

「いえ、皆さんに良くしていただいて。即戦力っていうのは言いすぎだと思いますけど」

マリエと決裂したショックを隠そうとしてか、いずみは努《つと》めて明るく振る舞っている。

「いや、まさに即戦力ですよ。館林さんにはいずれ、営業もやってもらおうと思ってます。彼女は明るいしきれいだから、外回りに向いてるね」

そう社長に言われて、いずみははにかむように微笑んだ。

「まあ、あれだ。ここに来ることになって、かえって良かったんじゃないか？　災い転じてナントヤラと言うじゃないか」

そう言われて、いずみはハイと頭を下げた。

「安心したよ。とおれが言うのはヘンだけど」

「まあ佐脇さん。今後ともどうか宜しく」

徹底的に腰が低い社長は、深々と頭を下げた。ここまで低姿勢だと、逆に気味が悪い。

伊草との約束を果たした佐脇は鳴海署に戻ると、生活安全課に顔を出して篠井由美子にその後を訊いた。

「津野樹は頑として、犯行を教唆した人物についてはまったく話しません」

「でも、人物像の輪郭《りんかく》くらいは口にしてるんじゃないのか？」

「心当たりの人物としては、二条町界隈で何度か見かけたことのある、鳴龍会の人間ではないと思うが、ちょっとカッコよくてガタイのデカい人、という以上の事は言いません」

じゃあおれが締めてやろうか、と佐脇が言うと、篠井由美子は両手でバッテンを作った。

「いえ。それには及びません。佐脇さんが無理矢理口を割らせても、最近は暴力による自供は、証拠能力がないとされてしまうんです。少年審判も刑事裁判も、公判が維持出来ませんよ」

「……じゃあ、根気強くあのガキを説得して自分から喋るように仕向けるしかないんだな？」

佐脇はウンザリした。荒っぽい取り調べもケースバイケースで必要なことはあるのだ。相手がワルの場合、紳士的に取り調べていたら、勾留《こうりゅう》期限の十日などすぐに過ぎてしまう。

「佐脇さんは私に任せるとおっしゃったんですから、私に任せてください」

以前は気弱なところのある仕事ぶりだった篠井由美子だが、最近は女性警官の中でもベテランの域に達してきたせいか、自信がついてきたようだ。

「……判った。じゃあ、アナタに任せるよ。頼んだよ」

由美子の肩をぽんと叩いて生活安全課を出た。

刑事課に戻ると、なにやら室内が騒然としている。

電話があちこちで鳴り響き、光田も公原も席を立ち、黒板にいろいろと書き込みをしている。

「どうしたんだ？」

佐脇が当然の疑問を口にしたとき、うしろから刑事課に飛び込んできた誰かに突き飛ばされそうになった。

「ああ佐脇さん、戸口に立ってると邪魔です」

書類を数枚持った水野だった。

「何処に行っていたんですか？　仁和寺《にんなじ》川上流の山田橋から軽自動車が転落して、運転していた女性が死亡した模様です」

「山田橋？　ウチの近所の、あの潜水橋か？」

川が増水すると水面下になってしまうことから「潜水橋」と呼ばれるのだが、流木や土砂が引っかかるのを防ぐために、この山田橋には欄干《らんかん》がない。このような潜水橋が、実質田舎である鳴海市には多数ある。危険性を指摘されているのだが、交通量が少なく、何よりも掛け替えに多額の費用がかかるので、そのままにされている。使うのは地元民だけで、地元の鳴海署としても定期的に注意喚起《かんき》をしているのだが、それでも時々事故が起きる。

「ちょうど水位が低くて、転落した車は下の中州に激突して、大破した模様です」

交通事故なら刑事課の出る幕ではない。ならばどうしてこの部屋が騒然としているのだ？

「事故車両はこれです」

水野が現場から送られてきた写真を見せた。

「おい、これは！」

ピンク色の軽自動車。車の横には『ウェスト・ヘルシーフード・サービス』と書かれている。

乗っていたのは、マリエか……。

ファミレスでの、あの修羅場の直後だ。ただの交通事故ではあるまい。

佐脇は、そのまま刑事部屋を出て愛車バルケッタに飛び乗ると、タイヤを軋ませた。

第四章　義理と人情

普段は流量も少なくて小川のように見える仁和寺川の流れは、夕方の陽光を浴びてきらきらと輝いている。

大雨や台風になると一気に増水するが、今は水量が少ないので川幅も狭く、穏やかな流れで、小さな中州も出現している。

だが、そののどかな風景に異質なものがあった。狭い中州に突き刺さるようにして、ピンクの軽自動車が転落して大破しているのだ。

事故現場である潜水橋・山田橋は通行止になり、土手には救急車やパトカー、レッカー車などが集まって騒然としている。

そこには、磯部ひかるが率いる取材クルーもいた。

佐脇の姿を見つけたひかるがカメラを片手に駆け寄ってくる。

「今はよせ。おれは気が立ってる」

佐脇は手でカメラのレンズを塞ぎ、取材を拒否した。額に冷たい汗が滲み、マリエの奔放な姿態や妖艶な笑顔が次々に脳裡に浮かんできてとまらない。だがひかるは諦めない。

「じゃあオフレコで。この事故は、単純な交通事故なの？　それとも……」

「判らん」

「一連の鳴龍会の動きとの関係は？」

「おい。これはニュースの取材か？　それとも例の密着か？」

そう問われたひかるは咄嗟に返事が出来ない。

「内容次第ではニュースで流すけど……」

「だいたい密着ですらなくて、これじゃ突撃だろ。どっちにしても今は邪魔だ」

現場を警備する制服警官に、「こいつらは現場に入れるな」と厳命した佐脇は、黄色い現場保存テープを潜り、橋を歩いて車が転落したポイントに向かった。

ひかるたちはふたたびカメラを向け、橋のたもとからその姿を撮影している。

潜水橋は低い位置に架けられるので、橋から中州までは五メートルもない。しかし真《ま》っ逆《さか》さまに転落すれば衝撃に弱い軽自動車は鉄塊《てっかい》と化してしまう。

死んだのは、やはり、マリエなのか。

「佐脇さん、あんた関係ないだろ？　なんで来たの？」

佐脇の動揺をぶった切るように、険しい声が飛んできた。

交通課のベテラン、松川《まつかわ》巡査部長が露骨に迷惑そうな顔をしている。

「運転ミスで転落したんだよ。ブレーキ痕もないし」

「運転していたのは誰だ? 女だそうだな。死亡は確認されたのか?」

矢継ぎ早に訊いたが、松川はあくまでも自分のペースを崩さない。

「近所の農家から『凄い音がした。車が落ちた』との通報があって救急とともに駆けつけたんだ。相当スピードを出してたんだろう、車はあの通りで、運転手を救出するのが大変でね」

「だから、運転していたのは?」

「女だよ」

「どんな?」

松川は話の順序を変える気は絶対にない、とばかりに淡々と喋った。

「その女性はすでに息も脈もなかった。蘇生措置をしながら救急車で国見病院に送ったが、あの分じゃ多分ダメだろうな……おい」

「だから! 先におれが訊いてることに答えろ!」

部下に指示を出そうとする松川に佐脇は思わず声を荒らげた。事故を起こしたのはマリエなのか? マリエが死んでしまうというのか?

松川は中州で実況見分をしている若い警官の一人に声を掛けた。

「運転していた女性の免許証とか、確保してあるだろ」

ハイと答えた警官がビニール袋を持ってハシゴを登ってきた。

「ガイシャの免許証」

佐脇は震える手で免許証をあらためた。

四方木マリエ。

「……どういうことだ」

感情を押し殺した声が迫力を生んだのか、松川は思わず一歩後退した。

「だから、おそらくは前方不注意で」

「いや、彼女はこんなところを走る理由がない。こんな田舎に健康ドリンクを飲むヤツなんかいない」

携帯が鳴り、松川が短い言葉で応答した。

「運転していた四方木マリエの死亡が確認された。現場での検視では、死因は全身打撲のようだ」

佐脇は中州に転落して大破した軽自動車を見た。

マリエは何かで急いでいて、近道として、この慣れない潜水橋を飛ばしていたのだろうか？　そしてハンドルを切り損なったか、または何らかの理由で運転を誤り、欄干のない橋から転落して絶命してしまった……。

「これは事件の可能性がある。ウチも噛むからヨロシクな」

佐脇は、携帯電話で光田を呼び出した。

「山田橋で転落した軽自動車だが、ただの事故じゃないかもしれん。最初から刑事課が噛んで、事件として捜査したい」

なんでだ？ と電話の向こうの光田が問い返した。

「ガイシャがちょっと曰《いわ》くあるんだ。とにかく、現場に来てくれ。すぐ来い！」

やりとりを聞いていた松川はうんざりした表情だ。

「おたくらどれだけヒマなんだ？ 交通課を信用してないんだな」

「あんたらはなんでも簡単に事故で片付けようとするからな。待てよ、と後から思っても資料ひとつ残っちゃいない。あげく、警察の体面を守ろうとして証拠を捏造《ねつぞう》したこともあったよな？ 例の白バイ事故で現場検証した鑑識がでっちあげた、あのブレーキ痕のことを忘れたか？」

事故を起こした白バイ警官を庇《かば》うために県警が一丸となって動き、落ち度のない相手方の運転者を無理やりに有罪とし、免許を取り上げて生活の手段まで奪った、というひどい事件のことを佐脇が言うと、松川の顔色が変わった。

「アンタ、ケンカを売りに来たのか！」

佐脇と松川が一触即発の状態になったとき、公原を先頭に鳴海署刑事課の面々が急ぎ足でやって来た。中に光田と水野もいる。

「おい。あのテレビ、お前が呼んだのか?」

開口一番、公原が佐脇に文句を言った。

「勝手に来てるんだ。いい加減、あの連中の取材を打ち切らせてもらえないのか？　とにかく、今はこっちが大事だ。ほら、お前から説明しろよ」

佐脇は八つ当たり気味に、松川に顎で指図した。

「お前に命令される謂《いわ》れはない！」

一瞬激昂した松川だが、なんとか感情を抑えて、事故状況を公原たちに繰り返し説明した。

「ガイシャの四方木マリエって、あの四方木マリエか?」

公原の問いに佐脇が答えた。

「そうだよ。最初にウチに健康ドリンクを売り込みに来た、彼女だよ」

「そして、鳴龍会若頭、伊草智洋《ともひろ》の愛人」

横から光田が口を出す。

「いや、今は……」と佐脇が訂正しようとしたときに、公原から厳命が下った。

「おい佐脇！　伊草を重要参考人としてしょっ引いてこい！」

「何でですか課長？　いくら何でもそれは無理があるでしょ」

驚く佐脇に、光田が口許を歪めた。

「佐脇。お前、ガイシャと今日、会ってたろ？　昼過ぎにバイパス沿いのファミレスで」

衆人環視の中で大騒ぎになったのだから、目撃者は多いだろう。

「そのとき、お前さんと伊草もいたんだよな？」

「妙に疑われる前に言っとくが」

佐脇は自分から説明した。

「騒ぎのあとおれは、四方木マリエを自宅マンションまで送っていった。乗ったタクシーの運転手に訊けばアリバイは取れるだろ。マンションの前で別れたことも証言してくれるはずだ」

「問題はそのあとだろ。タクシーを降りて引き返して犯行に及んだかもしれん」

「生憎《あいにく》だな。さらにそのあとおれは、口入れ屋の善サンと会ってたんだ。路上での立ち話だったから、それにも目撃者がいるはずだ。そのあとは鳴海港にある貿易会社にいた。これも相手があるからアリバイは取れるぞ」

現場に居た全員が、佐脇を疑わしそうに見詰めている。

「ま、それはウラを取ってやる。それにお前が犯人なら、これは事件だ！　と騒ぎ立てるのはおかしいよな？　交通課が単純な交通事故として処理してくれたほうが有り難いだろうし」

公原の言葉に松川が反応しようとしたが、意地の悪い光田が佐脇に毒舌を吐いて、抑えた。

「いや。コイツのことだから大方そういうウラまで読んで、疑いをそらすために、ワザと捜査しろと言ってるかも」

佐脇は思わずカッとなり光田に突っかかった。

「おい出来の悪い係長よ。お前それ、まさか本気で言ってるんじゃねえだろうな？」

佐脇はドスを利かせて光田を睨むと、水野に命じた。

「国見病院に電話して、四方木マリエの司法解剖を指示しろ」

「おい待て。そんなこと勝手に決めるな。予算に絡むことはおれが決める」

公原が強硬に反対した。

「司法解剖の予算はないぞ！　そもそも司法解剖の予算自体がないんだから、他所から工面しなきゃいかんのだ」

「ったくクソ田舎のクソ貧乏警察が！　司法解剖なしで変死体の死因の特定が出来るのかっ！」

「変死体じゃないだろ。これだけの事故だ。橋から落ちたんで死んだに決まってるだろ」

横から口を出した松川を、佐脇は睨みつけた。

「見ろ！　確かめもせず断定する、こんなバカがいるから司法解剖しなきゃイカンのだ！　カネはおれが出す。おれが自腹で出してやるから、司法解剖を手配しろ！」

「おい。それは、自分に嫌疑がかからないようにするためのポーズか？　ご苦労なことだな」

あくまで光田は意地が悪い。

「お前、バカか？　殴るぞ」

「判ったよ。判りました。自腹なら好きにするさ」

いきり立つ佐脇に、光田はヘラヘラと応じて、流した。

二人の間には阿吽《あうん》の呼吸がある。嫌味を言うように見せかけて、光田は佐脇を庇ったのだ。

「それと、事故車もきっちり鑑定しろよ。ここの田舎警察は白バイが民間車両とぶつかっても平気で民間車両に罪を着せるし、鑑識の結果も堂々改竄《かいざん》した実績があるが、今回はそれで通ると思うなよ」

「またその話か。言っておくが再審請求が通らないかぎり、あの事件の有罪は民間側で、ウチは悪くないからな」

松川は心底迷惑そうに顔をしかめた。

「とにかく、腕利きで信用出来る鑑識にじっくり見せて、刑事課《こっち》に結果を上げろ」

「何を仕切ってる？　次期刑事課長はお前か？」

テキパキ指示を出す佐脇に公原も苛立っている。

佐脇は追いすがるひかるの取材クルーを振り切って国見病院に飛んだ。マリエの司法解剖が終わるまで、解剖室のある地下廊下で待つつもりだ。

たった一度とは言え、情を交わした女だ。しかもその一度がとびきりで、顔も躰も佐脇好みの、極上の女だった。きちんと別れを言ってやりたい。

やがて、解剖室の扉が開いて、担当した医師が手招きした。

「刑事さん、あんたが言った通り、死因は事故によるものじゃないね。詳しくは所見に書くが、致命傷は、頭部を鈍器で殴られたことによる脳挫傷だ。傷の形状、血痕の位置などから、交通事故による衝撃であるとは考えにくい。死亡してから事故に遭うまで、一時間ほど時間の差があったようだ。ただし」

医者はここで言葉を切った。

「被害者の頸部には、扼殺死体で最も特徴的な所見である表皮剝脱や半月型の扼痕が認められた。また病理検査において、圧痕部分の血管壁の弾性繊維に乱れが生じていることが鏡検出来たので、圧迫が生前に受けたものであると鑑別出来る」

「……要するに、首を絞めたが、殺しきれなかったかとどめを刺したかで、鈍器で頭を殴ったと。それが致命傷となって死に至ったという事だな？」

医者は黙って頷いた。

「もしくは、交通事故に見せかけるのには、絞め殺すよりも殴り殺したほうが偽装しやすいと、そのとき咄嗟に考えを変えたか……」

医者は、それには答えなかった。

「よかったら、見るか？」

「もちろんだ」

佐脇が解剖室に入ると、遺体に付着した微物を鑑識課員二人が調べているところだったが、その手を止めて刑事に場所を譲った。

彼らにご苦労さんと言いつつ、佐脇は四方木マリエの遺体に向かい、合掌した。

脳挫傷になるほど殴られた上に、車に乗せられて橋から落とされた遺体は、かなり損傷していた。

キツいが美人であった顔は、痛ましいほどに変形していた。脳の損傷を調べるために開頭されて縫い合わされたので、頭髪は剃《そ》られているし、臓器を調べるために開腹したのち、縫合された痕も痛々しい。そして、首には指による圧迫痕が生々しく残っていた。

普段は被害者の遺体を見ても職業柄、激しい感情が湧くことは少ないが、マリエの変わり果てた姿を見ると、思わず目が潤《うる》んだ。あれほど佐脇を悦ばせ、おそらく他の男たちも愉しませてきただろう見事なボディからも、その肌の熱さと生気は飛び去ってしまった。

性格はキツいし、言葉もキツかったが、殺されるほど悪い女じゃなかった。いや、一途《いちず》という点では、いい女だったのだ……。

「あんたも当然知ってることだが、事故死と、事前に殺害された場合とでは遺体の状態が違う。このホトケさんには、交通事故で負った傷に生体反応がない。事故前に死亡していたことは明らかだ。それと、扼殺未遂についても、相当な力で頸部を圧迫している。これは男の、しかもかなり屈強な男の仕業であると言いきってもいい。田舎の専門外の医者の言うことだが、一応これでも医者だからな」

日頃、佐脇から田舎のヤブ医者と言われていることを気にしているらしい。

「判った。信用するよ。つまり、彼女はどこかで殺害されたあと、車に乗せられたってことだな。遺体に付着したゴミとか繊維とか髪の毛はどうだ？」

「それはオタクの鑑識の仕事だ」

「では、それ以外の詳しい所見を聞かせてくれ」

佐脇は、マリエの遺体を最後にもう一度眺め、心の中で別れを告げてから、手帳を取り出した。

「死亡推定時刻は？」

「胃にコーヒーとクッキーが少量残っていたが、消化の度合いから見て、一三時から一四時の間の摂取だろう。犯行はその後だ。直腸の温度や死後硬直、目の結膜乾燥から見ても、死亡推定時刻は、一五時から一六時と推定される」

マリエや佐脇たち四人はファミレスで会ったが、テーブルに料理は並んでいなかった。深刻な話で食事どころではなかった。ランチタイムだったが、全員がコーヒーもろくに飲まずに話し合い、というより怒鳴りあいをしていたのだし、たぶんマリエは自宅マンションに戻っても食欲もなく、クッキーを摘んだだけだったのだろう。

可哀想に。

佐脇は本心からそう思った。マリエだって精一杯生きていたのだ。彼女はけっして悪くない。

「事故の通報は一六時前。松川が現場に着いたのは一六時。オレが現場に行ったのが一六時一五分」

佐脇は時系列を自分で確認した。

「じゃあ、一五時から一六時の間にマリエは殺されて、一六時前に車に乗せられて偽装事故が起きた。そういうことだな」

＊

国見病院から戻った佐脇がドアを蹴り開けるようにして鳴海署の刑事部屋に入ると、一同は、ラーメンなどの出前を取って食事の最中だった。

「メシ食ってる場合か！　この給料泥棒どもが！」

「うるせえな。こっちは司法解剖と鑑識の結果を待ってたんだ。出たのか？」

文句を言う光田に、佐脇は喧嘩腰で答えた。

「ああ出たよ。案の定、四方木マリエは事故前に殺されていた。犯人は男だ！」

佐脇は怒鳴った。

「事故と決めつけた、あのクソ野郎の松川に詫び状を書かせろ！」

苛々《いらいら》と歩き回りつつ事件の経過を報告した佐脇は、次に水野に訊いた。

「事故車両の鑑識の結果は？　不審な点はなかったか？」

「電気系統にも機械系統にも異常はなかったようです」

水野は鑑識から上がってきた資料を見ながら説明した。

「ブレーキもアクセルも、細工した形跡はありません。ハンドル固定で無線でアクセルを操作して、ということもないようです」

「つまり事故車両は普通の状態で走っていて潜水橋から転落したと？　死者が運転して？」

矢継ぎ早の質問をした佐脇は、「自分の目で確かめる」と部屋を出た。

「待て。お前が仕切るな」

と言いつつ、刑事課長の公原が後に続き、そうなると光田もついて来ざるを得ない。

事故車両は、鳴海署の裏側にある駐車場に、ブルーシートを掛けた状態で保管されていた。

外はもう暗い。しかし佐脇は強力ライトを使って、鉄塊となったピンクの軽自動車を丹念に見ていった。そのうちに鑑識課員もやってきて、検分に加わった。

「おい、これはどう解釈するんだ？」

佐脇が示したのは、後部バンパーだった。なにかにぶつかったように大きく損傷している。

「ああ、そうですね」

鑑識課員は、佐脇の言わんとしていることを察した。

「事故車両はアタマから落下した、だから後部はこのように損傷しないはずだ、とおっしゃるんでしょう？」

そうだ、と佐脇は頷いた。

「後ろから他の車に追突されたんじゃないか？　結構なスピードで橋から押し出されれば、こういう傷がつくんじゃないのか？」

「ローテクを使ったってことか」

光田がナルホドね、と首を傾げ、公原が大声で全員に下命した。

「潜水橋の周辺を当たって目撃者を探せ。車一台を結構な速度で押し出すについては、かなりエンジンを吹かしたはずだ。目で見てなくても、音を聞いたやつがいるかもしれない。この後部バンパーからも、追突した車の塗料が出て来るかもしれない。というか、当然それは調べてるよな？」

訊かれた鑑識課員はもう一度調べ直すべく、支度《したく》にかかった。

「それと佐脇。お前を乗せたタクシー運転手からウラが取れた。口入れ屋の善さん、こと児玉善吉《こだまぜんきち》からもウラが取れた。口裏を合わせていないということも周辺の目撃情報で確認されたし、貿易会社の件もツジツマは合ってる。一五時から一六時の間のお前のアリバイは成立だ。よって、お前の嫌疑は晴れた」

「当然だ」

これ以上言うとぶん殴るぞという殺気を漂わせる佐脇に、公原は機嫌を取るように言った。

「まあ、お前みたいな不良刑事もたまには役に立つ。お前、今から捜査三係から捜査一係に戻れ」

「そうかい？　おれは一でも三でも関係なく、今まで通り好きにやるがな」

「じゃあさっそく一係の仕事をしろ。痴情か怨恨《えんこん》かは知らんが、動機の点でやっぱり鳴龍会の伊草が怪しいだろ。任意で引っ張れ」

「おいおい公原さん。何度も言うけど、そりゃ単純に考え過ぎってモンですよ」

佐脇は呆れて言った。

「物証もない段階で、引っ張ってきて何を話すんです？　世間話ですか？　ＡＫＢの話でもしろと？　いくら伊草がヤクザで、県警本部から暴力団は叩き潰せと言われていても、それは無理筋だろ」

「叩けば埃《ほこり》が出るだろうよ。別件を探せばいくらでも材料はある。競輪や競艇のノミ行為でも管理売春でも。伊草は若頭だ。直接関与していなくても使用者責任ってものがある。叩くうちに、四方木マリエ殺しについてもゲロするだろうよ」

「あんたはホント、何も判ってないな」

佐脇は大きく溜め息をつき、お手上げだ、と言わんばかりに肩をすくめた。仕草にも言葉遣いにも、上司に対する尊敬の念は、もはや微塵《みじん》も感じられない。

「おれが伊草のマブダチだからってことじゃないんだよ。伊草はあんたなんかよりはるかに緻密《ちみつ》だぜ。ヘタに任意同行なんかかけようものなら、ヤツは弁護士を立てて人権問題にしかねない。左がかった弁護士がいくらでも飛びついてくるぞ」

公原は、伊草をナメている様子だが、あの男はそんなドジな田舎ヤクザではない。

正面切って楯突く部下を、公原刑事課長は睨んだ。

しかし、喧嘩をして負けた猫のように、公原はふっと目を逸らした。

「……まあ、任意同行は無理にしても、とにかくアイツに話を聞いてこい。事件の直前まで被害者と会っていたんだから、関係者には違いないだろう。言い分を聞かなきゃ話にならんし、ウラも取れない。それなら問題ないだろ?」

「それはそうですな」

頷いた佐脇は、水野と二人で伊草の許《もと》に向かうべく鳴海署の裏口を出た。だがそこで、またしてもひかるたちの取材クルーに捕まってしまった。

「殺人事件の聞き込みでしょ? 同行していいですか?」

「ダメに決まってるだろ。それに状況が微妙だ。カメラとマイクをおっ立てたマスコミなんか引き連れて行こうものなら、全面戦争になりかねない」

「全面戦争って?」

水野が止めるのもきかず、佐脇は言い切った。

「アホな連中が戦争をしたがってる。県警対組織暴力ってこと!」

驚いて何も言えなくなった取材クルーを残し、佐脇は、あくまでも「私用」を強調するかのように、バルケッタに乗り込んで出発した。

伊草は、自分の会社で大林とともにパソコンに向かっていた。

「ああ佐脇さん、先ほどはご足労をおかけしました。どうもこのところ、お恥ずかしいところばかり見せてしまって」

佐脇が事務所に入っていくと、伊草は立ち上がって迎えた。大林は仕事が忙しいのか、パソコンから離れず、佐脇をちらりと見て黙礼しただけだ。

「さっきあんたに頼まれた例の件だがな、さっそく行ってみた」

「それはありがとうございます。で……どうでした？」

「ああ、きちんとした会社で、安心できる感じだ」

佐脇と伊草は、いずみについても、『鳴海日華貿易』について名前を出さないまま、話をした。伊草は刑事の返事を聞いてホッとした表情だ。

「だが、それを言うためにわざわざ来たわけじゃない」

「と言うと？」

伊草には訪問の目的が判らない様子だ。

「知らないのか？　テレビは見てないのか？」

「そんな暇ないですよ。資金繰りが厳しくて、あちこちに電話をかけて、ずっと金策にかかりきりで」

本当に何も知らない様子の伊草に、佐脇は声を落として静かに告げた。

「四方木マリエが死んだ。殺された、と言うべきか」

「え？」

伊草が硬直した。

「マリエが？　どうして？」

「それが判らないからここに来ている。言っている意味は……判るよな？」

ガタン、と大きな音がして佐脇はそちらを見やった。

パソコンに向かっていた大林が立ち上がり、呆然とこちらを見つめている。

この男がマリエにご執心だったことを知っている。だから、もっと取り乱すかと思ったが……伊草の手前、ぐっと我慢しているのだろうか。その証拠に、両手を強く握りしめて、涙を堪えているようにも見える。

佐脇がマリエの事故について詳細に説明すると、伊草はぽつりと言った。

「それで、私が犯人だと？」

イヤイヤと、佐脇は首を横に振った。

「そうは思っていない。アンタを疑う理由が薄い。ないとは言えないが。で、念のためにアリバイを確認したいんだよ。そうすればスッキリするだろ。おれも疑われたが、ウラが取れた」

「ファミレスでやりあっていたから、というのがその薄い理由ですか」

上司に殺人の容疑が掛けられているのを見た大林は、出張っていいものかどうか自重しつつ思案する様子だ。

「それを言えば、一応形だけでも、館林いずみにも聴取をしておきたいんだが……あくまで形としてな」

「彼女はまったく関係ないだろう！」

伊草は声を荒らげた。

「まあそう怒るな。物証があるわけじゃない。お前さんだって、犯人扱いするには証拠がないんだから」

佐脇は盟友をなだめた。

「だから、ハッキリしたアリバイが証明出来れば済むことなんだ。白黒つけば誰も文句が言えない。で、今日の一五時から一六時まで、あんた、何をしていた？」

だがその問いに、伊草は即答出来なかった。

「……ある人と会っていた」

「ある人とは、誰だ？」

「それは、言えない」

「言えないんじゃ、アリバイの証明にはならない」

佐脇は、伊草をじっと見つめた。

「おれは、お前さんがやったんじゃないと思ってるよ。だが、それを証明しないことにはどうにもならないことは判るだろう？」

「社長はやってませんよ！」

たまらなくなったのか一歩踏み出して声を張り上げた大林に、佐脇は顎をしゃくった。

「仮に、アイツと会っていたとした場合、それを証明する第三者が必要だ。店で会っていたなら、そこにいた客とか、店の行き帰りにすれ違った通行人とか」

「いや、大林ではない。誰と会っていたかは、言いたくないんだ」

伊草は頑《かたく》なに口をつぐんだ。

「……アリバイを証明する人物に迷惑がかかるってことか？　殺人の嫌疑を晴らすだけだろう？　迷惑がかかるって話にはならないと思うんだがな」

それでも伊草は横に首を振った。

「じゃあ、仕方がない。ここから先は捜査がもっと煮詰まったときにじっくり訊こう。というか、訊くまでもないことかもしれない。指紋は……警察にあるか。じゃあ、悪いが、DNA鑑定用のサンプルを採取させてくれ」

いいとも、と伊草は苦笑しつつ、鑑定用キットの綿棒を水野から受け取って口に入れ、頬の内側をこすった後、水野に返した。

それでは邪魔したな、と刑事二人が帰ろうとしたところで、警察業務専用の携帯電話が鳴った。

「おれだ」

面倒くさそうに応答した佐脇は、さらに面倒くさそうな顔になり、おざなりに相槌《あいづち》を打って通話を切った。

「お前んとこで、ガールズバー、やってるよな」

「鳴龍会がガールズバーを経営しているか、という意味か？」

正確を期そうとしてか、伊草が問い返す。

「たしかに、その手の店で、鳴龍会が一部出資した店はある」

「つまり企業舎弟っていうか、フロント飲食店ってやつか。二条町の近くの、昼間はカフェバーで、ライブやったりして、夜はガールズバーとして営業してる店がそれだよな？」

伊草は無言のまま、否定はしない。

「ついでに言えば、おれのアパートの鉄階段を盗んだガキがバイトしてる店でもあるよな？」

「それは初耳です。昼間も答えたが、私はあの鉄屑を持ち込んで来る若い男について、ほとんど何も知らないんだ」

「それなら、そこにいるお前さんの部下が知ってるだろ。そういや、あの鉄階段、もう元に戻ってるんだろうな？」

「……そのつもりだったんですが、ちょっと忙しくて」

それはまあいい、と佐脇は話を先に進めた。

「そのガールズバーで、鳴海市立高校の女子高生がバイトしていたそうだ」

そう言ってもまだ、伊草には何のことか判らない様子だ。

「伊草よ。お前は組のシノギについては全部掌握《しょうあく》してるんじゃなかったのかよ」

「一応はそうだが、バイトの女子高生のことまでは判りませんよ」

否定したところで携帯が鳴り、ちょっとすみませんと伊草は電話に出た。

「……その件はたった今聞いたところだ……なに？　それは本当か？」

にわかに緊張した面持ちになった伊草は矢継ぎ早に指示を出した。

「責任者は……店長は警察に行ったのか？　え？　外出して摑まらない？　面接したのは店長？　履歴書にウソが書いてあった？　年齢確認は？」

佐脇はそこで割って入った。

「取り込み中悪いがな、もう一件あるんだ。こっちもマジでマズいぞ」

「……何でしょう」

携帯電話から耳を離した若頭は、佐脇に向き直った。

「二条町の売春サロンな」

見て見ぬフリをする、あるいは手入れの日時を前もって知らせることと引き換えに、佐脇がタダで遊んでいる店は二条町にたくさんあるが、その中には「本番行為」アリな店も複数ある。いわゆるチョンの間形式の店、本サロ形式の店などいろいろで、客の多様な嗜《し》好《こう》に応えている。

「鳴龍会の組員が、借金のカタに大阪から連れてきてホンバンさせてた女。その女が『人身売買された』と鳴海署に駆け込んだそうだ」

なんてことだ、と伊草は通話を切ってがっくりと椅子に腰を落とし、頭を抱えた。

「これはマズいだろ。いろんな意味で。女子高生の件よりこっちがマズいかもな。というわけで、ちょっと話を聞かせてもらわないといかん流れになってしまった」

判りました、と伊草は佐脇とともに警察に同行するべく、支度を始めた。

「大林。とりあえず後のことは任せた。まあ、数時間で帰ってこれるだろうけどな」

「承知しました……しかし、店で使っている女のことまで、社長は責任取れませんよね！」

大林は、明らかに佐脇に対して文句を言っている。

「それはそうなんだが、組長《おやっさん》がノータッチである以上、責任者が私なのは間違いない。行ってくるしかないな」

苦笑しながら伊草が外に出ようとしたそのとき。一台の車が坂を登ってきて事務所の前に止まった。サイドに『鳴海日華貿易』のロゴがある営業車だ。車から降りて事務所に走り込んできたのは、いずみだった。

「伊草さん。うちの周社長がどうしても、伊草さんの会社に廃金属を売っていただきたいということで、突然な話なんですけれども、急いで来ました……こんな遅い時間に申し訳ありません」

「オタクの社長が？」

「あの、それについては、ちょっと僕のほうから」

大林が横から口を挟んだ。

「以前から何度か日華さんからウチの鉄屑を売ってくれという話があったんですが、いつも間が悪くて他所に決まったりして、日華さんに回せなかったんです」

「で、あの、ウチも、今回はちょっと事情があって、急遽まとまった分量のスクラップが必要になって、伊草さんの会社に回してもらうよう交渉してこいと……キミと伊草さんは親しい関係なんだろと。ウチも困ってるんです。なんとかならないでしょうか？」

「いやそれは私もなんとかしてあげたいが、今はトラブルがいろいろあってね」

伊草はそう言っていずみを見た。佐脇も見たが、彼女はマリエの件をまだ知らないようだ。

「あの、私も入ったばかりの会社で営業のお仕事をするとは思わなかったんですが、どうしても大急ぎでスクラップを掻き集めなければならないって社長が困っていて。集められなければ倒産してしまうかもと言われて」

いずみは目に涙を溜めて訴えた。

伊草の気持ちが動くのが、佐脇にも判った。

「大林……日華さんに回せるものはあるか？」

「他所に納める分を待ってもらって、という操作をすれば、何とか捻り出せるかもしれません」

「じゃあ、この件も任せた。なんとか……できれば全量を日華さんに回せるようにしてくれ」

そう言って、佐脇や水野と一緒にバルケッタに乗り込もうとしたが、大林が慌てて追ってきた。

「待ってください、社長！」

「なんだ？　任せると言ったろ？」

「いえ社長。売買契約書には社長の署名が必要なので……サインをいただかないと」

判った、と伊草は差し出されたペンで書類に署名をすると、バルケッタに乗った。

「本来、ツーシーターで使う車なんで、狭くて悪いね」

佐脇は言い訳しながら車を出した。

＊

署に戻ると、駐車場にはテレビ局の中継車が数台止まっていた。地元の局と言えばうず潮テレビだが、その系列の大阪の準キー局である読切テレビをはじめとして、系列外の朝目放送、近畿テレビ、毎朝放送、それに東京のキー局のクルーがそれぞれ待ち構えていた。

「なんだこれ。まさか全部がマリエ殺しの取材か?」

いぶかる佐脇に、水野も訳が判らないという様子だ。

「いや……どうなんでしょう?」

深紅のバルケッタが駐車場に滑り込むと、各局のクルーたちがわらわらと集まってきた。

「飛んで火に入る夏の虫状態だな、こりゃ」

訳が判らないまま車から降りようとする佐脇を、たちまち何本ものマイクとカメラが取り囲んだ。

「県警は、暴力団壊滅に本腰を入れるんですね?」

「鳴海署の暴力団対策が甘かったという自覚はおありですか?」

「県警の方針は、警察と暴力団の癒着に自らメスを入れるという決意と解釈していいんですか?」

中でも一段と甲高い声の女性リポーターが詰め寄ってきた。

「舎弟刑事の汚名挽回《おめいばんかい》ということですか、佐脇さん?」

「汚名は挽回するんじゃなくて返上するモノだ、このバカ女!」

佐脇は無神経に突き付けられるマイクをなぎ倒しながら、何とか伊草を車から下ろした。ライトがすべてこちらを向き、ストロボが鳴龍会の若頭めがけて数えきれないほどフラッシュした。テレビカメラの長いズームレンズとマイクが、なおも乱暴に突き付けられた。

「あなたは鳴龍会の伊草さんですね?」

「四方木マリエさん殺害を認めたんですか?」

「若頭逮捕、ということですか?」

「一連の事件は暴排条例への巻き返しということですか?」

「お前ら、うるさい! 邪魔だ! どけ!」

佐脇と水野は砕氷船が南氷洋の氷を割るようにマスコミを排除し、伊草を庇いながら鳴海署の入り口へと進んだ。

「鳴海署の佐脇さんですね? もう一度お訊きします。あなた、日頃からヤクザと特別な関係があると有名だそうですが」

「だからなんだ!」

佐脇は、群がってくるマスコミの中でも一段とヒステリックに切り込んでくる女性リポーターに突っかかった。その声の甲高さがきわめて不愉快で、おまけに佐脇の行く手を阻《はば》むように、不作法にマイクを突き出してきたからだ。

「お前ら、頭悪そうな取材はいい加減にしろ! 人にモノを訊くならもっと調べてから来い！」

「イイエ。さんざん調べたから訊いてるんです！　そもそも暴力団と癒着した警察に、公正な捜査が出来ると思ってるんですか？」

「出来ると思ってるよ。問題企業から金を貰ってはいるが、政府の審議会で偏《かたよ》った発言はしないと言ってる大学の先生様も大勢いるだろ。それと同じだ」

「まったく違うと思いますが」

不快なキンキン声を張り上げるリポーターを、佐脇はしげしげと見た。なんなんだこの女は？

「あんた、一体誰？」

並みいるマスコミ人種の中でも超弩級《ちょうどきゅう》のバカだな、という本音はかろうじて口に出さずに済んだ。

「はぁ？『朝ドキ！』の萩前千明《はぎまえちあき》ですが、それが何か？」

その女は、みんながアタシを知っていて当然、というどや顔をして見せたが、佐脇は知らない。

「アサドキってナニ？　エイエイオーってヤツか」

「それは勝ちどき。ウチはお台場テレビの午後のワイドショー……あ、この県じゃネットしてないのか」

田舎だもんねという馬鹿にした気持ちが正直に顔に表れた。

「はいはい、そんなヒマな主婦だけが見るような番組、知らないよ。退《ど》いた退いた」

佐脇はそう言いながら、磯部ひかるを探した。しかし佐脇や伊草に群がってくるのは県外のマスコミばかりだ。地元のうず潮テレビのクルーやうず潮新聞の記者たちの姿はまったく見えない。

「おかしいな。警察二十五時の取材はもう終わりか？」

佐脇に問われても、水野も首を傾げるばかりだ。

「佐脇さん！　逃げる気ですか？　視聴者の疑問に答えてください！」などと叫びながらなおも詰め寄る萩前千明の足を、佐脇はさりげなく引っかけた。

「きゃあぁッ！　何をするの、この暴力刑事！」

千明が転倒すると、その周囲にいた大勢のリポーターやカメラマンも一斉にバタバタとドミノ倒しのようにひっくり返った。

「いや悪い悪い。もっと足腰を鍛えろよ、諸君！」

その隙に、なんとか伊草を連れて署内に移動し、二階の刑事課に行くと、公原と光田がなんとも酸っぱい顔をして待っていた。

「何ですか、外の、あの騒ぎは？」

「いや、我々も判らないんだが……どうも話に尾鰭《おひれ》がついて広がっているようだ」

公原は舌打ちをした。

「四方木マリエ殺しの犯人がそこにいる伊草氏だとか、女子高生を無理やり働かせていたガールズバーが鳴龍会の資金源だとか、大阪から人身売買で連れてきた女性に、組員が強制的に売春させていたとか」

「どういうことですかそれは」

伊草はさすがにムッとした。

「言いがかりにも程がある。誰がそんなデマを飛ばしてるんです！」

「我々じゃないよ。我々はすべての件について、まだ何の発表もしてないんだから」

光田は、半分当惑、半分面白がっている。その証拠に、普段は陰険でどんよりした目がくりくりと輝いている。

「地元のマスコミがいなくて他所者ばっかりか。気に入らねえな」

腕組みした佐脇が廊下の窓から正面玄関前を見下ろすと、ライトとカメラが一斉にこちらを向いた。萩前千明などは敵意剥き出しで、何か叫びながら佐脇を指さしている。

光田が楽しそうにコメントした。

「アレだろ。地元マスコミは警察と癒着してるから真っ当な取材が出来ないとかなんとかで外されたんじゃないのか？」

ともかくちょっと落ち着こう、と佐脇たち一同は佐脇の執務室でもある四階の職員食堂に移動して、取りあえずコーヒーを飲んだ。

「伊草よ。この騒ぎが落ち着くまでここにいたほうがいいぞ。連中はヘタに排除出来ないが、飽きれば帰るだろ」

憤懣《ふんまん》やるかたない、という様子の伊草を、佐脇はなんとか落ち着かせようとした。

「デマを流してるのがどこのどいつかは知らないが……きっちり調べて正式に警察発表を出せば流れも変わるだろ？　そうだろ、刑事課長」

「まあ、そうだな」

公原は応じた。

「二人の女の供述のウラは取ったんだろうな？」

「今やってる最中だ」

公原が答えた。

「今、家宅捜索や証拠押収の令状を取る手続きをしてる。なんせ、問題の女子高生当人が警察にやって来たのが、ホンの三十分前だぜ。事情聴取して書類書いて、地裁支部に行くまでに時間がかかるのは判るだろ？」

「人身売買についても同じだ。法にのっとってきちんとやらないと、供述調書が証拠として採用してもらえない。裁判員裁判の今、それじゃ公判が維持出来ない」

光田も公原と似たりよったりの答弁だ。

「なんだよ、まだそんなところでウロウロしてるのか。結構な仕事ぶりだな」

どっちが上司か判らない口ぶりで、佐脇は文句を言った。

「そもそも、ウチがまだ何にも流してないのに、あれだけの連中がなぜ集まってる？　どんな大事件が起きたかと思ったぜ」

「その大事件の主役が、お前と、鳴龍会の若頭だと連中は思ってるようだな。入ってくるときにさんざん取材されたろ？」

「アレが取材かよ。バカがマイク突き出してるだけじゃねえか」

「女子高生も大阪の売春女も、自分から出頭してきたんだ。どうせ警察に来る前に自分でネタをばら撒いてきたんだろうよ。各マスコミ相手に『独占告白』ってやつをさんざんやってから、ここに来たんじゃないのか」

佐脇同様、不快そうな光田と喋りながら、佐脇は女性二人の被害者供述調書をぱらぱらと斜め読みした。

「なんだこれは？　ウラも何も取れてないじゃないか！」

佐脇は供述調書をぺしぺしと叩いた。要するに、当人たちの言い分しか書かれていないのだ。

「まあ、自称被害者お二人様の話はおれが聞こう。伊草先生のお相手は……」

「おれがやる」

と光田が引き受けた。

「じゃあよろしく頼む。警察の食堂で、くつろいだ雰囲気でデカがヤクザから話を聞くってのもおかしな話だが、四方木マリエ殺しについては、伊草先生は、任意も任意、まさしく先生のご厚意で来てもらったに過ぎないんだからな。丁重にしてくれよ」

済まんなと伊草に謝って、佐脇は職員食堂を出た。

刑事課のあるフロアに降りると、女子高生は同じ二階にある会議室にいて、大人しく出されたジュースを飲んでいた。

長い黒髪の少女だ。紺の制服姿は清楚《せいそ》で、化粧っ気のない素顔には、女子高生だけが持つ初々《ういうい》しい思春期の甘酸っぱさが漂っている。もじもじしてはにかむ様子は、そのへんのアイドルよりも可愛らしい。鼻筋が通って目許が涼しい美形で、田舎くささを取り除いて磨けば、大集団アイドルグループのセンターポジションでも取れるんじゃないかとすら思える。

「どうも。刑事課の佐脇です。お話を伺いましょうか」

入っていった佐脇に、女子高生は困惑した顔を見せた。

「さっきから何人もお巡りさんが来て、同じことを言ったんですけど、また繰り返すんですか?」

「悪いですね。私にも説明してください」

「だって、そこにさっき私が言ったことが書いてあるんじゃないんですか？」

少女は佐脇の手許にある調書を指さした。

警察は、わざと同じ質問を繰り返して答えの矛盾を突つく。それを知らない一般人は何度言わせるんだと苛つくのだが、これも昔からの手法で、それなりの効果があるのだ。

「悪いけど、もう一度だけ、話してください。水沢由香里《みずさわゆかり》さん、ですよね？　鳴海市立高校三年生。十七歳」

由香里はこくんと頷いて話し始めた。

「いいアルバイトがあるって誘われていったら、ガールズバーの仕事だったんです」

「危険だと思ったのなら辞めれば良かったのでは？」

「でも、面接したヒトが怖いヒトで、働けって脅かされて……」

「強要されたってことね？　でも、ガールズバーって、カウンターで仕切られてて安全なんでは？」

「ヨソはそうかもしれませんけど……あの店は、制服がイヤらしくて……透《す》けてて下着が見えたりするし、女の子によってはブラとかしない子もいたりして」

佐脇は、彼女のノーブラで乳房が透けた姿を想像した。まだ未熟な胸がシースルーの布越しに見える光景は、オヤジのスケベ心を直撃するだろう。正確なサイズは判らないが、こういう清純な子が巨乳である必要はない。

「それに、店外デートとか、アフターとかやれって言われて……」

そこまで言った少女は涙ぐみ、えっえっと嗚咽《おえつ》し始めた。

「もしかして、常連客と寝ろとか言われた、とか？」

「はいっ！　そうなんですっ！」

少女は佐脇の言葉に飛びつくように返事をした。

「女子高生が好きっていうお客さんがしつこく指名してきて……いろんなことされて……私、恥ずかしくて、何度も死のうと思ったんですけど、死んだらお母さんが悲しむだろうって思うと、出来なくて……」

由香里はいきなり号泣した。

「そうなの……判った。ちょっと待っててね」

同情を顔に浮かべた佐脇は、優しい言葉を彼女にかけて会議室を出ると、廊下には水野が待っていた。

「あの女は相当のタマだ」

佐脇は吐き捨てるように言った。

「え？　でも、天使のように可愛い女子高生じゃないですか！」

会議室のドアの小窓から少女の様子を覗いた水野は首を傾げた。

「バカかお前は。だからお前は女に騙されるんだ」

佐脇は八つ当たり同然の非難を水野に浴びせた。

「よく考えろ。本物のしおらしい清純無垢《むく》な少女なら、黙って一年も卑猥《ひわい》なバイトをするか？　言われるままに客に抱かれるか？」

「それは、店の連中が脅せば、免疫《めんえき》のない女の子なら言いなりになるでしょう？　家に火をつけるぞとか、親を殺すぞとか脅迫されれば。実際、そういう事件がありましたし」

水野は反論した。

「あるいは、店のヤツに犯されて恥ずかしい写真を撮られて、それをネタに脅されていたのかもしれません。そうであるならば、彼女自身がそういう写真があると言い出しにくいのでは？　思春期の少女は繊細ですよ」

「だけど、あの子は毎晩家に帰ってたし学校にも行ってたんだろ？　監禁されて自由を奪われて強要されていたんなら話は別だが……供述調書でもそうは言ってないぞ」

「しかし、過去の性犯罪で、我々警察側が、被害者女性にも落ち度があるという姿勢で捜査して、真相が判って大問題になったケースがあるじゃないですか。例の女子高生コンクリート詰め殺人事件を思い出してください。あのときも、被害者が悪いという論調があって被害者を二重に傷つけたんですよ」

水野は真っ向から反論してきた。

「予断を持たず、慎重に捜査しないと。言っちゃ悪いですけど、佐脇さんみたいなおじさんに、すべてを話すのは苦痛かもしれません」

佐脇は黙って聞いていたが、「そこまで言うなら」と頷いた。

「あとは、篠井由美子にでも聴取させろ。彼女なら上手く聞き出せるかもしれん。それと、水沢由香里がガールズバーに提出した履歴書、それは何処にある?」

「今、生活安全課がガサ入れに出かけたところです」

「何だと? まだ押収してなかったのか? こんだけマスコミが騒いでるんだぜ。ヤバい書類とかとっくに処分しちまってるだろ!」

佐脇はイライラして仕方がない。

「そもそも脅迫とか強要ってのはこの手の訴えのキモだぞ決定打だぞ。それについてまったく喋らないってことがあるか?」

そうは言ったものの、現状では水沢由香里の言い分は覆《くつがえ》せない。

「じゃ次行こう。大阪の人身売買の件」

大阪から買われてきて売春を強制されていたという女は、一応、売春防止法違反の嫌疑がかかっているため、会議室ではなく取調室にいた。

木俣恵子《きまたけいこ》、三十二歳。化粧っ気のない青白い痩せた女で、酔っ払ってなければ抱こうとは思えない、地味すぎる外見の女だ。しかし、こういう女に限って、アッチのほうは感度良好で、最高に締まりが良かったりする。

彼女の供述によれば、大阪のヤミ金に借金があり、それが返せなくなったので鳴龍会系の風俗店に売られ、鳴海に連れてこられて二条町の本サロで売春させられていた、ということになっている。

取調室で、恵子は目を伏せ、見るからに弱々しい様子で座っていた。強要されて春をひさがざるを得なくなった薄幸の女、そのものの風情だ。

半信半疑ながら、佐脇も気を取り直して丁重に話を切り出した。

「どうも。刑事課の佐脇です。お話を聞かせてください」

はい、と弱々しく返事をしたものの恵子は、汚れてしまった自分を恥じるかのように、相変わらず目を伏せたままだ。

「調書によると、あなたは鳴海の本番サロンで、経営者である鳴龍会の組員に売春を強要され、一日三人から五人の客を取らされて、その上がりはすべて借金返済に充当されていたと。しかも、売り上げを増やすために、かなり変態的なプレイも強要されていた、とのことですが？」

はい、と恵子は目を伏せたまま、か細い声で喋り始めた。

「私はもう、汚れた躰になってしまいました。女として最低な目に遭わされたんです。判って戴けますよね？　売春は強制されてのことで、私は断ることが出来ませんでした」

「それはお気の毒でしたね」

佐脇は同情を籠《こ》めて相槌を打った。

「男の私に話すのに抵抗があるのでしたら、女性警官を呼びますが……いろいろと突っ込んだ話を伺わなければならないので」

「大丈夫です」

恵子は気丈に返事をした。しかし目は伏せたままだ。

「具体的に、どんな行為を強要されたんです？」

「その、3Pというんですか？　男の人二人を同時に相手するとか、ヤクザに抱かれるところを見世物にされたりとか」

二条町でセックスをネタにするなら、まあ普通のパターンだ。普通の売春以外に性行為をショーとして見せることも、そのショーに客が参加する乱交パーティもある。

「その程度のことなら特に変態プレイでもないように思いますが」

二条町を縄張りにして、ほとんどすべての遊びをしている佐脇は、つい、余計なことを言ってしまった。しかし恵子は、それに気づく余裕すらないらしく、懸命に訴え続ける。

「……お客の中には、コンドームを使いたくない、生で中出ししたいっていうヒトもいたし、お尻でやりたいって、アナルセックスを求めてくるヒトもいたり……もっとひどいお客は、お尻を赤くなるまで叩いたり、胸に歯形が残るほど噛んだり……バイブを前のアソコに突っ込んで、自分のモノはお尻に入れてきたり……そんな変態オヤジが」

「それ、おれだ」

驚いて顔を上げ、佐脇と目を合わせた彼女は、ぎょっとしたように表情を一変させた。

「おれだよ、おれ。覚えてるだろ？　何度かアンタとお手合わせを願った、変態スケベオヤジだよ」

前足でネズミにじゃれる猫のような顔で佐脇は続けた。

「この前はいつだったっけ？　アンタも興奮してオシッコ漏らして大変だったよな。化粧が全然違うんで、プレイの話を聞くまで同一人物だと判らなかったよ」

耳から赤くなった恵子は、一気に首までを深紅に染めた。

「あのとき喋った身の上話とはずいぶん違うじゃないか。大阪じゃ若いピチピチした子が増えて商売あがったりになったから、こんな場末に流れてきたけど、プレイの内容じゃ若い娘には負けないとか言って、アンタもノリノリでやってたよな。オマンコねとねとに濡らしてよ」

「あ、あのときの……」

声が掠《かす》れ、激しい動揺を見せたが、一転、開き直った。

「だから何？　お客に本当のこと言うはずないじゃないの。お客は遊びに来てるんだから、湿っぽい身の上話なんか聞きたくないでしょうよ」

恵子の口調は急に蓮《はす》っ葉《ぱ》になった。

「なあ。田舎警察にだって電話はあるし、ネットに繋がるパソコンだってあるんだぜ。耳も口もある警官がいて日本語が使えて大阪府警に問い合わせることも出来るんだぜ。他県に出れば何もかも『なかったこと』に出来るとでも？　お前さんの記録を照会したら、面白いことになりそうだよな」

佐脇は手許の書類をぺらぺらと捲って見せた。しかしそれは彼女自身の供述調書で、資料ではない。

恵子は、何か言い返そうとしたが、言葉が出てこなかった。

「あんたみたいな女、おれはけっこう知ってるぜ。見ず知らずの男にオマンコの穴まで見られてチンポを突っ込まれるなんて厭《いや》で堪らない、と最初は思っているのに、客の前で裸になってチンポをしごいてるうちに、私はカネで買われた可哀想な女、イヤとは言えない悲劇の女、否応なく犯されて泣くしかない女って気がしてくる。そうすると逆にマゾ的な快感が湧いてきて、客にスケベなことをされればされるほど濡れまくりヨガりまくってイキまくるって、あんた、そういう女だろ？　カネの為と言い訳が出来れば、どんな男にどんなことをされて、どんなにイキまくろうと、全部正当化出来るもんな」

実際、自分の客でもあった男にヘタなエロ小説の一節みたいなことを捲《まく》し立てられて、恵子は呆然とし、やがて、舌打ちをして佐脇をにらみつけた。

「バレてるわけ？　それじゃ仕方ないわね」

「全部喋るか？」

「帰る！」

そう言い放って立ち上がろうとした恵子の両肩を、佐脇はぐい、と押さえつけて、また座らせた。

「そっちは終わりでもこっちは始まったばっかりだ。お前、誰にそそのかされた？　っつーか、誰に言われたんだ？　警察行って歌ってこいと誰に言われた？」

さあね、よく覚えてないわ、とヤサグレ女の地金を剝き出しにした恵子はそっぽを向いた。

「じゃ、全部ゲロするまで泊まってもらおうか」

そう言い残して、佐脇は職員食堂に戻った。

「腹が減った……おや、お前らいいモノ食ってるな」

伊草が水野や光田とともにピザを食べているのをめざとく見つけた佐脇は、さっそくその輪に加わった。

「女子高生も人身売買の女も、ウラを取らなきゃ先に進めないな」

ギガミートのピザを食い散らかしながら、佐脇はボヤいた。

「心証としてはどっちの女もとんでもないウソつきだ。しかし女子高生という身分は強力なカードだ。なにしろ佐渡《さど》のトキ並みに保護されてるからな。大阪の女についても、どうせ合意のうえの売買春なんだろうが、法律的にはあの女が主張する通り、カネで売買されたと言うことになれば、伊草、お前は分が悪いぞ」

「ガールズバーのガサ入れは、さっき終わりました。しかし店長は外出したきり、行方不明の状態です」

報告する水野に被《かぶ》せて、伊草が弁解するように言った。

「店長ならウチも探してるんだが、携帯もつながらない。だが、ウチが店長を隠してるなんてことはないから」

水野が報告を続ける。

「大阪府警には木俣恵子について照会していますが、なにぶんこんな時間ですので、回答は明日になるでしょう。二条町の本サロにもガサは掛けましたが、書類らしい書類は出てきませんでした」

「じゃあ、明日にでも鳴龍会の事務所を調べさせてもらうことになるな」

佐脇はピザを頬張りながら言った。

「水沢由香里に関しては、身分証をきっちり確認したかどうかがポイントになる。履歴書なんざウソ八百書いてるかもしれんしな。木俣恵子の件は……どうせ人身売買の契約書なんか存在しないだろうが、金が動けば跡が残る。その辺を明日、調べさせてもらうことになる」

「構いませんよ。きっちりやってください」

伊草もピザを食べながら答えた。

ピザひとつにしても、佐脇はガツガツ食べて溶けたチーズを全部落としてしまったりするが、伊草は実にスマートに、カッコよく口に運ぶ。手も服も食卓も一切汚さない。本場のイタリアで食べ慣れている、という風情《ふぜい》があり、その洗練の度合いは真似出来ない。

紙ナプキンで口を拭った水野が報告した。

「四方木マリエのほうは、鑑識や目撃者など、現在、鋭意情報を集めているところです」

「証拠は徹底的に集めてくれ。予断を持った捜査はいかんからな。ヘタに絵を描くとバカはそれに引っ張られて真実を見失う」

「それは、自分のことですか?」

水沢由香里を未だ清純な女子高生と信じているらしい水野がムッとした様子で言った。

イヤイヤ一般論だと流して佐脇は伊草に向き直った。

「どっちにしても、あれだ。鳴龍会にとってマズいことばかりがずらりと並んだな」

佐脇はピザにタバスコをドボドボとかけた。

「ここまで材料を持っていて、鳴龍会を追い込みたいという動機を持っているのは誰だ?」

「材料、というなら一番持っているのはアンタだけどね」

伊草がぼそっと言った。

「しかしおれには動機がない。鳴龍会とは末長くお付き合いしていきたいと思っているんだから、潰れてしまうのは困る」

「動機があるのは……県警本部の日下部刑事部長ですか?」

水野が口を挟む。

「そうだな。アイツはエリートだから、得点を挙げて次はどこかの署長でもやったあと警察庁《サッチョウ》に凱旋《がいせん》。以後、政治家相手によろしくやる人生設計を描いているだろうな」

「それにしても……県警本部が、なぜ鳴海のガールズバーのことまで知っているんでしょう? ウチの署どまりでウエに上げていないネタなんて山ほどあるのに。そもそもガールズバーの件は、佐脇さんも知らなかったんでしょう?」

「ガキの売春ってのは山ほどあって、いちいちチェックしてらんねえし。それにおれは、ガキは好きじゃないから、あんまり積極的になれないしな」

「だから実地捜査もしていなかったと」

水野はやれやれ、という表情だ。

「ともかく、今の事態は、すべての矛先が鳴龍会と、伊草、お前に向いている。これは間違いない」

そうですね、と伊草は頷いた。

「伊草よ。四方木マリエを、たとえお前が殺《や》ってなくても、また他の件がお前の与《あずか》り知らぬところで起きていたとしても、問題は組全体に波及するぞ。そのときのことを考えておかないと」

そうだなと言いながら、伊草はうつむいてこめかみを押さえ、それから佐脇を見た。

「ところで佐脇さん。あんた、今夜のテレビは見たか?」

「見るヒマなんかないだろ! メシを大事にするおれなのに、昼飯はコンビニのおにぎりで済ませて、夜はメシ抜きでかけずり回って、やっとこれ食ってるんだぜ」

伊草は黙って立ち上がると、職員食堂備え付けのテレビのスイッチを押した。

「さっきちょっと見たんだが、ひどいもんだ……」

画面には、清楚な姿の水沢由香里がしゃくり上げながら話す姿が映っている。

『怖い人たちに……脅かされて……私はイヤだったのに。私が女子高生だというので、まるで……私のお父さんみたいなトシのヒトたちが群がってきて……私を、何度も』

由香里らしい少女にはモザイクがかかって、声も変えられていた。未成年の「被害者」ということでテレビ局が「配慮」をしたのだ。

モザイク由香里のインタビューが終わると、木俣恵子のインタビューに画面が変わった。こちらも顔にはボカシが入っている。

恵子も、借金と貧困を前面に出して、弱いものが生きていくには最低のことでもするしかないのだ、と力説した。

『生活保護を受けるのだって叩かれるのに……女はカラダを売ればカネになるだろって足元を見透かされて……＊＊を＊＊されて、＊＊なんか＊＊になって』

放送出来ない言葉をあけすけに使ったのだろう、これでもか、とピー音が入っているが、それが余計に猥褻《わいせつ》な感じを増幅させてしまっている。

「あの女の場合は、好きなことが仕事になった幸せな例だと思うがね」

佐脇は画面を眺めながらツッコミを入れた。

チャンネルを変えて違う局のニュースにしても、水沢由香里と木俣恵子の同じようなインタビューが流れている。どのインタビューにも同じようなことを繰り返し答えているが、何度も聞いていると、彼女たちの言い分こそ完全な真実で、性の地獄に落とされた恐怖と怒りを、勇気を振り絞って訴え出たとしか思えなくなってくる。

現場を知り裏を知っている佐脇ですらそうなのだから、いわんや一般の視聴者においてをや、というところだ。

インタビューが終わると、ニュースショーのキャスターが沈痛な表情で画面に現れた。

『では鳴海署にいる萩前さんを呼んでみましょう。萩前さん！』

画面に現れたのは、先ほどキンキン声で佐脇に突っかかって来たバカ女リポーターだった。

『はい。萩前です。先ほど、容疑者と目される鳴龍会幹部の伊草智洋氏が警察官に伴われて鳴海署に入りました。この男性は四方木マリエさん殺害について、何らかの事情を知っているものと思われます』

「ひでえな。任意同行による事情聴取が、まるで逮捕扱いだ。普通は名前出さねえだろ」

佐脇が呆れていると画面は、さっき録画したものに切り替わった。佐脇が伊草を連れて署に入るときにバカ女と交わしたやり取りの部分だ。これも都合よく編集されていて、萩前千明の暴言はすべてカットされ、バカだの阿呆だのと叫ぶ佐脇の映像だけが流れた。

ウルサイ退け！　と乱暴にマスコミの連中を腕で押す佐脇が、最後には萩前の足を引っかけてドミノ倒しに連中を転倒させた部分が締めくくりだ。

キャスターがスタジオから萩前に訊いた。

『この、報道陣に暴力を振るっている男性も、暴力団関係者なんですか？』

『いいえ、れっきとしたT県警鳴海署の刑事です。こういう、暴力団と見まごうような刑事が捜査を担当しているのです』

『映像を見るかぎり、萩前さんはこの刑事に倒されたように見えたのですが……』

『ええ。足を引っかけられました。完全な取材妨害で、取材の自由に対する挑戦ではないかと思います。こんな警察に、暴力団に対する厳しい捜査が出来るかどうか、はなはだ疑問です』

『この刑事は、以前から鳴海で起きた事件に際してよく登場しますよね？』

『ええ、私はこの件で初めて鳴海に来たのでよく判らないのですが……』

不勉強な千明から期待した答えが返ってこないので、スタジオのキャスターはちょっと詰まったが、すぐに立ち直った。

『そうですか、判りました……これが日本の現状である、ということですね。萩前さん、引き続き、現地での取材をお願いします』

キャスターはカメラに向き直った。

『二人の女性による、この勇気ある告発を、視聴者の皆さんはどうお感じになるでしょうか。私としては、絶対に許せない憎むべき犯罪が、そうして暴力団と癒着する姿勢を改められない、地方の警察の姿を目のあたりにすることで、私は、この二十一世紀の日本に未だはびこっている旧態依然とした犯罪の土壌と、一連の事件への衝撃と、怒りを感じます』

日頃から熱く世の中を憂《うれ》う口調で有名なキャスターは、いつもよりいっそう熱い口調で画面に向かって訴えたが、何を言っているのかよく判らない。

『暴力団は、憎むべき存在です。あってはならない犯罪集団です。暴対法が出来、各地には暴排条例が出来て、今、暴力団は徹底的に排除されようとしています。しかし、彼らは犯罪が仕事ですから法律の穴を見つけて、ずる賢くつけ込んできます。その一方で、弱者には牙を剝きます。今回憎むべき犯罪の犠牲になった、無力な女子高生と生活に困窮《こんきゅう》する女性、二人の弱みにつけ込んだ暴力団のやり口に、みなさん、怒りは感じませんでしょうか！』

うんざりした佐脇がリモコンを手に取り、チャンネルを変えると、別の局では森羅万象《しんらばんしょう》すべてのことを評論してしまう男が、コメンテーターとして喋っていた。

『だいたい日本人は暴力団というものに甘かったんです。極めて甘かった。つい最近まで、市民も一般企業も裁判沙汰を嫌い、弁護士に依頼する代わりに、暴力団を使って揉め事を解決する傾向がありました。合法的に解決するのではなく、暴力団の持つ威力を背景に、自分の有利な解決に持って行こうとする。日本社会のこのような後進性を利用して、暴力団は勢力を拡張してきたのです。しかし、世の中の潮流は変わりました。トラブルを解決するにしても、これからはグローバルスタンダードです。日本人の間でしか通用しない解決法は、もはや世界には受け入れられないのです』

よく判らない理屈を並べているが、暴力団を問答無用に糾弾《きゅうだん》する論調は同じだ。

「やれやれ。夜のニュースまでがこの調子では、明日の朝のワイドショーはひどいことになるだろうな。訳知り顔の連中が言いたい放題、無責任にご高説を垂れ流す光景が目に浮かぶぜ。今夜から、おれも伊草も悪の権化《ごんげ》だ」

佐脇が腕を組んで苦りきっていると、暴力団糾弾コーナーの最後に、とんでもない人物が登場した。

『今夜は特別なゲストと中継が繋がっています。T県警察本部の日下部刑事部長です』

T県警本部とスタジオが中継で繋がって、日下部が晴れがましい顔をしてニュースショーに登場した。

『わがT県で、このような事件が連続するのはまことに恥ずかしい限りで、力及ばず申し訳ないことです。刑事警察の責任者として、まことに申し訳ない次第であります』

日下部はデスクに両手をついて深々と頭を下げた。何とも芝居がかっているが、画面越しに向かい合うキャスターは満足そうだ。

『T県では、九州と違って暴力団が大きな事件を起こすことは、これまでありませんでした。良く言えば市民生活に溶け込んでいた、と申しますか。しかし逆に問題が顕在化《けんざいか》しにくい、という風土でもありまして。しかし暴対法、および暴排条例の施行に危機感を持った結果、反攻してきたものと思われます』

『県警としては正面から受けて立つわけですね？』

『もちろんです！』

日下部は顔を紅潮させて力説した。

『当然です。警察が暴力団に負けるなどは絶対にあり得ません！　我々は、総力を挙げて暴力団壊滅に邁進《まいしん》します！』

宣言したところで番組はＣＭになった。

伊草は黙りこくっている。

「どういうことなんだ、これは？　なぜ中央マスコミばかりが鳴龍会を叩く？」

鳴海署前の報道陣に引き上げる気配はない。

「あるいは事情を知ってる地元マスコミを無視して、予備知識のない中央の連中だけに、わざとリークしたのか？　県警本部は」

佐脇は窓から下の様子を見て、首を傾げた。

地元のうず潮テレビも、うず潮新聞も、なまじいろんな事情を知っているだけに鳴龍会をイージーに攻撃出来ない。過去にいろいろと関係もあって、報道機関としても、叩けば埃が出るという弱味もある。

しかしそれがない県外の大手マスコミなら、容赦《ようしや》ない報道をすると県警本部は読んだのだろう。

現場の実情も警察の裏の意図もまったく知らない視聴者は、単純に「暴力団＝悪」「暴排条例＝悪を滅ぼす武器」と見るだろうから、単純明快でわかりやすい報道に更に拍車がかかる。

「仕方ないな。こういう状況ではどうしようもない。最悪だ。今は頭を低くしているしかない」

佐脇は伊草に諭《さと》すように言った。

「だが、今後のことを考えても、鳴龍会はもう終わりだ。暴力団がこの世にあることは許されないと、どうやらそういう話になったらしい。お前も、先のことを考えろ」

「ご忠告は有り難いんですがね、頭を低くしてても一生は無理ですよ。組がなくなっても、おれたちだって生きていかなきゃならない。それには金がいる。生活費がなきゃ暮らせないでしょ？　ヤクザを廃業して、みんなで生活保護を受けますか？」

「働けばいいだろう」

「ヤクザだった者が、辞めたからってすぐに仕事にありつけるわけがないでしょう！　ヤクザという前歴を問題にされて仕事に就くこともできない。就けたとしても、一般社会では、やって来たことが違うんだから、今までの経験はほとんど使えないんですよ」

そう言われてもな、と佐脇は溜め息をついた。

「ヤクザになるリスクを考えなかったお前らが悪い、と、決めつけられれば簡単だがな。それほどおれもバカじゃない。実際、なんとかしねえとなあ」

佐脇はタバコに火をつけ、苛々と立て続けに吹かした。

「ヤクザが消えて空白になったところには、いわゆる半グレ集団の連中が入ってきて、結局は同じことになる。どうしたって世の中にはグレーな部分がある。その辺を上の連中はまったく判ってない」

伊草は伊草、佐脇は佐脇なりに憤懣やるかたない調子で話しているところに、磯部ひかるがやって来た。顔色が悪く、憔悴《しょうすい》している。自慢の胸も萎《しぼ》んでしまったように元気がない。

「今までの取材のお礼に来ました」

ひかるは佐脇と水野、そして伊草に頭を下げた。

「例の密着取材、下ろされちゃって。後は全部、東京のプロダクションがやるって」

「今のこの、下でやってるナニもか？」

「ええ。東京のキー局や大阪の準キー局から報道のクルーが来て取材して、中継車から直接衛星に飛ばして、取材した素材を全部送ってます。ウチの局は完全に外されて、東京で作ったニュースをただ放送してるだけ」

ひかるも、憤懣やるかたないグループに入って、不満をぶちまけた。

「地元局だから何もかも偏った報道をしてるみたいに思われて、ホント、腹が立つ！」

酒があればみんなでかっ食らうところだが、さすがに職員食堂に酒はない。刑事課の誰かがデスクに隠しているはずだが、今のタイミングでは、どんな些細《ささい》なルール違反も大きな不祥事にされてしまう。刑事がヤクザと一緒に警察署の中で酒を飲んでいた、などと報道されたりしたら、もう最悪だ。

酒は、我慢することにした。

そのとき、ひかるの携帯電話が鳴った。

「はい、うず潮テレビの磯部ですが……え？」

応答しながら、ひかるは佐脇を見やり、左耳に当てた携帯電話を右手で指さした。

「はい、それはとても有り難いお話です。伺う前に、いくつか確認させて戴きたいことがあるのですが、その上で」

そう言った途端に、ひかるは顔を強ばらせて携帯電話を耳から離した。

「どうした？」

「今の電話、要するにタレコミなんですけど……『オイシイ映像を撮らせてあげるから、来い』って。『凄いネタだぞ』とも言ってました。だからって二つ返事で行けるわけがないから訊き返したらガチャ切りされて……」

佐脇はニヤニヤした。

「四の五の言わずに乗っておけばよかったな。鳴龍会の悪逆非道を暴くネタが増えただろうに」

「悪逆非道、ですか？　それはなんでしょうね。当事者の私も思いつかないなあ」

伊草はまじめな声で言った。

「実際問題、ウチは素人衆を困らせるようなことはしてないんですがね」

「情報提供者を洗えないのか？　掛けてきた番号に折り返せないのか？」

ひかるが折り返して電話してみたが、呼び出し音が鳴るばかりで留守電にすら切り替わらない。

「ダメみたい。もっと上手い引き延ばし方あったのかなあ……」

絶好のネタを取り逃がした、と思ったのか、ひかるはまたも落ち込んだ。

と、そのとき。今度は佐脇の携帯電話、それも私用のほうが鳴った。

「はい佐脇」

状況が状況だけに、どうしたって愛想のいい声は出ない。

『入江《いりえ》です。ご無沙汰』

相手は、警察官僚の入江だった。かつて中央から佐脇を潰しに来た刺客だが、その工作が失敗した瞬間に、機を見るに敏な入江は佐脇に付いた。中央に戻った今も、佐脇を遠くからバックアップし、必要なときには助け船も出してくれるが、友人と言うには、いささか腹が見えない。

入江はその後更に出世し、現在は警察庁刑事局刑事企画課課長というポジションにある。階級は警視長で、出世ダービーのトップをひた走る、いわば超のつく高級官僚だ。階級からしても佐脇からすれば仰ぎ見る存在だが、電話では相手かまわず馴れ馴れしい佐脇に対して、慇懃《いんぎん》に話す入江が妙にへりくだって見える。

「これはこれは入江さん。また出世しましたか？」

『ご冗談を。そうポンポン昇格していたら、来年あたり警察庁長官になってしまいますよ』

　いつもはさんざん皮肉の応酬をするところだが、今の佐脇にはそれを続ける元気はない。

『いつもの佐脇さんではないようですね。ところで、テレビで拝見しましたよ。鳴海署前の揉み合いを』

「みっともないところを見られちまいましたな。ご推察の通り、いろいろ面倒なことばかりでね。メシもきちんと食えない」

『それはいけませんな。私はさっき、胃にもたれる濃厚ソースの伝統的フレンチをたらふく食べて、肝機能障害を起こしそうです』

　いつもならここで毒舌をふるうのだが、佐脇は乾いた笑い声をたてるのがやっとだ。

『では本題に入ります。佐脇さん。今度ばかりは洒落になりませんよ』

「そう言われてもね。いつだってその『洒落にならない』ことばかりなモンでね」

『冗談で言ってるのではありません。我々は……警察庁は、本気なんです。本気で暴力団を壊滅させようとしてるんです。それが誰の発案なのか、どこが推進しているのか、という事は、この際置いておきましょう。すでに動き出していることですし、我々は歯車として、上の決定にしたがって粛々と実行していくだけです』

「入江さんよ。あんたは頭がいいし、警察官僚の本流にいるワリには現場のことも知っている。一般人の暮らしについても理解がある。そういうあんたが、どうして日本から暴力団を一掃するが如き、悪い冗談を本気にして実行しようとしてるんだ?」

『佐脇さん。悪いが、この件は冗談ではない。警察の総意である。そう思って戴かなければ困る』

入江の口調はいつになく厳しい。電話口から火花がバチバチと飛び散るような気迫がある。あくまでも上官からの通達として話しているのだ、ということが佐脇にも判った。

『大手マスコミはすべて、こちらの側につきました。すなわち、暴力団壊滅の側に、です。例の大物テレビタレント引退の件も、我々の決意の表れです。今までは多少のことには目を瞑《つむ》るという方針でしたが、もうそれは許さない。どんな小さな穴も認めない。暴力団と密接に交際する者は有名人であろうが一般人であろうが許さない。あの一件は、そういう我々の決意をハッキリ示すためのものでした。暴力団とは縁のない人たちには判らなかったでしょうが、いわゆる密接交際者と称される人たちは震え上がったことでしょうな。アナタはどうです、佐脇さん?』

「おれは震え上がってないけどね。腹は立ててるが」

『震え上がってもらわなければ困るんだ、佐脇さん!』

いつもはどんなときでも余裕があって、慇懃無礼《ぶれい》に相手を小馬鹿にする入江が、声を荒らげた。

『いいですか、佐脇さん。これはアナタのためを思って言ってるんです。というより、全国の三十万人の警察官のためにも、アナタみたいなヤクザべったりの警察官に、大手を振って歩かれちゃ困るんだ。テレビであいう醜態《しゅうたい》を曝《さら》されるのも大いに困る。なんせ今、警察はヤクザを本気で潰そうとしてるんです。何度も失敗してきたが、今度こそ、上手くいきそうなんです。そう言うときに、アナタのような、ヤクザの側について味方するような、舎弟の如き存在があっては困るんだ！』

あまりの声の大きさに、佐脇は思わず耳から携帯電話を離した。

「しかしね、入江さん。暴対法はともかく、全国の暴排条例については反対する人も多いでしょう？　中には憲法違反だというヒトもいるし、条例にしたのは、法律にしようとしても内閣や国会の法制局を通過しないからだという意見さえあります。そんな問題のある方針を強引に推し進めて、先行き問題が起こるとは思わないんですか？」

『我々の方針に反対しているのは、左のごく一部の尖《とが》った連中と、小さな問題をことさら大袈裟に扱う、ニッチな商売をしている弱小マスコミだけです。そういうところまで潰しにかかると後々ゲリラみたいに攻撃されて厄介だし、連中にはガス抜きも必要だから、泳がせてますけどね。日本の世論をすべて反暴力団に染めるつもりはないし、その必要もない。現在、世論のマジョリティは握りましたから』

入江の声には、完全な自信と断固とした決意が溢れている。

『で、もう一度言いますが、肝心なのは、この件では例外は一切認められないということです。つまり、鳴海市の小さな暴力団は佐脇さんととても仲がいいから温存する、ヤクザと仲のいい佐脇さんは、私とも仲がいいから許すといった例外は、一切認められません。材料があれば、積極的に動いて壊滅させる。そうやって一つ一つ、完全に潰していくのです』

「なるほど。で、鳴龍会を潰して、県警の日下部は出世すると」

『成果が上がれば、もちろん評価します。佐脇さん、アナタだってそうです。成果を上げれば、地方公務員から国家公務員に転籍して、私と机を並べてもらうことだって出来るんですよ』

「はいはいそうですか」

佐脇は鼻で笑った。

「出来もしないことを。どうせおれが断るのを見越して言ってるだけでしょう。言うのはタダだからね」

だが、電話の向こうの入江は何を言われても動じない。日本政府の中枢《ちゅうすう》にいるのだという強い自負と自信は人間の構えを大きくする。その自信に支えられた決定の功罪は、時を経たのちに明らかになるのだろう。

『佐脇さん。今、私があなたに言えるのは、現在起きていることをよく考えて、世の中の流れがどっちに向いているのかを正しく判断して欲しいと言うことです。上手く立ち回るスベを考えつかないほど、佐脇さんは無能ではないはずです。お友達の伊草さんも同じでしょう。あなた方は、田舎の警官とヤクザにしておくには惜しい人材だ』

「悪いが、アンタの言ってることがまるで判らない。きっと、おれがバカだからなんだろうな」

佐脇は吸いきったタバコを消し、新たに取り出して火をつけた。

「ハッキリ言ってくれ」

『ならば言いましょう。あなたは警官として、社会の秩序を守らなくてはならない。伊草さんは暴力団の幹部として、組織の延命を図らざるを得ない。二つの目的は、どこまで行っても、交わりません。あなた方は、いずれ衝突するしかない存在なのです』

「だから」

佐脇は苛立った。

「もっとハッキリ言えって！」

『……言っているはずです。あなたと伊草さんは、決定的な対立の道を選択するしかないんです。このままならばね。あなたが警察を辞めるか、伊草さんがカタギになるか。そのどちらかです。その両方でもいいんですがね』

そこで電話を切った佐脇は、伊草を見やり、天井を仰いだ。

「いよいよダメだ……おれも追い込まれたようだ。こうなってはもう……」

さらに決定的な言葉を吐こうとして思いとどまり、佐脇は、立って行って湯呑みに茶を注いだ。

ゴクリと飲み込んだ途端、力が抜けて、安物の椅子に座り込んだ。

「ま、いいか……」

「よくないでしょう。言いかけたことは最後まで言ってくれなきゃ気になって仕方がない」

そういう伊草に、佐脇は力ない笑みを浮かべた。

「こうなったらもう、一番ラクなのは、いっそ覚醒剤吸って人間辞めちまう。それしかないかもな」

そうつぶやいた佐脇は、吸いさしのタバコを取り上げ深々と吸い込んだ。

＊

深夜、マスコミが徹夜で鳴海署を取り巻いている中を、水野が運転する覆面パトカーに同乗して脱出した伊草は、鳴海グランドホテルに向かった。今夜は会社にも自宅マンションにも帰れない。どちらにもマスコミが張り込んでいるだろう。かと言って逮捕もされていないのに警察に泊まるのもイヤだった。

しかし、マスコミの目を避けて逃げるようにホテルに入るのも、同じくらい気分が悪い。これではまるで犯罪者ではないか。

送ってくれた水野に礼を言った伊草は、ホテルにチェックインし、部屋に入ってベッドにひっくり返った。

テレビをつけてみたが、深夜のニュースでも、相変わらず暴力団批判が続いていたので、すぐに切った。

部屋に置いてある新聞を読む気にもならない。どうせ四方木マリエ殺しの容疑者は伊草で、人身売買や女子高生売春も伊草が指示してやらせたことだ、などと、あることないことを書き立てているのだ。

凶悪犯罪の温床である暴力団は断固として排除。

マスコミが煽《あお》り、世論がいきなり沸騰《ふっとう》したことに、伊草は驚き、かつ恐怖を感じていた。

水沢由香里という女子高生がガールズバーで援助交際をしていた件、また木俣恵子という大阪から来た女が、カネで買われて無理やり鳴海に連れてこられ、売春を強要されていたと主張している件については、いくらこっちに非がないと主張しても、マスコミによるバッシングがやむとは思えない。

ガールズバーが年齢確認をしなかったこと、また売春の場所を提供していたのは事実だろうと指摘されれば、反論は出来ない。

しかし……。

伊草にはどうしても納得がいかない。

そもそも、鳴龍会が「暴力団」として十把一絡《じっぱひとから》げにされるのは理不尽《りふじん》だと思う。大都市の巨大暴力団とその傘下の組なら、シノギの規模も大きい。大所帯を支えるためには、それなりのことをしなければ収支があわないだろう。

しかし、ウチは違うのだ。地方在の弱小団体で、脱法行為をするにしても、ほんの少々だ。おこぼれに与る程度の儲けしかない。行政や警察が相手にしない、もしくは出来ない事柄の調整役でもある。

売買春だって賭博だって、やりたいヤツがこの地球上から消えることは絶対にない。その手助けをして、ナニが悪い？

我々が悪だというなら、街宣車を繰り出して特定人物や特定企業を大音量で誹謗中傷する「政治結社」はどうだ？　警察はまったく手を出さないが、それは公安がバックについているからという、ただそれだけの理由だ。

そういうことを考えていると、腹が立ってきて仕方がない。

こういうことにならないように政治家連中には、それなりに便宜《べんぎ》も図ってきた。それなのに政治家どもは、暴排条例をあっさりと可決してしまった。

「日本中が暴力団反対なんだ。ウチだけ条例がないと『T県は、とくに鳴海市は暴力団天国だ』などと言われてしまう。それは困るんだ」

と県会議員は弁解していたが……。

酒でも飲まなければ神経が高ぶって眠れない。

伊草は冷蔵庫にあるミニチュアボトルの酒を全部飲み、当然、それでは足りないのでルームサービスを頼んだ。

その支払いだって、ヤクザだからと踏み倒したりは絶対にしない。逆にケチなヤクザだと思われたくないから、チップははずむし、代金もきっちり現金精算する。社会人として誰にも後ろ指指されるような真似はしていないのだ……。

ウィスキーと氷、そしてツマミを載せたワゴンを押してきたボーイにチップを渡し、一人でウィスキーを飲もうとしたとき。携帯電話が鳴った。

『ああ社長さん、こちらは日華の周ですが』

いつもは腰が低くて丁寧な口調の周が、いきなり険しい声で喋り始めた。

『こんな時間に電話したのは、大変なことが起きたから。判るかアナタ』

「なんのことでしょう?」

『アナタ、ワタシの会社潰す気か?』

周はいきなり激昂した。

『オタクから買ったモノ、粗悪品。こんなもの、受け取れない。いくらなんでもひどすぎる』

この取引は、鳴海署に同行する直前に、いずみが頼み込んできたもので、出る間際だったので、大林にすべてを任せてきたのだ。

「お話が見えないのですが……この取引に関しては、申し訳ないですが、私はすべてを把握しているわけではありません。判る者に連絡を取って確認して、折り返し……」

『しかし書類にあなたのサインがある！　あなた社長で取引書類にサインがある。それでも判らないというのは、あなた一体、何を隠してる？』

周は怒りのあまりか、論理が飛躍しがちに怒鳴った。

「あの……では問題の鉄屑は戻してもらって、この取引はなかったことにするというのではいけませんか？　輸送に関する経費はウチが持つと言うことで」

『話にならないね！』

周は怒鳴った。

『あの鉄屑、盗品が混じってる。こんなもの、転売したら大問題になる。ウチとウチの取引会社、潰す気か？』

「盗品？　いや、ウチは絶対に盗品は扱わないです。それは何かの間違いでは？」

『間違いではない！　しかも、鉄屑の品質も最悪で、これでは輸出できない。つまり、ウチは予定通り輸出できなくなったわけで、とても大きな損害が発生した。お判りか？』

鉄屑を売った代金はまだ貰っていないから返金するという問題ではない。伊草の会社が売り渡したものが商品として通用しない粗悪品なので、その損害を賠償しろと言っているのだ。

『サビだらけの粗悪な鉄階段、誰が買うか？』

周の言葉に、伊草の背筋に冷たいモノが走った。

その鉄階段が盗品ということなら、佐脇のアパートから持ち込まれたモノに違いない。それは責任を持って佐脇のアパートに戻しておくと約束したし、そのように大林にも指示を出した。なのにこれは……どういうことだ？

『あなた、とにかく、すぐこっちに来るね！　もう中国行きの船に積んでしまった。これを戻すには金が必要ね。とにかく、ウチの損害はすべてオタクの責任だ。賠償しなさい！』

「今から行きますよ。現物を見てお話ししましょう。で、オタクの損害とはだいたいどのくらい……」

『七千万！　元ではなく、円です。七千万円！』

伊草は、目の前が暗くなった。

事実関係をハッキリさせて、大筋が周の言う通りならば、七千万とまではいかなくても八桁の金額は出て来るかもしれない。そんなカネは、ない。鳴龍会に上納した金を戻してもらっても、全然足りない。鳴龍会の資金も借りなければ……いや、それでも足りない。

このご時世、銀行から借りることも難しい。交渉に入れるかどうかすら判らない。なにしろ銀行には暴力団と取引するな、とのお達しが出ているのだ。

銀行から借りられないとなれば……資金がショートする。伊草の会社だけではなく、鳴龍会自体がヤバくなる。

伊草は、暴排条例の施行が決まって以来、組と組員の将来を考えて、組の解散と組員の就職のために相当額の資金を用意していた。だが、それを失ってしまうとなると、鳴龍会の組員の大多数が路頭に迷うことになる。これは、言葉の遊びではなく、文字通り、路頭に迷う。組事務所を失い、持ち家を失っても、警察の圧力で賃貸住宅にも入れず……いや、家賃を払うためには仕事をしなければならないが、その仕事はどうする？

警察はヤクザをとことん追い込んで罪を犯させ、全員を刑務所に放り込むつもりなのか？

わざわざ罪人を作って刑務所に送り込んでも、国が養う人数が増えるだけではないのか？

いったい何を考えているのだ……。

一気に襲ってきた危機を前にして、伊草の頭の中は真っ白になり、思考が飛んでしまった。

いかんいかん……。まずは、着実に手を打っていかなければ……。

周との電話をいったん切って、伊草は大林に電話しようかと迷ったが、結局、電話したのは弁護士だった。

「あ。先生。こんな時間に本当に申し訳ありません。実は、折り入ってお願いしたいことが……」

相手もテレビを見て、すでに大方の事情を察していた。

「そうです。私のために、弁護をお願い出来ますでしょうか……」

第五章　真の黒幕

「佐脇さん、帰らないんですか?」

午前零時を回って、今や佐脇の執務室と化している職員食堂に水野が顔を出すと、そこはすっかり乱雑になり散らかっていた。安っぽいテーブルには、捜査資料に混じってスポーツ新聞やエロ雑誌が散乱し、署内禁煙で灰皿もないのに、あちこちにタバコの灰がこぼれている。

佐脇はそのテーブルに足を投げ出して、ぺらぺらと資料を捲っていた。

「一度帰ったんだが、階段がまだついてねえんだ。伊草の野郎、元通りにしますと確約したくせに」

「階段をつけるヒマなんて……いえ、大変なことになってしまって、そこまで手が回らないんでしょう」

水野も疲れ切って、ワイシャツがヨレヨレになっている。

「お前も、どうして帰らないんだ?」

鳴海署の良心とも言える水野は、手にした書類を、鳴海署の諸悪の根源とも言える人物に渡した。

「ガールズバーと売春宿に関しては、ガサ入れをして必要書類を押収し、関係する各方面への問い合わせも済ませました」

「結構な仕事ぶりじゃねえか」

佐脇は上司風を吹かせると立ち上がり、ふたたび職員食堂の窓から外を見下ろした。鳴海署の正面玄関前には、まだマスコミがたむろしている。

「そもそもあの連中はいつまで居るんだ？　こっちがエサを配るまで帰らないつもりか」

「ウチとしても、そろそろ何か発表しなければ収まりがつかないでしょう。彼女たちがマスコミにばら撒《ま》いたネタが一人歩きしてますし」

それはそうだな、と言いながら、ガールズバーから押収した履歴書の綴《つづ》りを捲《めく》った悪徳刑事は、その一枚を水野に突き出した。

「見たか？　これ」

その履歴書に記入された名前は、問題の女子高生・水沢由香里だが、貼られている写真は別人のようにケバい。金髪でタヌキのようなマスカラに付け睫毛《まつげ》、キラキラの口紅というフル装備。化粧がキツすぎてトシも判らない。

年齢の欄を見ると、十九歳フリーターと書いてある。

「なるほどね。履歴書を信じちゃいけないってことだな。で、店には身分証を確認した証拠は残ってたのか？」

ガールズバーは「接待飲食等営業」に該当し、風営法の対象であるところから、店には「就労資格の確認」が義務付けられている。

本人の申告のみを信用して採用したあと未成年者だとバレた場合は、風営法違反として処罰の対象になり、店も当人も罪を問われる。それを避けるために、マトモな店では求人の際に免許証や住民票、パスポートといった身分証の提示を求める。ちなみに健康保険証や学生証はダメだ。

「いえ、身分証のコピーは店にありませんでした」

「じゃ、アウトだな。店長は逃亡したままか？　事実上のオーナーである鳴龍会、ということは伊草の監督責任も生じるよなあ」

佐脇は溜息をついた。

「鳴龍会に何の恨《うら》みがあるかは知らんが、まさか水沢由香里が、肉を切らせて骨を断つ戦法に出たってのか？　あのバカ女子高生は、オマンコは大人並みだがオツムは小学生並みと見たんだがな。誰かに知恵をつけられたのかな？」

外で買って持ち込んだ缶ビールを啜《すす》りながら、佐脇は水野に先を促した。

「で、大阪の女の件は？」

「はい。次に売春防止法違反の被疑者・木俣恵子ですが、大阪府警に照会していましたところ、さきほど返答がありました」

水野は佐脇の手許にある資料をぱらぱらと捲り、当該箇所を指し示した。

「木俣恵子は、大阪一円の風俗店を転々としつつ、これまでに計五回の逮捕前歴があります。売春の他にも、夜の公園で有料で陰部を見せたり性行為を見せたりという公然猥褻などで」

「だろ。そうだと思ったんだ。あの女、テレビで言ってることと、おれと姦《や》ってるときに喋った身の上話が全然違ってたからな。大阪じゃ若いピチピチした子が増えて商売あがったりになったから鳴海に流れてきたけど、プレイじゃ若い娘には負けないとか言って、ノリノリで腰振ってたんだぜ」

「……佐脇さん。署内で酔っ払っちゃ困ります」

「バカかお前。缶ビール一本くらいで、おれが酔うとでも思ってるのか?」

そこへ生活安全課の篠井由美子が走ってきた。

「おいおいみんな残業か。鳴海署は不夜城と化したのか」

佐脇は茶化したが、由美子は真面目な顔で報告した。

「津野樹がオチました」

「ゲロったのか? なにを?」

「正確には『半落ち』ですが。ある人物に教唆されてアパートの鉄階段を盗み、バイト先の店でも、まだ未成年の自分の交際相手に、マスコミの取材を受けて警察にも訴え出ろとそそのかしたことを認めました。あの店は、夜はガールズバーになりますが、津野の交際相手はそこで働いていました」

佐脇は首を捻った。

「しかし……そんな真似をして、津野樹には一体、何の得がある？　鉄階段を盗んだのは一応カネになるだろうが、女子高生のカノジョがガールズバーでバイトして、エンコーみたいなこともやっていたのをバラしたら、面倒なことになると判らないほどバカなのか？　しかもそのガールズバーは、自分のバイト先でもあるんだぞ」

佐脇はまたもタバコを取り出した。

「署内禁煙です」

「ナニを今更。頭、使ってんだよ。考えてるんだよ。おれの頭の潤滑油《じゅんかつゆ》は酒とタバコ。酒は、さすがに飲めないだろ、今は」

そう言いつつ缶ビールをグビリと飲んでタバコに火をつける。悠々と一本吸い終わったところで、ポケット灰皿に吸《す》い殻《がら》を始末した。

「ビールは酒じゃないと裕次郎が言ったから、今日はビール記念日だ」

篠井由美子は、ますます呆れた顔になった。

「ちなみに裕次郎ってのは慎太郎の弟のことだがな。で、アイツは、嫌がるカノジョに夜のバイトをしろと命じてエンコーという名の売春を強要して上前をはねてたのか？　ちなみにアイツとは裕次郎のことじゃねえぞ」

「いえ、津野樹が売春をさせていたのではないようです。カノジョ、つまり水沢由香里とはバイト先で知り合って仲良くなったと。水沢由香里は彼より先にガールズバーでバイトをしていたと。で、逆に、樹としては、カノジョが客と関係を持ってお金にしているのが嫌だったようで、再三やめるように言っていたと」

「男って、自分の女の貞節が気になる生き物だからな」

「女もそうですけど」

「ならば、津野樹は、カノジョにエンコーをやめさせたい意図があったが、それをストレートに言うと喧嘩になるので、マスコミにチクればカネになると言い包《くる》めたってことか？」

「そういう風に考えることも出来ますし、全体を誰かに教唆されたとも考えられます」

篠井由美子のその言葉に、佐脇は難しい顔になった。

「女子高生を夜のバイトに使っていて、エンコーの場所まで提供していたとなると、あの店の事実上のオーナーである鳴龍会は窮地に追い込まれる。それを狙った何者かの計略、ってか？」

いやいや、と佐脇は首を振った。

「まだるっこしいな。鳴龍会を潰したいなら、トラックを組事務所に突入させるとかのほうが手っ取り早いだろうに」

篠井由美子の呆れたような顔を見て、佐脇はアメリカ人のように肩をすくめた。

「とりあえず、天使ちゃんのウラを探ってみよう」

佐脇が会議室に入ると、天使のように清純であるはずの女子高生が、不貞腐《ふて》れた顔でタバコを吹かしていた。

「署内禁煙！　未成年がタバコを吸うな！」

佐脇が怒鳴ると、反射的に地金を出した女子高生が「ざけんなよ」と怒鳴り返した。

「あたしは被害者なんだよ？　それなりの扱いってモンがあるんじゃないの？　こんな深夜まで取り調べするって、これ、なんかの違反じゃないの？　それに、あたし腹減ってるんですけど？　カツ丼出るとか、ないの？」

「カツ丼は凶悪犯罪の容疑者が食うもんだ。しかもアレは警察のオゴリじゃねえんだぞ」

佐脇は由香里の口からタバコを毟《むし》り取ってポケット灰皿に入れた。

「署内禁煙って言うけどさ、アンタ、タバコ臭いじゃん！」

「オトナはいいんだ！」

邪険に言う佐脇を由香里は、反抗的な三白眼で睨《にら》み返す。

「お前、何にも食ってないのか？」

「夕方にマクド買ってきてもらったけど」

「じゃあ、ただちに飢え死にするってわけでもないんだな？」

そりゃそうだけどぉ、と由香里は一転、可愛い表情をつくって小首を傾げた。日頃から鏡を見て可愛い顔の研究をしているのだろう。たしかにその顔はなかなかアイドル的だ。

「だってお腹すいたんだも〜ん」

「いきなり可愛コぶるな。ところで、津野樹がゲロったぞ」

「え、もうバレた？」

「ああ。だがな、あのアホタレは、肝心なところを喋ってない」

ふ〜ん、と由香里は興味なさそうだ。

「だからアンタに訊く。なぜあんなことをした？　誰かに言われてやったのか？　お前さんも、ガールズバーでエンコーしてたことをマスコミにバラせば、損するほうがデカイだろ。学校もクビだぞ」

「まあ、あんなクソ高校、顔出してただけだけどね」

「クニの親が泣いているぞ。って、親と一緒に住んでるのか」

そりゃね、と由香里はうそぶいた。

「でも別にイイかなって。全国ネットのテレビにも出られたし」

「やっぱりネタを売ったんだな」

取材の謝礼はたいしたカネにはならないだろう。この子にとってはカネよりもテレビに出るほうが大事だったのか。

「ところで、お前さんが映ってるテレビを見たよ」

そう言うと、由香里は目を輝かせて身を乗り出した。

「ホント？　どうだった？　あたし、アイドルみたいだった？」

「残念だが全身にモザイクかかってたし、その可愛い声も変えられて、怪物みたいなボコボコいう声だったぞ」

由香里の目が点になった。

「考えてもみろよ。未成年の売春絡《がら》みの爆弾告発だぞ。無修正で放送出来るわけないだろ？」

そう言われて、由香里は「あ～あ」と露骨にガッカリした様子を見せた。

「だからお前、このままだと一番貧乏クジ引いたことになるぞ」

そう言われると、口を尖《とが》らせて考え込んでいたが、探るような目で佐脇を見上げた。

「タバコくれたら、いろいろ喋ってもいいよ」

なにか魂胆があるのか開き直ったのか、由香里は古い刑事ドラマの、スレた犯人みたいな態度になった。

佐脇は自分のタバコを出そうとして、やめた。

「いやいやいや。ここでお前にタバコをやったら、またマスコミにチクりそうだからな。未成年の私にタバコを勧めた極悪刑事、とかな」

まあね、とふたたび由香里はうそぶいた。

「あのさあ、ネタと言えば、あたしを女子高生と知ってて抱いたお客、多いんだけど。つーか、みんな女子高生だからカネ出したんだけど。その客の名前、全部言えるんだけど」

由香里は佐脇を見つめて、意味深に微笑《ほほえ》んだ。その顔はとてつもなく愛らしいのが腹立たしい。

「じゃあ、言ってくれ。捕まえてやる」

「だけど、売春防止法って、売ったほうは捕まるけど、買ったほうはオトガメなしなんだよね？」

誰かに入れ知恵されたのだろう。たしかに買春も禁止されてはいるが、罰則はない。

「だがしかし、未成年を買ったとなると話はまるで違う。未成年の場合、売った側より、買った側が厳罰に処せられる。つーか、買った側は、バレた時点で人生終わるな」

そう言われた由香里は、口を尖らせてしばらく考えていた。自分の持っているネタの価値を考えているのだろう。

「やっぱり言うの、ヤメタ」

「勝手にしろ。こっちも拷問《ごうもん》して吐かせる気はない」

しかし、午前零時を回って取り調べを続けているのは問題になりそうだ。特に相手は未成年だし。

「まあ、今日のところはここまでにしておこう。うちの特別室に泊まっていけ」

「ナニその特別室って？」

「女に飢えた男たちが詰め込まれてる雑居房だ。一晩みんなと仲よく愉しんでくれ」

由香里の「イヤダーッ！」という絶叫が鳴海署全館にこだまして、篠井由美子と水野が血相を変えて飛び込んできた。署内に残っていた面々も続いてどやどやとやってくる。

「何があったんですかっ！」

「いや、別に……」

何でもない、と言い張る佐脇とは裏腹に、由香里はイヤだ嫌だと喚《わめ》いている。

「冗談が通じなくてな。けっしておれが襲ったんじゃないからな」

全員が疑わしそうな目で見る中、震える由香里は篠井由美子に連れられて、会議室を出て行った。

「安心して。女子専用の個室で、カーテンで仕切ってあるから」

二人を見送った男たちは、佐脇に訊いた。

「アンタ、いったい何を言ったんだ？」

刑事課に戻った佐脇は、弁解がてら、残っていた公原や光田、水野たちと、木俣恵子の処遇について話し合った。

恵子本人の主張である、素人女性が借金のカタに売り飛ばされて売春を強要されていた、という言い分は覆《くつがえ》されたが、鳴海に来た経緯については、真っ白というわけにはいかない。

「性風俗専門の口入れ屋というか、仲介者がいて、契約金と称するものを事業者から取り、一定期間、女性を特定の職場で業務に従事させる行為が、人身売買にあたるのかどうかという……」

水野の説明も歯切れが悪い。

「これが人身売買なら、プロ野球の選手はどうなるんだってことになりますが」

「あの女が売春していたのは事実だが、鳴海のほうが条件がいいから、あくまでも『自分の意志で』大阪からこっちに来たってことだろ？　問題は、誰がそそのかして警察に駆け込み訴えをさせたか、だ」

そのことだがね、と公原が割り込んできた。

「上のほうからは、厳罰主義で臨めと言ってきてる。この際、使える材料は全部使って、鳴龍会を徹底的に追い詰めろというご下命だ。今まではイエローカードで済ませてきたが、今回はいきなりレッドカードを出せと。つまり責任者を逮捕しろと」

「だから法的にグレーゾーンだって言ってるのに、いくらなんでもそれは無理でしょ。だいいち鳴り物入りで無理やり送検しても、不起訴になれば検察に怒られるのはおれたちですよ」

「検察とはもう話がついてる。この間の警察検察連絡会議で、暴排条例がらみの案件は必ず起訴まで持っていくと内々で決まった」

「ほほう。酒飲んでクダを巻く、あの席が『警察検察連絡会議』って名前なんですか」

わざとらしく驚いて見せる佐脇に公原は言った。

「それにだな、女子高生にしても大阪から来た女にしても、後ろには知恵者がついている。津野樹程度のバカじゃない。もっと頭の回る、誰かがな」

「アンタとか？」

佐脇はモロに公原を見た。

「おれが知恵者か？　口の悪いお前にしては褒《ほ》めたつもりか」

公原はあっさりと流した。

「おれじゃない。もっと上だよ」

「県警の日下部あたりか？」

「さあなあ……おれの口からは何とも言えんな」

公原は誤魔化そうとしている。

「そうか。やっぱり日下部か。あの辺は、おれたちとは違うからな。地場の人間じゃない。エリートと言う名の流れ者だ。昔なら渡世人」

いずれ帰る場所が中央に用意されている渡世人だがな、と腹立たしげに吐き捨て、佐脇は立ち上がった。

「何処へ？」

「寝る。独身寮に空き部屋あるだろ。なければブタ箱でもいいや。朝になったら起こしてくれ」

佐脇はそう言うと、さっさと引き上げた。

＊

翌朝。

独身寮の空き部屋から顔も洗わず着替えもせず、朝から汗の臭いをぷんぷんさせて起き出してきた佐脇が、職員食堂で朝定食を食べていると、初老の紳士がやって来た。

「やあ佐脇さん。ご無沙汰しております。南西ケミカルの事件ではいろいろとお世話になりました、如月《きさらぎ》です」

しけた食堂から浮きまくる、高級テーラーで仕立てたとおぼしい、紺のダブルのスーツ、ぴかぴかに磨かれた靴。見るからに金回りの良さそうな弁護士は、これまた高級そうなコロンの香りを周囲にまき散らしつつ佐脇に挨拶《あいさつ》した。
公害企業・南西ケミカルの顧問弁護士として、かつて佐脇を陥《おとしい》れようとした、東京の敏腕弁護士・如月だった。

「おやおや。如月先生のような大物がこんな田舎に何の御用です？　というか、あれだけマスコミが張ってるのに、何か訊かれませんでしたか？　こちらには、南西ケミカルの件の残務整理で？」

玉子かけご飯を掻《か》き込みながら佐脇が訊くと、大物弁護士はイヤイヤと笑顔で応じた。

「マスコミのあしらいは慣れてますのでご心配なく。今回、鳴海に来たのは、南西ケミカルとは関係ありません。別件で依頼がありましてね」

「今度はどこの大企業の弁護です？　先生がカネにならない一般庶民の、勝てるかどうかも判らない依頼を引き受けるとは、とても思えませんが」

「イヤ私もね、一弁護士として社会奉仕の精神に目覚めるときもありますよ。法曹人として、人権問題にも取り組まなきゃと常々思ってるんでね。今話題の暴排条例。あれは大いに問題を含んでいると前々から思っておりまして」

なるほど。マスコミ的に話題になりそうな案件を扱えば、派手に名前が出て宣伝になる。カネが大好きな弁護士としては、いい目の付けどころだ。

「ということは、伊草の弁護を引き受けた、と?」

「刑事事件の弁護だけではなく、会社の顧問弁護士も引き受けたということです。ロアリングドラゴン・リサイクルサービスの社長として伊草氏は現在、厄介な問題を抱えておられるようです」

「そうか。あんたの狙いはその手のトラブルを『ヤクザ対暴排条例』として大きな話題にして、世間の注目を集めたいと、そういうことか?」

「あたかも私が売名行為をしに来たようにおっしゃるが……問題の解決に寄与するなら、私はどんな手段でも使いますよ。そこは依頼人である伊草氏も了解というか、どんどんやってくれとの意向ですから」

伊草としては、ヤクザとしての劣勢《れっせい》を跳ね返すために、如月を雇って攻勢に出るつもりなのだ。ヤクザである自分が前に出るより、東京の大物弁護士に堂々とマスコミとやり合ってもらうほうが説得力があると判断したのだろう。

「さしあたっては四方木マリエさんの件ですが……物証もないのに依頼人を犯人扱いすることはやめて戴きたい」

如月は口調を変えた。

「ウチは犯人扱いなんかしてませんよ。そいつは、あそこにいるマスコミの連中に言ってやってください。誰の意を受けて報道しているのか知りませんがね」

佐脇は窓外を顎《あご》で指し示した。今日も、早朝から東京や大阪のマスコミ各社の取材陣が集まっている。

「しかし、警察が伊草氏の潔白を発表すれば、マスコミも黙るでしょうが」

「いーや。連中はもうシナリオが出来上がってるんだから、今度は『疑惑の捜査』とか『癒着の構図』とか『警察と暴力団、蜜月《みつげつ》の果て』とかオヤジ週刊誌に書き立てられるだけですよ。伊草へのバッシングをやめさせるには、真犯人を挙げるしかない」

現在のところ、物証も目撃情報も、伊草の犯行を匂わせるものは一切出て来ていないのだが。

そこへ水野が書類を手にして、眠そうな顔でやって来た。

「佐脇さんは朝から元気ですね〜。よくまあそんな食欲が」

一緒にいるのが如月だと判ったので、顔が強《こわ》ばった。

「ああ水野君。こちらは今回、伊草先生の顧問弁護士になられた東京第一弁護士会所属の如月先生だ。ところできみ、何の用かね？」

「鑑識から報告が来てますが……」

「ああ、ちょうどいい。きみ、ここで報告してくれたまえ」

悪ふざけする佐脇に辟易《へきえき》しながら、水野は書類を読み上げた。

「四方木マリエの着衣に付着していた頭髪は、伊草智洋のものとＤＮＡ型が一致しました。事故を起こした車両内部からも、同様に、伊草智洋のものと思われる体毛および指紋が検出されています」

「そりゃ当然だろう」

佐脇は平然と答えた。

「二人に元々接点はあった……というより、一時は長期にわたって男女関係にあったんだからな。それだけで決定的な証拠とはいえないが……疑惑が深まったことは事実だ」

如月も思案している。

「だからね、本人にも言ったんだが、四方木マリエが殺されて事故に偽装された時刻のアリバイがあるなら、きっちり申告して疑いを晴らしたほうが話が早いんだ。当人は、アリバイがあると言っていたが、肝心の、証言出来る人物については頑として口を割らない。その辺を、先生のほうから説得してくれないか?」

盟友として伊草を説得出来なかったことが佐脇にはもどかしい。

「はい。その件は、依頼を受けた時点から私も申し上げているのです。伊草氏によれば、アリバイを証明出来る人間はいるのだが、出来る限りその人物を表に出したくないと言っておりまして。自分が暴力団組員であることで、その人物に迷惑がかかることを懸念しているのでしょう」

「それは判らんでもないが……下手をすれば重大事件の容疑者になってしまうかもしれな

いというのに」

佐脇は、伊草が何を考えているのか判らなくなって苛立った。

「それにしても、如月先生ほどの偉い弁護士を頼むということは、四方木マリエの件だけじゃないんですよね？」

地元の弁護士では心もとない、と思ったのかもしれないが、如月と言えばマスコミにも顔が売れていて各方面に顔が利く「超大物」だ。弁護料、いや顧問料だってバカにならないだろう。そんな大物を雇う理由は何なのか。

「ご推察の通りです。その件だけではありませんが、職務上の守秘義務がありますので」

如月は口を噤《つぐ》んだ。

「判りました。アリバイの件の説得、頼みますよ」

それ以上は聞かず、佐脇は席を立った。

おっす、と生活安全課に顔を出した佐脇は、デスクで書類を書いていた篠井由美子に歩み寄った。

「水沢由香里だが、その後ナニか喋ったか？　警察に駆け込めとそそのかしたヤツが本当は誰かとか」

「いいえ、昨夜が遅かったので、まだ今日の取り調べは始めておりませんが……」

由美子のデスクに、キラキラにデコレーションが施《ほどこ》されたピンク色の携帯電話が置いてあるのを、佐脇はめざとく見つけた。

「これ、あの子のケータイだろ。中は調べたのか？」

もちろんです、と由美子は頷いた。

「電話帳に記録された電話番号と保存されていたメールを書き出してあります」

有能な女性警官は分厚いプリントアウトを佐脇に渡した。

「あの子は自分の客が誰かは全部言えるとか言ってたな」

「ええ。由香里って子は、メールを消すのが面倒なのか、全部やり取りを残してます」

佐脇は篠井由美子の隣に座り込んで、電話番号とメールを照合し始めた。

「あ、そういうの、もうやってありますけど」

由美子はプリントアウトをボールペンで指し示した。

「電話番号の名前のところに『＊』印をつけてあるのが、メールのやり取りが残っている相手で、『＊』が二つついているのが、売春に関してやり取りしている相手です」

「おー。行き届いてるな」

由美子のチェックによって格段に読みやすくなっているリストと、メールのプリントアウトの両方を佐脇は目で追っていった。が、ある箇所にふと目がとまった。メールの内容に引っかかるポイントがあったのだ。

「去年の十二月十日、九月二十日、五月十四日……鳴海グランドホテルのジュニアスイートでそれぞれ二時間、か。十万もふんだくってるが、これは高いのか安いのか？」

「高いですね。以前に比べて金額は下がる傾向にあるようですので……この辺では高くて一万強、でしょうか。首都圏でも最近は三万まで行くことは少ないです」

「ふ～ん。さすがにメールも素っ頓狂《すとんきょう》な名前で登録してるのが多いな。ギガちゃんって、客のオッサンのことか？　客のギガちゃんは、彼女をユカたんとか呼んでるな……」

そう言いながら、佐脇は記憶を手繰《たぐ》っていた。この日付のどれかが引っかかるのだ。

「去年、鳴海グランドホテルで、覚醒剤の取引の現場に踏み込んだんだが……そのとき、宿泊客に見覚えのある人物がいたんだ。現場が、まさにこのジュニアスイートのある六階で……スケベそうなオッサンが一瞬、スイートから顔を出したのを見た。そのオッサンが、どうもどっかで見た顔だったんだが」

佐脇は生活安全課のパソコンを操作して、覚醒剤取り締まりの日付を確認した。

「やっぱり、十二月十日だよ。ホテルの宿泊カードを調べたって、どうせ偽名で泊まってたろうし……気になるな。この、ギガちゃんって客のアドレスが載ったリスト、借りてくぜ」

佐脇はプリントアウトを畳んで内懐にしまい、腕を組んで、なおも思案した。

「代金も気になるな……相場よりとんでもなく高いって事は、相手がお偉いサンだったから吹っかけたか？　それとも秘密を守らせるために多めに渡したのか？　もしくは由香里がよっぽどナイスバディで締まりのいいおまんこと感度の高いパイオツの持ち主で、フェラテクも抜群でいいセックスをするからか？」

　女性警官も多い生活安全課で朝っぱらから大きな声で下ネタを話す佐脇に、室内の雰囲気は凍りついた。ドン引きというやつだ。

「なんだよ？　急に静かになっちゃって。だって、そういうことだろ？　男がカネを払うのは具合がいいからであって……」

「はいはい。ではまた新しいことが判りましたらすぐにお知らせしますから」

　佐脇は生活安全課の部屋から追い出されてしまった。

　そのまま鳴海署を出たが、今度は蜂の大群に襲われるクマのように、マスコミに取り囲まれた。マイクやレンズが一斉に、佐脇に向かって突き出される。

「佐脇さん！　如月弁護士は、伊草弁護のために来たんですよね！」

　容疑者でもない伊草を呼びつけだ。こいつらの人権感覚はどうなってるんだ？

「如月弁護士と言えば、公害企業である南西ケミカルの顧問弁護士で、ほかにも大手企業を何社も顧客に抱えてますが、そんな大物を使ってどうしようと言うんです？　暴力団の幹部は、お金の力で無実を勝ち取る気ですか？」

甲高い声で訊いてきたのは、リポーターの萩前千明だ。朝っぱらから不快なキンキン声を聞かされて佐脇はむかっ腹を立てた。

「おれにそういうことを訊くなよ。弁護士のことまで知ったことか」

「はあぁ？　鳴海署は鳴龍会と癒着していて、一心同体なんじゃないんですかぁ？」

萩前千明は薄笑いを浮かべてマイクを突き出している。このクソ女の腹づもりは手に取るように判る。佐脇を怒らせて、さらなるバッシングのネタにしようというのだ。タチの悪いマスコミの初歩的な手口だ。だが、千明は、そういうイージーな手法を使う相手を間違えた。

佐脇は彼女の差し出すマイクをいきなり摑《つか》んだ。もぎ取って、そのまま思い切りぶん投げる。が、有線なので遠くまでは飛ばず、他社のカメラマンの頭にぶち当たった。

「イテっ！」

「ちょっとッ！　これ、暴行傷害じゃないんですかッ！」

すかさず萩前千明が叫ぶ。

「暴行です暴行！　警察官が報道陣に暴行しましたよっ！」

「バカ。行く手にある障害物を退かしただけだ。お前らは、他人は叩きまくるクセに自分たちの非行は完全スルーか。そんな二枚舌な連中に、何ひとつ答えてやる義理はねえよ！」

「お答えにならないということは、認めるんですね？　悪徳企業の味方をする弁護士を雇って、鳴龍会の伊草は居直りを図っている、と解釈していいんですね！」

鈍感なのかバカなのか視野狭窄《きょうさく》なのか、萩前千明は質問を続けた。

「おい、アンタ。アンタらマスコミにも名誉毀損《きそん》に当たる発言があったことを忘れるな。こっちだってアンタを訴えることが出来るんだぜ」

「……脅しですか？　公権力が報道機関を恫喝《どうかつ》するんですかッ？」

大袈裟に目を剝《む》いてみせる萩前千明に、佐脇は嘲笑を浴びせた。

「お前が報道機関か？　ワイドショーの取材だろ？　いつからワイドショーが報道になった？　芸能情報も報道か？　タレントの誰がくっついただの別れただのが大事件で重大ニュースなのか？　まあお前らのお花畑なアタマの中ではそうなんだろうけどな」

負けずに挑発を返しつつ、マスコミを掻き分けて進もうとした佐脇は、後ろを振り返って叫んだ。

「ほれ、如月先生の登場だ。おれより先生に訊けよ」

マスコミは雲霞《うんか》の如く、わっと如月の許へ移動して、口々に底の浅い質問を浴びせ始めた。

「如月さん、如月さんはダーティな勢力を弁護する専門家ですが」

「いえいえ、その前提は違いますよ。私は常に、法のシモベです。どんなヒトにも会社にも、法的保護があるのが法治国家ですから」

「暴力団追放が世論だと思いますが、そういう時期に、どうしてあえて暴力団幹部の弁護を？　カネですか？」

「はっはっは。私はお金には困ってませんよ。それに、カネのためにはなんでもする、いわゆる悪徳弁護士のイメージを私にお持ちのようですが、さわやかな正義派の、社会派弁護士だって食うために企業や有名人の顧問をしてるんですよ。モノゴトの一面だけ見て何か言うのは、みなさん少々勉強不足ですねえ」

場慣れしている如月は、紳士的な笑みを浮かべ丁寧な態度で無礼な質問を撃破していく。

それを横目で見ながら佐脇は、バルケッタに乗った。

＊

伊草の会社『ロアリングドラゴン・リサイクルサービス』の事務所前には数台の車が駐まっており、ビデオカメラを肩に載せた連中もウロウロしていて、なんだか落ち着かない雰囲気だ。

だが、そんな空気を我関せずと無視するように、男が一人、敷地内の駐車場で作業をしている。錆《さび》だらけのワンボックスカーの下に潜《もぐ》って、なにやら作業をしている。車の下にいるから顔は見えないが、作業服を着ているのは、ここの従業員の一人なのだろうか。

その男が弄《いじ》っているボロ車は、元は白かったのだろうが、錆が浮いて茶色に見える状態で、廃車のスクラップとして持ち込まれたモノにしか見えない。間に合わせの修理でもしているのだろうか？　車検を通っているとも思えず、あれで公道を走るつもりか、伊草の会社はあんな車を使うほどカネに困っているのか、と佐脇は暗い気持ちになった。

錆だらけの車を横目に見つつ事務所に入っていこうとすると、一斉にレンズが向けられビデオが回り始めた。

こういう場合、完全に無視するのが一番なのだが、カメラが向くと一言言いたくなる佐脇は、「家宅捜索じゃないぞ。ただの様子見だ」などと言いながら中に入った。

建物の中に、伊草はいなかった。留守を預かる大林は二台の携帯を使い分けて連絡に大わらわだった。

「ああ、その件はまあ、なんとかなりますワ。社長居《お》らんでもボクがなんとか回してまっさかいに」

黒のビジネス用っぽい携帯電話に大阪弁で捲《まく》し立てるように喋ると、「ちょっと待っててや」ともう一つの携帯に出た。こっちはメタリックなブルーで如何《いか》にも遊び人の持ち物風だ。

「途中で悪かった。で、例の件だが……」

話し始めた大林は、佐脇の姿を認めると口許を隠して背を向けた。早々に通話を終えて、もう片方の携帯電話にも「ではまた改めて」と言って通話を切った。

雰囲気からして、大阪方面との会話だったのか。

「どうも刑事さん。おはようございます」

大林は礼儀正しく頭を下げた。

「社長は鳴海市内のホテルから、あちこち回っておりまして……取材がね、凄《すご》いと言うよりもう滅茶苦茶で。ここにもずーっと貼りついてますワ」

取材の連中は建物の中には入って来られないので、外からズームを使って撮るだけだ。

「東京から弁護士が来てるが」

ええ存じてます、と大林は丁寧な口調で応じた。

「実は、資金繰りが悪化してまして……風評被害ですよ、もう。ヤクザの会社だから取引は打ち切りだとか、さんざんです」

「暴排条例がある以上、風評被害ではないけどな。伊草とお前さんが完全にヤクザを辞めれば済む話だ」

「そう簡単にいかへんでしょう。これまでのしがらみもあるわけですし、お役人が考えるほど簡単に、過去の人間関係を切れるわけないです」

「いつまでもそんなこと言ってるから、問題は全然解決しないんだろ。お前らに、なんとかする気、あるのか？」

　佐脇としては、ヤクザ側の開き直りも気にくわない。困ってるというなら、解決策を見つけるしかないのだし、その答えも、最初から出ているのだ。たとえ受け入れ難い解決策ではあっても。

「まあ、それはそれとして、如月先生には、カネのトラブルの解決、みたいなことも依頼したってことか？」

「ええ。四方木マリエの件だけなら、あんなもの凄く高い先生を急遽《きゅうきょ》頼んだりしませんよ」

　殺人の疑いをかけられた上に会社の、そしておそらく鳴龍会の収支も同時に悪化しているとなると、伊草は非常な危機的状況にある。

「実は……ウチが納品したものが不良品だったとして損害賠償を請求されてるんです」

「納品したものが不良品だった？」

「ええ。ウチとしては問題ないものを入れたはずなんで、先方の業者の言いがかりじゃないかと。こっちの足元を見て吹っかけてきたんじゃないかと。なんせ相手は外国人……」

　そこまで言った大林は、しまった、口を滑らせたという表情になり、口に手を当てた。これがなんともわざとらしい。

「すんません。今のところは、聞かなかったことにしてください」

「ま、警察は民事不介入だから」

大林の言う先方の業者とは、もしかすると館林いずみが就職した『鳴海日華貿易』ではないか、と佐脇は思った。このへんで外国人がやってる会社と言えば、焼き肉屋などの食い物関係を別にすれば、鳴海日華貿易しか思いつかない。

「納品したモンが不満なら返品したらエエと思うんですが、なんだかんだとアヤつけてきて、エライ金額の損害賠償を払え、言うてきたんですわ。数百万なら面倒やから払《はろ》てしまおか、と思うところやけど、七千万ですよ、七千万！　それは堪《たま》りませんワ」

なるほど、そういう大金の絡む係争なら、如月の得意分野だろう。しかし七千万という賠償額は、今の伊草と鳴龍会にとっては、大変なダメージになるだろう。

「ボクは、社長を心配してるんです……偉いセンセイがなんとかしてくれるとは思うんですが」

いかにも心配しておりますという顔が、どうも不自然だ。

「長年の刑事の勘」というといかにも胡散《うさん》臭くなるが、大林の物言いにも表情にも、佐脇には引っかかるものがあった。わざとらしく心配そうな顔を作っているとしか思えない。自然な表情とどう違うのかと問われると説明しがたいものがあるが、これはもう、芝居の上手い下手のようなものだと言うしかない。

そして佐脇は芝居の上手さで言えばアカデミー賞クラスの、息をするようにウソをつく悪党連中と、長年取調室で相対してきている。

「おれとしては、四方木マリエの件が、どうにも解せなくてな」

佐脇はそれとなく水を向けてみた。

「伊草が疑われて、マスコミに叩かれる理由が判らん」

「社長は、間違いなくシロですよ！　それを証明してくれるヒトがいる、とも言ってます。なのに、そのヒトが誰かは言えないなんて……社長は一体ナニ考えてるのかよう判らんです！」

殊勝そうに言う顔が、ますますワザとらしい。

佐脇は、内心、ムカムカする気持ちが兆《きざ》しつつあるのを自覚した。

「ところで……例の鉄階段だが」

大林は、何のことだか判らない様子で「はあ」と返事をした。

「まだ取り付けてないだろ。おかげでおれは自宅に戻れない。どうなってるんだ？」

「あ……ああ、はい」

思い出したのか記憶があやふやなのか、気のない声が返ってきた。

「お前に、社長から申し送りがあったんじゃないのか？」

「いえ……」

曖昧《あいまい》な返事をした大林の顔が、一瞬ハッとした。が、すぐにその感情をごまかして首を傾げた。

「あの……申し訳ないのですが、社長からはそういうことは聞いてません」

「何を言ってるんだ！　ウチのアパートの階段が盗まれて、それがここに持ち込まれていて、それをおれと伊草がその場で確認して、すぐに元に戻すと確約したんだぞ！」

佐脇は相手の胸ぐらを摑んで揺さぶった。

「いい加減なこと言うんじゃねえぞこの野郎！」

こうなると、どっちがヤクザか判らない。

「ちょ、ちょっと待ってください刑事さん。テレビ撮ってますし、その、なにか手違いがあったようです。ね、ちょっと」

大林が心底嫌がったので、刑事は手を離した。

「あの、ご承知の通り、あれからいろんなことが立て続けにあったので、申し訳ないことが起きてしまったんだと思います。至急手配しますんで、ちょっと時間を」

「お前、マリエと揉《も》めてたのをおれに見られたんで、おれになんか良からぬ感情があるんじゃねえのか？　もしかして、マリエを殺したのはお前だったりして？」

「な、何を言うんです！」

大林の目が点になり、顔色が変わった。

「そんなこと、するわけがないじゃないですか！　それに、あのことは持ち出さないって」

「何処にも持ち出してねえよ。当事者のお前に言ってるだけだろ」

「脅す気ですか！」

「バカかお前。お前がモノゴトをきちんと処理しねえから、おれは怒ってるんだ！　お前、脅すという言葉の意味、判ってるのかよ？」

佐脇は人差し指でつんつんと大林の額を突ついてやった。

大林の顔は憤怒《ふんぬ》で真っ赤になった。

「……刑事さん。それ以上は止めてください。冷静に話しましょう」

大林はちらりと視線をめぐらせ、顎で外を示した。さっきから佐脇の狼籍《ろうぜき》はすっかり撮られている。

「おれは至って冷静だし、間違ったことを言ってるつもりもねえよ。刑事がヤクザから事情を訊くぐらい、よくあることだろ？」

おでこつんつんは止めたが、なおも佐脇はニヤニヤして大林をいたぶろうとした。

そのとき、メタリックブルーのほうの携帯電話が鳴ったので、大林は申し訳ありませんと断って、事務所の奥に入って話を始めた。どうやらこの通話を佐脇に聞かれたくないらしい。

事務所の中に残された佐脇は、ますますムカついた。

どうもあの野郎の態度が気にくわない。階段を戻さなかったのも、きっとワザとに違いない。マリエとのことを目撃されたのを根に持ってるのか？

そう思いつつ、事務所の応接テーブルに置かれた新聞をふと見た瞬間、佐脇の目は第一面に釘付けになった。国会内で記者たちに揉みくちゃになっている人物がアップで映っている。

あのときのスケベオヤジだ！

去年の十二月、内偵していた覚醒剤取引事件で、鳴海グランドホテルの一室が使われているとの情報を得た。日頃から各ホテルの従業員に鼻薬を嗅《か》がせ、宿泊客についての情報を取っていた佐脇の情報網が功を奏したのだ。で、その覚醒剤取引現場に踏み込んだあと、別の部屋のドアが開き、一瞬廊下の様子をうかがったのが、このオッサンだ！

そのときと同じ顔の中年男が新聞の一面を大きく飾っているではないか。

思い出した。「大田原賢造《おおたわらけんぞう》」。そう言えば同日、佐脇の情報源であるホテル従業員が、政治家らしい人物が同じ階に宿泊していることも知らせてきた。覚醒剤の取引には関係ないので気にもとめず、忘れていたが。

あるいは泊まっていたのはよく似たオッサンかもしれないが……大田原賢造は衆議院議員で閣僚経験もある大物政治家だ。磯田派の重鎮で……。

ちょっと待て。磯田派といえば、以前、佐脇が失脚に追い込んだ地元選出の代議士和久《わく》井健太郎《いけんたろう》が属していた派閥ではないか。そして、和久井健太郎といえば、以前、東京でスキャンダルになった少女売春組織、リトルアリス事件への関与も噂されたほどのロリコンマニアだ。

佐脇の思考は一気にフル回転した。

おそらく大田原賢造と和久井健太郎は、同じ会派であるだけではなく共通の趣味、つまりロリコン趣味を介して親しかったのだろう。鳴海にも、かつては少女を斡旋《あっせん》する、秘密厳守の売春組織があった。その頃から、大田原は年に何度か鳴海に来ている。

一体いつから由香里が大田原に買われていたのかは知らないが、それが小学生の頃からであっても佐脇は驚かない。鳴海にあったのは、そういう組織だったのだ。

そして少女の肉体とセックスに溺《おぼ》れた大田原は、それからも鳴海に定期的にやってきては、由香里を抱いていたのか。しかもあの子を「ユカたん」とか呼んで……。

佐脇は、大林が机の上に残していった、もう一台の黒い携帯電話に目を留めた。こちらは、おそらく大阪の組関係者相手の通話に使っている携帯だ。

腹に一物ありそうな大林、そして歳費で少女を買っている代議士。両方へのムカつきが抑《おさ》えきれなくなった佐脇は、ふと、悪戯《いたずら》心を起こした。

大林の黒い携帯電話を手に取ると、素早くメールの文面を作成する。最近出会い系に登録してみるみる腕をあげたから、入力は手慣れたものだ。

『アンタのユカたんが訴えを取り下げないとヤバいことになるぜ。女子高生のユカたんと代議士であるアンタが去年の十二月十日、鳴海グランドホテルのジュニアスイートで何をしていたか、マスコミに漏れるぜ。アンタのマブダチで同じ趣味だった和久井健太郎はたいへんなことになったよな？』

次に篠井由美子が作成したリストを内懐から取り出し、「ギガちゃん」のアドレスを宛先の欄に打ち込む。

これで大物代議士・大田原宛て（かもしれない）メールの出来上がりだ。

スケベオッサンが他人の空似だったら、それまでのことだ。アドレスの主が由香里を買っていたのは事実なのだから、こんなメールをもらえば震え上がる。だが警察に訴え出る心配はない。

もしかしてビンゴだったら大田原は焦るだろう。しかもメールの発信元を調べさせれば、現役ヤクザの携帯からだということもすぐ判るのだ。あるいは由香里に訴えを取り下げさせるよう動くかもしれない。無視されたとしても、失うモノはない。

ヤクザからのメールだから、大物も多少はビビるかもな、と佐脇はニヤニヤしながら送信した後、証拠を隠滅するかのようにそのメールは削除した。

「じゃ、おれ帰るわ」

奥の部屋の中でまだ電話中の大林に向かって大声で言うと、悪漢刑事《わるデカ》は取材の連中を掻き分けて、ふたたび愛車に乗った。

鳴海署に戻ると、正面玄関前には相変わらずマスコミが貼りついていた。しかもその数は減るどころか増えている。上空にはヘリまで飛んでいたりして、まるで鳴海署がこの世の悪の総本山みたいな感じになっている。

今、中に入るのはマズい、と署を通過しようとしたら、深紅のバルケッタという目立つ車に乗っていることが災いして、めざとく見つけられてしまった。

うんざりしたが、ロクでもない連中に無駄な労力を使わせてやるのも一興だ、と悪戯心が起きた。

*

国道バイパスに入った佐脇は、わざとスピードを落として追跡車を引きつけ、そのまま鳴海市内を縦横無尽《じゅうおうむじん》に走り回った。

その最中に、携帯電話が鳴った。運転中の通話は違反だが、佐脇は構わず出た。

相手は水野だった。

『四方木マリエの件ですが、残念ながら、アリバイが証明出来ない限り伊草智洋を重要参考人として出頭させる、という方針が固まりました』

それは、仕方あるまい。アリバイの証明さえあれば済むことなのに、やろうとしない伊草が悪いのだ。

携帯で話していると、追跡車が幅寄せしてきた。佐脇の運転中の通話姿をアップで撮りたいのだろう。

佐脇は急ブレーキをかけて一台をやり過ごし、後続のもう一台は急ハンドルを切り、脇道に入って振り切った。こうなれば、地元を知り尽くしている佐脇の独壇場《どくだんじょう》だ。田舎の細い道を爆走するうち、ついて来られる車は一台、また一台と減って行った。

地理に不案内な、東京や大阪から来たマスコミ車両は佐脇に翻弄《ほんろう》されて、田《た》ん圃《ぼ》の畦道《あぜみち》にタイヤをめり込ませてエンコしたり、方角を見失って立ち往生したり、とほとんどがリタイア同然の有様になった。

しかし、撒くだけでは先ほどからのイライラした気持ちの収まりが付かない。もっといたぶってやろうと、佐脇は元のバイパスに戻った。ゆっくりと走行して、追跡車が追いついてくるのを待ってから、いきなりS字に蛇行《だこう》運転したり、急ブレーキに急カーブといった「危険運転」を繰り返した。

運転席でハンドルを握って爆笑していた佐脇だが、そういや例の密着取材の連中は今のこのおれを撮っているのだろうかと気になった。マスコミ相手にいきなり危険運転を繰り返す現職警官……では、放送すると相当マズいだろう。いや、マズすぎて放送すら出来ないに違いない。

以後もさんざん無茶な走り方をして、しばらくして後ろを見たら、一台も付いてきていなかった。

路肩に車を止めてしばらく待ってみたが、追跡車は一向に姿を見せない。

全車潰れたのか？

まるでル・マン二十四時間耐久レースでライバルがすべて脱落したあとのような満足感と勝利感、そして物足りなさも感じつつ、佐脇は空腹を覚えた。

バイパスに戻って、道沿いに林立する飲食店を見比べていると、この前、大林に呼ばれて行ったアメリカン・ダイナーがあった。あの店なら空いてるだろうし、荒っぽいドライブでいささか疲れた。仕事をサボって休憩していてもバレないだろう。

佐脇はダイナーの駐車場の、目立たないところにバルケッタを駐めて、店に入った。

ちょうどランチタイムだったので、ステーキを頼み、一杯くらいならすぐに醒《さ》めるだろうとグラス・ビールも頼んで食事をしていると、「あ〜っ！」という声が店内に響いた。

店に入ってきたのは、さきほどカーチェイスを繰り広げた相手の中の一組と、目下の天敵・萩前千明だった。

「いたいた！　サイテーでサイアクのヒトが」

「最低最悪はお前らだろ、バカ」

佐脇は彼らの前でグラスのビールを一気に飲み干した。

「警官にあるまじきあなたの行為、ここに全部撮ってありますよ！　映像が何よりの証拠ですからねっ！」

ビデオカメラを振りかざす千明を、佐脇はニヤニヤするばかりで相手にしない。特大の分厚いステーキを美味そうに口に運ぶと、極めて露悪的に、くちゃくちゃと派手な音を立てて咀嚼《そしゃく》した。

上品ぶった東京のリポーターは露骨に嫌な顔をした。

それを面白がるように、佐脇は次にランチスープをズルズルと音を立てて飲み、パンを頬張《ほおば》ったあと、口の中をレンズに向けて見せた。

「ナニ子どもっぽいことをしてるんですか！」

「ボカシを入れて放送したら、いったいナニを食ってるんだろうと視聴者が興奮するかと思ってな」

「そんなご心配には及びません。ノーカット無修正で全部放送してやるから！」

「結構だね。その意気で、東京電力とかにも突撃取材してほしいもんだ」

出来るモノならな、と佐脇は小馬鹿にした目で萩前を眺めた。

「バカにしないで！　これ放送したら、あんな悪徳警官辞めさせろって日本中が大騒ぎになりますよ！　それでもいいのっ？」

佐脇が全然恐縮しないのに怒った萩前は大声を上げた。

「それでもいいのって、なんだ？　おれから金でもゆすり取ろうってのか？　東京のテレビが田舎の警官を恐喝か？」

「そうじゃありません。そもそもアナタには、警官の倫理に反してるっていう自覚はないんですか？」

萩前は勝ち誇ったように言い募《つの》った。

「車で来てるクセにビール飲んでるし！」

しかし佐脇は小馬鹿にした態度をまったく改めない。

「じゃあお前らは報道倫理に反してないのか？　この店の許諾も得ずに、勝手に入ってきて勝手におれを撮影してるよな？　家宅侵入と肖像権の侵害が違法行為だって判らないのか？　お前らバカだから、判らねえんだよな。低脳でもテレビの仕事は出来るからな」

「それ、差別です！　これは立派な職業差別ですよ！」

「じゃあ言い方を改めよう。大学は出たが授業もロクに受けずに男とセックスしまくって遊び呆けて、ちょい顔はいいがアタマが空っぽなアンタは、タレントや女優で食える才能もないから、こういう半端な仕事をしてるってわけだ。なに？　テレビに映ったから満足？　それじゃあアンタらが煽《あお》ってテレビに出した売春女子高生と、似たりよったりのオツムの持ち主ってことじゃねえか」

「やっぱり差別してるじゃないですか！　あなた、テレビリポーターを差別してますよっ！」

「じゃあ、報道倫理の基本を一つ。もっと勉強して、分ってモノをわきまえろ。それが出来ねえからバカだと言ってるんだ」

「わ、私は言われたことを撮るだけだから！　報道倫理とか難しいから判らないし。言われたことを取材してくるのが仕事だし。それ以外のことを考える必要、ないです！」

萩前は言い切った。すがすがしいほどの割り切り振りだ。

「必要がないんじゃなくて、バカだから考えられないんだろ？　お前みたいなバカ女に何のかんのと説教されたくねえ！」

もの凄い勢いで罵詈讒謗《ばりざんぼう》を浴びせられて、萩前千明は絶句した。

「……ま、呑めよ。あんたらも朝早くから深夜まで大変だよな。ちょっとカメラ止めて、休憩しろよ。あんたもマイク置いて」

急に優しい声になった佐脇は一転、クルー全員にビールとランチを注文してやった。

「心配するな。これ、おれのオゴリだから」

怒鳴りつけられたと思ったら急に優しくされて、萩前をはじめクルー全員は、訳が判らない、という表情のまま、運ばれて来たハンバーグランチを食べ、ビールを飲み始めた。

緊張と緩和を交互に作り出して容疑者の感情を揺さぶり、取り調べる側のペースに持ち込むのは刑事としては初歩のテクニックだが、萩前たちはそれに乗せられてしまった。

「しかしアンタらも苦労するよな。現場を知らない上の連中から、あれを撮ってこいと無理を言われて、出来なきゃ契約打ち切りなんだろ？　大変だねえ」

磯部ひかるから、リポーターやフリーアナウンサーの大変さを日夜聞かされている佐脇としては、この同情は満更《まんざら》ウソではない。

まあ呑めよと全員にビールのお代わりを勧め、「お互い大変だねえ」と打ち解ける雰囲気を作った。

食べ物の皿も空き、クルーたちにアルコールが回り、顔も赤くなったところで、佐脇は腰を浮かした。

「ところで君たちこれ、贈収賄《ぞうしゅうわい》になるんじゃないか？　取材対象者が申し出た饗応《きょうおう》を甘んじて受けるのは、公正な取材じゃないよな？　いわゆる『癒着』ってヤツじゃねえの？」

突然の佐脇の豹変《ひょうへん》に、クルーたちに緊張が走った。特に萩前はビックリして言葉が出ない。

「ま、ゆっくりしていけ。酒が抜けなきゃ仕事も出来ねえだろ。拙者《せっしゃ》はこれにて失敬」

「酔ってるのに車に乗るんですかっ」

やっと反撃した萩前に、佐脇は涼しい顔で答えた。

「ご心配なく。こういうときのために運転代行というものがある」

佐脇はその場で携帯から運転代行を呼び、港にある『鳴海日華貿易』の社屋に向かわせた。

＊

運転代行させたバルケッタが鳴海日華貿易に着くころには、ビールの酔いもすっかり醒めていた。

この会社は中国にスクラップを売って急成長していると聞いた。大林が言っていた伊草の会社の金銭トラブルには、おそらくここが絡んでいるのだろう。

それを確かめようと、佐脇は社内に入った。幸い、マスコミは萩前を含めて、全員が追跡する気を失ったようだ。

レトロなビルのドアを開けてオフィスに顔を出すと、前回、顔を合わせたときは何事にも余裕を感じさせた周大人が険しい顔で電話をしたり、社員に指示を出したり、あるいはばさばさと書類を広げたりなど、絵に描いたような「取り込みの真最中」だった。

それでも、佐脇が入ってきたのに気がつくと、すぐに一礼して挨拶した。

「いやあ悪いです佐脇さん」

周大人は大声で言った。

「今、ご覧の通り、大変です。ウチは商社だから、仕入れたモノを右から左に流す。その流れが止まるとウチは干上がってしまいます。その流れが止まってしまって、参ってるのです」

電話の合間にそう説明した周大人は、ふたたび電話をかけて話に没頭した。どうやら緊急の商談、あるいは交渉のようだ。相手は日本人であったり中国人であったりその他であったりと様々らしく、使う言葉も日英中、三カ国語が入り交じる。

そのとき、ドアがバンと開いて入ってきたのが、大林だった。息せき切って入ってきた彼は、佐脇がいるのを見て驚いている。

「佐脇さん……どうしてここに？」

佐脇は、そんな大林の態度を見て確信した。これは聞き出すまでもない。

「やっぱりそうか。オタクの会社のトラブルの相手は、ここか」

「ええ、そうです。周社長に七千万払えと言われて困り果ててるんです」

「私も困っているね！」

向こうから周も大声で言った。

「こっちにも相手があって、大変なんだ。相場は一日で動くし、売り上げだって一日で変わる。あなた、今の中国の経済状況、全然判ってないね。生き馬の目を抜く、そのものね」

たしかに、周の様子を見ていれば、そうなのだろうと思うしかない。電話を三本同時にかけ、それに携帯電話が加わる。社員が持ってくる書類をチェックし、パソコンの画面に見入っては、また電話をかける。息つく暇もない。

大林は、周と話すにはしばらくタイミングを窺《うかが》うしかないと判断した様子で、佐脇に向かい合った。

「ところで、ついさっきから、見覚えのないアドレスから妙なメールが来るようになって困ってるんですワ。非通知で脅迫電話としか思えないのも掛かってきたし」

「へえ？　どんな？」

「どういうつもりだ、とか、誰を相手にしてると思ってる、とか、お前ももう終わりだ、とか……悪戯にしてはひどいんで」

ふうん、と佐脇は首を傾げた。

「お前さんも、叩けば埃が出るカラダだろ？」

「いやしかし、突然ですよ。そんなの、おかしいでしょう？」

世間話のつもりで喋っていると、そこに「いかにも刑事」といういでたちの男が二人、やってきた。安いスーツにダスターコート。これにハンチングを被っていたら昭和の刑事そのものだ。

「大林杉雄こと木嶋哲夫だな？　我々は大阪府警捜査一課のものだ」

二人はめいめい警察手帳を見せた。

たい」
「都島《みやこじま》のホテル・バラードで発生した、例のデリヘル嬢殺しの件で、もう一度話を聞き

男たちは、隣にいる佐脇を完全に無視して大林の身柄を拘束しようとした。

「何で今になって？　一体、どういうことですか」

「別にアンタが殺したとは言ってない。もう一度、話を聞きたい言うとるだけや。そういきり立つな」

「いやいや、その件はもう終わったはずでは」

その言葉に、大阪の刑事の顔に不快なものが走った。

「誰がそんなことを言うた？　犯人は挙がってへんぞ」

「いや、だって……北村《きたむら》さんが」

大林はつい口を滑らせて、言った後にシマッタという顔をした。

「おい。その北村って、元鳴龍会の、あの北村か？」

佐脇はつい、口を出した。

「あんた誰や？　組のモンか？」

大阪の刑事が、じろり、と佐脇に目を向けた。

「へえ、鳴海一家の佐脇と申すモンで。以後、お見知りおきを」

佐脇はふざけて答えたが、大阪の刑事には完全に無視されたので、大林に訊いてみた。

「北村って、あの、一時は伊草と並ぶ幹部で、大阪の巨大暴力団と手を結んで鳴龍会を乗っ取ろうとした、あの北村か？」

「まあ……そうですが。大阪で商売してたら、ああいうヒトと付き合いは出来ますよって」

　大林は曖昧な、弁解するような口調で言った。

「『その件』ってコロシなんだろ？　ホシも挙がってないんだろ？　なのに『終わったはず』ってどういうことだ？」

　以前、大阪の巨大暴力団が、大手のパチンコ・チェーンの鳴海進出と手を結び、鳴海でのシノギの増大を図ったことがあった。細々ながらも独立を保っていた鳴龍会を、一挙に傘下に収めてしまおうとしたのだ。そのときに大阪から送り込まれ、いきなり鳴龍会の舎弟頭になったのがシノギのうまい、経済ヤクザの北村だった。

　そのときも佐脇は若頭である伊草と協力して、北村の企みを挫《くじ》き、鳴海から大阪の勢力を駆逐《くちく》したのだが、その結果、北村は殺人罪で現在服役している。

「そうか。あんた、殺人事件の重要参考人か何かだったのか？　それで大阪に居づらくなって鳴海に流れてきたのか？」

「ちょっとアンタ、黙っててもらおうか。こっちは急遽、大阪から出張してきたんだ」

　海を渡り、関西につながる高速道路が出来たとは言え、大阪から鳴海に来るには数時間かかる。

「急遽、っていうのが気になるな。どういうことだ？　お宮入りした事件に急展開があったのか？　それにこの男が絡んでるのか？」

「あんたに説明する必要はない。これはウチのヤマだ」

大阪の刑事は佐脇に背を向けた。ハナから相手にしないという態度だ。

「場所を用意してあるんで、ちょっと話を聞かせてもらいたい」

「場所って、ウチの署か？」

「だから、アンタには関係ない。鳴海署も借りない」

佐脇など眼中にない、という態度で、大阪の刑事たちは大林を連れて行こうとした。だが、そこで大林がキレた。

「ちょっと待てよ。お前ら、ヘタな芝居はよせ。示し合わせやがって」

怒りの矛先がなぜか佐脇にまで向いている。

「おい佐脇サンよ。こっちが下手に出てりゃいい気になりやがって。あのことは誰にも話さないと約束したろうが？」

「あのことって？」

「トボケんな！　マリエの件だ」

「ほほう？　マリエの件ねえ」

大林の怒号に、大阪の刑事が佐脇に初めて関心を持った。

「佐脇さんとやら、あんた、何を知ってるんですか？　この大林からは、四方木マリエの件についても話を聞くつもりです。この男が、大阪で起こしたストーカー事件ですが」

「事件やないやろ！　書類送検どころか被害届さえ出てないわ！　それに都島での殺人事件と何の関係があるねん！」

大林は吠えた。

「関連捜査だ。ギャアギャア喚くな。……で、四方木マリエについて、こちらの刑事さんが一体、何をご存知なので？」

大林をいなした大阪の刑事は佐脇に向き合った。

「いや。この男との約束で……そのことについては悪いが、話せない」

もちろん佐脇は今までも約束を守って、大林がマリエをレイプしようとした件については誰にも話していない。

「しかし、大阪でこの男が四方木マリエに付き纏《まと》っていたとは、実に興味深いお話ですな」

「あれは本当に、ちょっとした事やったんやっ！　あンとき、マリエは交番に相談に行っただけで、被害届、出してへんやろ！　ただオマワリに相談しただけやないか！　それを大袈裟に蒸し返しやがって！」

「だから、その辺を詳しく訊きたいんだ。都島のラブホのコロシとも絡んでるから、わざわざ大阪から出張《でば》ってきたんや。無関係なら鳴海くんだりまで来《け》ぇへんド！」

大林はそのまま大阪の刑事に連れて行かれ、外で待っているタクシーに乗せられてしまった。

「あいつは一体、どうしてテンパってるんだ？」

佐脇は首をひねった。なぜここに来て、突然大阪府警が出てくる？　巨大暴力団の準構成員とはいえ、人あたりの良い、一見大人しそうな大林が、殺人事件に関連して取り調べられたことがあるとは意外だった。もしやマリエ殺しにも関わっているのでは、と佐脇に疑惑が兆《きざ》した。大阪時代にもトラブルがあったとすれば、根は深い。

ストーカー事件とは、どの程度のものだったのか。大阪での大林とマリエの過去の接点を探れば、伊草の殺人容疑が晴らせるかもしれない。

これは大阪に乗り込んで、自分の足で調べてみるしかないな。

佐脇はそう決意した。

＊

「いやもう、えらいことやったわ」

大阪府警から来た刑事の任意聴取から解放された大林は、二条町の飲み屋の二階に上がってくるなり、ボヤいた。

そこには、鳴龍会の構成員たちが何人か集まっていた。

「鳴海グランドホテルに連れて行かれて、あれやこれやとまあ、ネチネチと」

「お疲れさまです。大阪の刑事はしつこそうですよね」

組員の一人がお追従《ついしょう》を言いつつ、どうぞ一杯と大林にビールを注いだ。

「そろそろ正念場やで、みんな」

大林は十人ほど集まった面々を見渡した。

「ヨソから来たばかりのおれが言うのもなんやけど、言わしてもらうわ。このままやったら警察にいいようにされるで？　なのに若頭は今は頭を低くするしかないとかいうて、指一本動かさん。どころか鳴海署のあのデカ、肝心のときに役立たずなデカとつるんで相変わらず仲良うしとる。けど、あんなモン、信用したらアカンで」

そうだそうだ！　という声が上がった。

「たとえば佐脇に潰された北村さん。北村さんは、大阪から乗り込んで、鳴龍会を変えようとしていた。あれは、やり遂げなあかんかったんや。あのとき北村さんが実権を握っとったら、暴対法やら暴排条例やらが出来て警察が偉そうにする前に手ェ打てとったんや。伊草さんでは、あかんで」

大林はそう言って、一同を見回した。

「日華から賠償せぇ言われとる。あんな華僑《かきょう》をのさばらせといてええんか？」

一同は頷いた。

「日華の言いなりに払ったら、鳴龍会は有り金全部絞られてまうで。中国人はカネにシビアやからな。義理も人情もナシに、ナンボでも毟り取って行きよるデ」

中堅幹部の剣崎も悔しそうに言った。組長に命ぜられて原発に出稼ぎに行った筈が、いつの間にか舞い戻っている。

「若頭の会社は、鳴龍会を救うために立ち上げたはずじゃなかったのか？　暴排条例で、いずれ鳴龍会本体が商売出来なくなったときのために、という話だったのに、逆に足引っ張られるとは……」

「そやろ！　若頭の言うことはおかしいんや」

大林はさらに組員たちを煽った。

「座して死を待つつもりですか、みなさんは？　ここはもう、死中に活を求めるっちゅうか、打って出るときと違いますか？」

そう言われても一同は、お互いに顔を見合わせるばかりだ。

「なんや、事ここまで来て、まだ迷てるんですか？　大阪のヤクザやったら、ドーンと出るところでっせ」

「そのへんが、大阪とウチの違うところですわ」

大林の力説に、剣崎が小さな声で反論した。

「わしら、ドンパチに慣れてないし……そもそも、北村さんも慣れんことをおれらにやれ言うたんで、ついて行けなかったところもあるし」

「大阪も鳴海もおんなじや！　ヤクザはヤクザや。ヤクザは舐められたら終わりと違うんですか？」

大林がビールをぐっと空けると、近くの若い組員がすかさず注ぐ。

「舐めてると言えば、華僑の会社の、あの館林いずみ。あんな女に骨抜きにされて、若頭は詐欺同然の契約書にサインしたんですよ。おれは目の前で見てたから知ってる。あれは魔性の女や。最初から伊草さんを嵌《は》めるつもりやったんや。あんな性悪女に舐められて、それでもみなさんは黙ってるつもりですか？　鳴龍会だけは特別やと大阪でも別格扱いされてきた、小なりとも格式ある鳴龍会が、それでエエんですか？」

大林は巧妙に鳴龍会を持ち上げつつ煽る。

「あの、虫も殺さぬ顔をした性悪女と外国人に、伊草さんの会社は巧いこと利用されたあげく、どエラいカネを巻き上げられようとしてるんでっせ。ここで立たんと、いつ立つんですか？　あんたら、ヤクザですやろ？　歴史ある栄光の鳴龍会の一員ですやろ？　違いますか？　え？」

そう言った大林は、急に涙ぐんでみせた。

「おれも、伊草ハンには世話になった。エエ、それは間違いない。せやからこそ、腹が立つんですわ。伊草ハンともあろうお人が、あんな、人を舐めくさった素人の性悪女にええようにされるンを黙って見とれんのですわ」

大林の頬に涙が伝った。

「あんたがたもそうですやろ。伊草ハンにはこれまでようしてもろたはずや。けど、いくら恩を受けて目上のヒトやからと言うて、間違《ちご》うたことをしてるのを黙ってるのは宜《よろ》しくない。もろともに破滅しまっせ。我々みんな一緒に破滅やで、このままやったら！」

飲み屋の二階は、異様な空気に包まれてきた。

「今やったらまだ間に合う。ここは、伊草ハンの間違いを正して、みんなで生き残ることが大事なんと違いますか！」

そうだそうだ、という声が上がった。

「それに、なんや訳の判らん動きがある。鳴龍会がガールズバーで女子高生を働かせてたとか、大阪から女を連れてきたとか、これまでやったら問題にもならんようなことや。マスコミと警察が事件にして騒ぐのは、誰かの差し金や。いや、誰かと違う。はっきり言わせてもらうわ。佐脇や。鳴海署の佐脇。佐脇が鳴龍会の奥歯に手ェ突っ込んでガタガタにしようとしてるんや！　そう思うやろ？」

一同は、おう、そうや！　と声を上げた。

「ほな、どうするか？　決まってるがな。まず、館林いずみを締《し》めるんや。攫《さら》って本当のこと言わすんや。そうしたら、あの華僑も黙りよるし、佐脇のたくらみもバレる。警察もわしらの力にビビッて、舐めた真似は出来んようになる。それは確実や。実績がある。大阪でわしらがデカイ顔出来るンは、そういう日々の積み重ねで、警察に教え込んできたからや。今からでも遅うない。っちゅうか、やるなら、今をおいてありません！」

鳴龍会の面々は立ち上がり「その通りや！」「やったろかい！」と口々に声を上げた。

それを見た大林は破顔一笑し大きく頷いた。

「それでこそ、男や！　男を売ってきたアンタ方の、神髄を見せるときが来たんやで！」

おおおーっと、怒号が上がった。意気が上がった。

「まずは、館林いずみが標的や！」

そう煽りながら、大林は剣崎に小声で囁《ささや》いた。

「おいあんた、例の件はあんじょうやってくれたやろな」

「もちろん」

剣崎は頷いた。「例の件」の手配のために、出稼ぎから戻って来たのだろう。

「よっしゃ！」

大林は声を抑えろ、と全員を制止した。

「ちょっとこれから仕掛けをするんで、黙っててや」

大林は携帯電話を取り出した。

「ああ、萩前千明さんですか？　ちょっといいネタがあるんで……え、この番号？　ある筋から教えてもらいましてね」

鳴龍会の一同が不審そうに見守るなか、大林は電話を続けた。

「うず潮テレビの磯部ひかるさんにはニュースソースがどうのとか細かいことを言われて断られたんで、萩前さんに、思いまして。どうです？　美味しい映像を撮らせてあげられるんですけどね。もちろん磯部さんにはもう教えません。え？　お礼？　そんなもん、要りませんよ。取材してくれるんなら、それでええんです」

ではよろしゅうに、そのときになったら場所を知らせますんで、準備しといてください、と大林は愛想良く通話を切った。

「すぐに食いついてきたワ。あの萩前いうリポーターやったら絶対乗ってくる思うてたけど、その通りやった」

そう言った大林は、剣崎と顔を見合わせてほくそ笑んだ。

「これから、天と地がひっくり返るくらいの大騒ぎになるで！」

＊

大阪から来た刑事たちに大林が連れて行かれたのを見送った佐脇は、その足で高速バスに乗り、夕刻に大阪に着いた。大阪刑務所で服役中の北村に面会するつもりだが、その前に、現状がどうなっているのか知る必要がある。

さいわい大阪府警には知り合いがいる。生活安全部府民安全対策課の布川《ふかわ》だ。布川にはかなりの貸しがある。北村の面会者リストを見せろと電話で頼み、府警本部にほど近い地下鉄谷町《たにまち》四丁目駅前にあるマクドナルドで待っていると、貧相な初老の布川がコピーを持ってセカセカとやって来た。

「なんや急やな。こういうリストはすぐ出せ言われても、手続きがややこしいんやで」

「それは正式なルートでやろうとすれば、だろ」

文句を言うが、「ややこしい手続き」など踏んでいないことは判っている。布川とは古いつきあいで、鳴海に遊びに来るたびに酒と女をかなり奢《おご》っている。観光する場所もない鳴海に来るのは、ひとえにタダ酒とタダ女のためだ。

「済まんな。近々また二条町で一杯やろうぜ」

布川からコピーを奪い取って見ていくうちに、険しかった佐脇の顔がニンマリした。

「やっぱりな。北村に面会に来ているのは木嶋こと大林か。それと、春田《はるた》というのが頻繁に来てるな。春田って誰だ?」

「それは、北村の弁護士やがな」

北村はT地裁で懲役十五年の判決が出て控訴したが棄却《ききやく》され、刑が確定した。現在、大阪刑務所で服役している。T県の裁判では地元の弁護士を使ったが、大阪で服役が決まったあと、この春田という弁護士がついたらしい。娑婆《しやば》との連絡役、兼調整役が必要だからだろう。

「春田言うのンはな、暴力団員の裁判で必ず私選《しせん》についてるワ。言わば暴力団御用達や。せやからなにかと便利なんやろ。わし、それくらいしか知らんから」

布川はそう言うと、そそくさとマクドナルドから出て行った。田舎の問題刑事と会っているのがバレるのはマズいのだろう。

はいはいと彼を見送り、日時と訪問者名が書かれたリストを眺めるうちに、いろんなことが判ってきた。

春田が頻回に北村を訪れるようになった、その直後から大林も何度か面会に来るようになっている。そして、大林が最後に北村を訪れたのが今年のアタマだが、ちょうどその頃、大林は伊草の新しい会社を手伝い始めたのではなかったか。

「これは何かあるな」

佐脇はコーヒーを啜りながら呟いた。

当然のことながら北村は、自分を返り討ちにした伊草と佐脇を恨んでいる。大林が鳴海に来たことにも、何か裏がありそうだ。暴排条例の施行と時期が一致しているのは偶然かもしれないが、アイツが来てから、立て続けにおかしなことが起こり始めた。大林の背後に誰かがいるとすれば、それは北村と、その弁護士・春田亀蔵《かめぞう》だろう。

佐脇はその足で、西天満《にしてんま》にある春田の事務所を訪ねることにした。大阪地裁や高裁、弁護士会館など、法律関係の役所が集まっている界隈だ。

春田亀蔵の法律事務所は、真新しいオフィスビルの上階にあった。いかにも家賃の高そうな、豪華なオフィスだ。

外資系企業の日本支社という感じに、スッキリとセンスよく設《しつら》えた受付には、これまたスッキリとした美女が座っていた。ツンと澄まして、話しかけにくい雰囲気をこれでもかと発散させている。

佐脇にはアポはない。しかも受付の美女のガードが固い。警察手帳を見せて簡単に突破、と考えていたのは甘かったようだ。

「どういうご用件でしょうか？　それをうかがった上で、T県警に照会し、その上で、アポイントを取らせていただくことになりますが？」

「いやわざわざ照会してもらう必要はない」

というより照会されては困る。

「非常識かもしれないし、まだ正式の捜査段階でもないんだが、どうしても先生にお訊きしたいことが出来てしまったわけで……ちょっと時間を割《さ》いてもらえませんかね?」

「無理ですね」

受付に座るファッションモデル級の凄みのある美女は、あっさりと言い切った。

「ウチの先生はとても忙しいんです。今はホテルで訴訟の打ち合わせ中ですし、その後は弁護士会の会合に合流します。その後はまた別件の訴訟準備で、ホテルに籠《こも》ります」

大阪で聞く標準語はただでさえキツく聞こえる。この美女の喋り方はその上に鋭く、しかも口から出るあらゆるセリフが切り口上なので、自分がシュレッダーにかけられる紙ゴミのような気がしてくる。

「そこをなんとか……ほんのちょっとのお時間でいいんです。こちらから足を運びますから……先生は今、どちらのホテルにおいでですか?」

「お教え出来ません。再度申し上げますが、アポイントメントを取って戴きませんと。その用紙に記入して申し込んでください」

では失礼します。と会話を打ち切った美女は、掛かってきた電話に流暢《りゅうちょう》な英語で応対し始めた。

とりつく島、まったくナシ。つるつるすべる氷のスロープを素手で登るほうがマシなくらいだ。愛想が悪いと不評だった役所でさえ最近の窓口はかなり親切になったというのに、この受付嬢はクールもクール、絶対零度のような冷たさだ。

それでもしばらく粘ってみたが、受付嬢は英語の通話を終えると、デスク上のキーボードを猛烈な速さで叩き始めた。あんたの話は絶対に聞かない、という意思表示だろう。

これは作戦を練って出直すしかないか、と弁護士事務所のあるビルを出たところで、見覚えのある顔に出くわした。

「やっぱりここでしたか。佐脇さん、あなた一体何をしたんです?」

なぜだ。なぜ東京にいるはずの入江がここにいる?

それは、昨日佐脇に電話をかけてきて、今回ばかりは洒落にならない、警察は本気だ、暴力団は潰すし例外は一切認められない、と強く警告した入江だった。

「なんか、ヨレヨレですな」

「さすがにいろいろあって、おれも参っていてね。ところで、いずれ日本を支配しようとしている警察庁のお偉いさんが、どうしてまた大阪に?」

「ちょっとあなたに訊きたいことがありましてね。鳴海署に問い合わせたら、あなたは有休を取って大阪だという。そしてこの辺には大阪の弁護士先生の事務所が集まってるでしょう? それで。と、言っても信じて貰えませんかな?」

「信じられるわけ、ないでしょう」

警察庁刑事局刑事企画課長という警察官僚の本流で、同輩中トップで警視長になった入江は、どちらかといえば小柄な全身から自信を溢れさせている。ぱりっとしたブリティッシュ・トラッドな高級スーツが高級官僚のイメージにぴったりだ。片や数日前から着替えていない首の周りが変色したワイシャツに、スーパーの吊しのスーツに身を包んだ佐脇とは大違いだ。

「どうです？　食事でもしませんか。電話では時々お話ししますが、こうして会うのは久しぶりじゃないですか。御堂筋《みどうすじ》に、最高に美味いしゃぶしゃぶの店があるんです」

誘われるままに、佐脇は御堂筋から八幡筋《はちまんすじ》を三ブロック東に入ったところにある老舗《しにせ》のしゃぶしゃぶ屋の客になった。

入江が知っている店だけに、どんな高級店かと思ったが、白壁に黒い格子の間口は小ぢんまりとして、見たところは意外に庶民的な感じだ。幅の広いカウンターが奥に伸びており、突き当たりが階段になっている。カウンターの前の椅子には看板犬なのか、灰色の毛の、テリアのような賢そうな犬が座っている。二階は広間になっていて、衝立《ついた》てで仕切られた席はほぼ満席で、大勢の客が鍋を囲んで舌鼓《したつづみ》を打っている。

「しゃぶしゃぶと言うから、ノーパンしゃぶしゃぶかと思った」

「いつの時代の話です？」

と突っ込みながらも、入江はワクワクした表情を隠せない。

「とにかくここは美味いんです。ここの味を楽しむためだけに来阪したこともありまして」

その言葉もウソではなさそうで、席に座った入江はすでに気もそぞろ、といった様子で佐脇にビールを注いだ。

なるほど、隣の席に出ている肉は見事な霜降《しもふ》りで、実に美味そうだがその分高そうだ。

「ご心配なく。東京と違って大阪は、どれだけ美味くても、値段がバカ高ければ客は来ません。美味いのに割安。だから繁盛するんです。それにここは、お誘いした私にご馳走《ちそう》させてください」

やがて運ばれてきた霜降り牛肉を出汁《だし》にしゃぶしゃぶして、店特製のごまダレにつけて口に運ぶと……。

「おおっ！」

思わず声が出た。

肉が、口の中で溶けた。食べられるレースというモノがあれば、こんな食感ではないかと思われる繊細さだ。その、とろけるような網目にからむごまダレの味も絶妙で、世の中にこんなに美味いモノがあったのかと、生きていることを感謝したくなるような、まさに至高の美味だ。

佐脇は夢中になって肉を食べた。だが、食べても食べても肉は口の中でとろりと溶けてしまう。上品な牛肉の脂の味が、ごまダレと混じって、えも言われない。

その上に、白いご飯をかき込むと、ご飯の甘さがそれにプラスされて、さらに食欲を加速する。一緒に出てきた泉州《せんしゅう》水茄子《みずなす》漬けの酸味がまた、絶妙のスパイスだ。

その合間にビールを飲む。ゴクゴクと飲むと、生き返る。全身の細胞が息を吹き返して脈動し始める。

一気に肉を平らげて、お代わりをした。もちろん野菜も美味い。白菜も水菜もネギも椎《しい》茸《たけ》も、肉の滋味が出汁に移ってそれがいい塩梅に染みこんで、得も言われぬ幸福な味だ。

一方、入江は米の飯にはまったく手をつけず、酒も頼まず、ひたすら野菜と肉を味わっている。

ひと心地ついたところで、入江が「ところで」と話を切り出した。

「いろいろと訳のわからないことが起きておりましてね。こういう話は電話ではなく、直接お目にかかって訊いたほうがいいと判断しました」

「まあね。阪神タイガースの低迷とかオリンピック日本代表の話をしたいから誘われたんじゃないとは思ってましたよ」

入江は、そういう佐脇の茶々は一切無視して話を進めた。

「端的に申し上げれば、中央政界絡みで、警察庁の中に不可解な動きがありました」

入江は周囲を見て迷惑になりそうもないと判断してからタバコを出し、火をつけた。

「どこまで言っていいものか……一罰百戒で鳴龍会を佐脇さん、あなたもろとも潰そうという動きがある。いや、あったことは事実で、それについては昨日、電話で警告したとおりです。ところが、その流れが急に変わりました」

「変わった？　いつ？」

「つい、数時間前のことです。私の直属ではないが上である者に、ある政治家が急に面会を求めてきました。なんでも血相を変えて、ただならぬ様子だったそうですよ」

入江の情報網は、警察庁内部にも張り巡らされているのだろう。

「そのあと、なぜか大阪府警が動きました。ある事件の捜査を再開したのですが、本来ならそれは迷宮入りになるはずの事件だったのです」

奥歯に物の挟まったような言い方だ。それは大林の事情聴取に鳴海を訪れた刑事二人と関係のあることなのか？

「まあ、流れが変わったと言っても、すぐには止めようのない動きはそのままです。一部の報道が、あなたの盟友である伊草さんへのバッシングを続けていて、それはますますひどくなっていますが、マスコミ以外からの攻撃は終息した筈《はず》です」

「終息？　聞いてないぞ、そんな話は」

「佐脇さん。もしかして携帯電話をオフにしてませんか？」

そう言われて確認すると、たしかに電源を切っていた。マクドナルドで布川に会う前に切ってそのままだった。水野や公原、光田からの留守電が山のように入っている。

「なるほど。あんたの言うことはウソじゃないらしい」

留守電を聴き終わった佐脇は入江に言った。

「女子高生売春と人身売買疑惑については、今日の午後になって、当事者の女二人が急に訴えを取り下げたそうだ」

大阪の女は送検、女子高生は児童相談所にて説諭という形で決着が付くだろう。

「相変わらずの地獄耳だな。蜘蛛《くも》の巣みたいに、警察庁の建物のすみずみにまで、情報網を張り巡らせてあるのか？」

「まあ、主だった幹部の秘書たちには、普段からそれなりの気遣いはしていますよ。仲良くしておけば、誰が誰に会いにきた、というようなことも、人より早く耳に入るわけです」

なるほどね、と言いながら、佐脇もタバコに火をつける。

「佐脇さんほどではありませんが、私も保身のために警察庁のエドガー・フーバーとなるべく心がけておりましてね。あらゆる情報を集めておくよう日頃から準備しております……それはそうと」

入江は身を乗り出した。

「不可解な動きは私としても気持ちが悪い。状況を把握するためにも、佐脇さん、あなたと私とで、互いに知っている情報を突き合わせたいのですが？」

「情報と言われても……鳴龍会が叩かれていた女子高生売春と、大阪の人身売買の件は、誰かがわざとオオゴトにしたとしか思えない……というくらいしか。ああ、それと伊草が経営する鉄屑会社が、不良品を納品したとして納入先の会社から莫大《ばくだい》な賠償を求められてる、というトラブルが起きてますが」

佐脇は自分の知っていることを教えた。ただし、大林の携帯電話から悪戯半分にメールを出したことは黙っておいた。さすがにこういう展開になった以上、予想を上回る激烈な効果を生んでしまった可能性もないとは言えず、急に恐ろしくなったのだ。

あのメールアドレスは、本当に大田原賢造のものだったのか？

「そうですか。では、こちらからお訊きしますが佐脇さん、あの大田原賢造が、以前から鳴海を何度も訪れていることは、ご存知ですか？」

いきなりその名前が出て、佐脇は心臓が口から飛び出しそうになったが、かろうじてポーカーフェイスを装った。

「政界の大物の？　もちろん名前は知っていますが」

「それだけですか？　大田原は、あの和久井健太郎とは同じ会派で、個人的にも親しい間柄でしたよね？」

和久井は鳴海選出の元代議士で、すでに失脚しているが、数年前は当時の与党の実力者だった。佐脇としても敵に回したくない相手だったが、ある殺人事件を巡って闘わざるを得なくなった。自殺を偽装して殺されたのが、佐脇の部下だったからだ。

そのときに刺客として中央から送り込まれたのが入江だったが、ギリギリの土壇場で佐脇が和久井を返り討ちにする寸前で、状況を読んだ入江は佐脇の側についた。以後、腐れ縁が続いている。

入江はどこまで知っているのか。

佐脇が黙っていると、入江は続けた。

「大田原賢造が、去年だけでも三回、鳴海に行っていた事実は摑んでおります。演説会でもなんでもなく、政治活動とは無縁の、私的訪問という形で。そう言えば、鳴海では過去、私があなたとお近づきになった数年前のあの事件のときにも、未成年女子の売春コネクションが問題になっていましたね？　表には出ませんでしたが」

入江の言いたいことは判る。あのとき、佐脇を潰そうとした和久井は筋金入りのロリコンマニアだった。東京の赤坂で摘発され、大事件になった小学生売春組織『リトルアリス』の顧客名簿にも、その名前が載っていたと噂されている。

「あの売春コネクション……借金のある母親が幼い娘を売りに出していた、あのシステムは、まだ存続してるんですか？」

「さあ。おれは生活安全課ではないもんで……組織として摘発されたって話はないですが」

組織としては表から消えても、地下でどうなっているのかは判らない。またそのときに出来たつながりで、「個人営業」を続けている少女たちもいるかもしれない。

「ご存知だとは思いますが、大田原賢造は、失脚した和久井とは同じ派閥であるだけではなく、個人的にも親しい間柄でした。共通の『趣味』を通じてね。そう言えば意味は判るでしょう」

「さあねえ。その大物代議士先生が鳴海くんだりで何をしてたのか、そして急にアンタの上司に会いに来たのが誰かなんて、おれには皆目《かいもく》、見当も付きませんがね」

佐脇は完全にトボケることにした。

「おれとしては、なんとかして伊草を助けたいだけなんでね。ついでに、素人衆にはまったく無害と言ってもいい鳴龍会のこともね」

入江は、何事か考えながら頬杖をついて佐脇の話に聞き入っていた。

そこに仲居がやってきた。

「お連れさんがお見えです」

衝立ての向こうからやって来たのは、濃紺ダブルのスーツに派手なネクタイ、腕にも派手な時計を嵌めた「金満」風の男だった。

「遅くなりまして」と頭を下げる男を、入江は紹介した。

「こちら、春田亀蔵先生。大阪では一、二を争う売れっ子弁護士で」

「あんたか！」

佐脇は目を剝いた。

「スケジュールが一杯で、当分時間を割けないと言われたばっかりなんだぞ、おたくの冷感症みたいな受付嬢に」

「それは相済みませんで。ええと、秘書からお話は伺っております。佐脇さん、でしたな。T県警鳴海署の」

春田はあくまで腰が低い。入江が口を挟む。

「春田君は、私の一年後輩でね。私は司法試験を受けずに役所に入ったが、彼は真面目に勉強を続けて弁護士になった」

「なるほど。東大の上下関係は厳しいんですな。スケジュールがギッシリだろうが、先輩に来いと言われれば断れない、と」

「ボート部は鉄の結束がありましてね」

まあ一杯、と入江にビールを注がれ、春田は恐縮しつつグラスを空けた。

春田の分の支度を待ちながら、佐脇は構わず話を進めた。

「春田先生、おれが訊きたいことはズバリ、あんたが担当している北村道明《みちあき》……大阪刑務所に服役している北村と、今、鳴海に来ている大林杉雄こと木嶋哲夫の関係なんだ。ホントのところ、あの二人はどういうものなんだ？　まさかホモダチでもあるまいが」

笑えない冗談に、春田はそれが冗談とさえ気づかずに、突き出しに箸をつけている。

「それと、もう一点。都島のホテル・バラードで起きたデリヘル嬢殺しって、何の話だ？」

佐脇がカマした途端、春田のポーカーフェイスが目に見えて強ばった。だが次の瞬間、あっぱれ、と言えるほどのにこやかな作り笑いを浮かべつつ、シラを切った。

「さあ……私には何のことやらサッパリ」

だが、突き出しをつまんだ春田の箸先は細かく震えている。どうやら、「都島のホテル」と「デリヘル嬢殺し」は、触れてはいけない地雷ワードらしい。

一方、入江の表情に変化はない。平然として熱い茶を飲み、タバコをくゆらせている。

立ち直った春田が、早口で説明を始めた。

「北村と大林の関係ですか？　まあ早い話が、『義兄弟』と言いますか。正式な杯は交わしていないが、兄弟分みたいなもので。北村は鳴龍会の関西担当だったわけで、その線から関西が練る策謀に乗せられて、おたくの県でいろいろやらかしてしまったと。その関西だって一枚岩ではなくて、いろんなスジがあるわけで、その辺を北村は読み違えてしまったんですな。まあそのあたりの事情については釈迦《しやか》に説法でしょうが」

やはり大林には北村の息がかかっていたか。佐脇は腕を組んだ。

自分を追い落とし、出世したヤクザから服役囚の境遇に真っ逆さま、となる原因を作った佐脇と伊草のタッグを、当然のことながら北村は深く恨んでいる。

それだけなら逆恨みだが、その後も佐脇は、逮捕時に重傷を負って入院していた北村を、訊きたいことがあるたびに何度も訪れ、そのたびにじわじわといたぶってきた。今こうなっているのも、因果応報ということなのか。

「じゃあ大林は、北村の意を受けて、恨み重なるおれと伊草を潰すために鳴海に来たと、そういうことなのか?」

「さあ、そのあたりは何とも」

「しかし、大林は北村に何度か面会した直後に鳴海に来ている。あんた、何か知っているんじゃないのか? というより、大林の鳴海入りは、あんたが北村に持ちかけた話だろう?」

「仮にそうだとしても」

春田は手酌でビールを注ぎ、ぐい、と飲み干し、おしぼりで額の汗を拭った。

「北村氏は私の依頼人です。守秘義務があるので、何も申し上げられませんね」

「じゃあデリヘル嬢殺しについてはどうだ? 大阪府警の刑事が二人、その件で鳴海に来たぞ。大林はどう絡んでいるんだ?」

「ノーコメントです」

間髪《かんはつ》を入れずに答える。

「ふ〜ん。知ってるけど言わないってことだな？　あんた、何を知ってる？　終わったはずの件を蒸し返されたという口ぶりだったぞ大林は。参考人、いや容疑者だったのかアイツは？」

「ノーコメント言うたらノーコメントです！」

春田は頑として突っ撥《ば》ねた。

「ただ訊いただけなのにノーコメントの連発って、あんた自分で怪しさを振り撒いてるのが判らないのか？」

「何と言われようと、話せんモンは話せません！」

入江はこのやり取りをビールを飲みながら黙って眺めている。口を挟む気もないようだ。

「入江先輩。今日の席は、要するに、このヒトに会うためのセッティングやったんですか？」

春田は矛先を入江に向けた。

「ご承知でしょうが、弁護士として守秘義務があるし、クライアントに不利になるかもしれないことを、人もあろうに警察関係者に話せるはずないやないですか」

「おい、その言い方だと、ますますそのデリヘル嬢殺しとやらに大林がヤバい形で関わっているのを認める、って意味になるぞ」

「ほら。何か言うとこういう具合に言葉尻を捉《とら》えられるんですから、何も喋れませんよ」

春田は腰を浮かした。

「北村氏との契約は解除する方向で考えます。状況も変わったようですし、急にそれがいいだろうと今、思い立ったんです。だからこの件について、私はもう、何も言いたくない。よろしいですね！」

「おい、春田さん」

佐脇の呼び止めに春田はヒートアップして、「うるさいわっ！」と怒鳴ると広間を出て行ってしまった。

「なんとまあ、こんな美味しい肉を一口も食べずに帰るとは」

勿体《もったい》ないから私が戴きましょう、と佐脇はさっそく箸を伸ばし、春田の分の肉を湯がいてごまダレに浸し、一気に平らげてしまった。

「いやしかし、ここの肉は食べても食べても、口の中で雪のように溶けてしまうんで、いくらでも食べられますな！」

春田から話を聞き出すのが目的だったのか、この店のしゃぶしゃぶを食べるのが目的だったのか、もはや判らなくなっている。

しかし、入江は二本目のタバコを吸い終わると、「ご満足戴けましたか？」と話を戻した。

「では、場所を変えましょう」

二人は、近くのカラオケボックスに入った。

「いや入江さん。アナタ、歌なんか歌うんですか？」

「手近で密談が出来る場所として、カラオケボックスは中々便利なんですよ」

少人数用の狭いボックスに入ると、入江は飲み物を持ってきた店員が出て行くのを待ち、選曲リモコンで中程度の騒がしさの曲を選んでかけた。マイクをテーブルの隅に遠ざけたあと、身を乗り出して小声で話し始めた。

「関西の検察幹部に関わる政界絡みのスキャンダルを内部告発しようとした検事がいたことはご存知ですか？」

入江に訊かれた佐脇は、「そういう事件もありましたな」と曖昧に答えた。いわば同じ業界にいるのだが、田舎の刑事としては、大都市の検察内部での権力闘争などは遠い世界の話だ。

「当然、そういう告発を快く思わない、阻止したい人たちがいるわけです。で、そういう人たちがその検事を陥れるために、あるデリヘル嬢が使われました。いわゆるハニートラップです。セックス・スキャンダルをでっち上げるためのね」

セックス・スキャンダルにはいろんな使い道がある。口封じにも使えるし、また不正が告発された後でも、その告発者が下半身のだらしない、信用し難いダメ人間であることを印象づけられる。マスコミも一般大衆も派手なスキャンダルを好むから、正義の告発者が一転、変態プレイが大好きなエロ野郎、ということにでもなれば報道は過熱し、告発者の信用は失墜する。

「普通、こういうスキャンダルの捏造に使う女は、ヤクザの情婦です。秘密が守れる女じゃないと恐喝が成立しませんから。しかしこのケースでは、くだんのデリヘル嬢はヤクザ絡みではなく、フリーな普通の女性でした。そして調書を取られたあと、不審な死を遂げました」

「口封じ、でしょうか?」

「そうなのかもしれませんが、真相は私にも判りません」

「大阪府警から刑事が来て、大林に事情聴取をしたということは、そのデリヘル嬢殺しの犯人が大林である、ということですか?」

「仮にそうだとしても、その情報は今まで誰かが切り札として温存していたのでしょう。というより、この件をネタに、大林を利用することを考えた者がいた、と私は見ています」

「利用するというのは、大阪府警が、ですか?」

「もっと上のほうだと思います。ですが、はっきりとは判りません」

「判りません判りませんって、そんな不確かなことを、こんな密談みたいな形でおれに教える意味があるんですか！」

いい加減イライラしてきた佐脇は大声を出した。

「そんな大きな問題は田舎の刑事であるおれの手に負えないし、府警や検察の内部の話はおれは手を出せないし、おれの目的ともまったく関係ない。つまり、おれが聞いても仕方がないことじゃないか！」

「まあ、そうでしょうねえ」

入江は煮え切らない返事をした。

「ただ、今になって大阪府警が動き出したことが解せないのです。もしも私が考えるとおりなら、問題のデリヘル嬢殺しは絶対、触ってはいけない案件のはずです。なのに、こういうことになる理由はただ一つ。大田原賢造が圧力をかけたとしか思えない」

それも鳴海関連で、大林の動きを封じるために、と入江は言い、佐脇の目をまっすぐに見つめた。

「そしてそれは、どうも佐脇さん、あなたが何かをしたせいではないかと、私には思えて仕方ないんですよ。……いや、ただのカンです。あるいは経験に基づいた直感、ですか？あなたとの付き合いは長いですからね」

そう言われても、佐脇には答えようがない。

「とにかく、くれぐれも自重することです。今、鳴海で起こっていることの背後には、これだけの大きな力が働いていることを、どうか忘れずに」

その力の矛先が、いつあなたに向いてもおかしくないのだ。入江はそう言って食後の緑茶を飲み干し、立ち上がった。

これから府知事と会うという入江と別れ、佐脇は夜の心斎橋《しんさいばし》をぶらぶらと歩いた。

女子高生の問題はどうやら勝手に解決してしまったようだ。よく判らないが、佐脇は正しいボタンを押したらしい。人身売買女の件も、佐脇が脅して訴えを取り下げさせ、逆に女は売春したカドで捕まった。

残る問題は、伊草にかけられたマリエ殺しの容疑だけだ。

大阪まで来たのに、こちらはほとんど成果がない。せめて大林が大阪で起こしたというマリエへのストーカー事件について、ネタを摑んで土産《みやげ》にしたい。

佐脇は、もう一度布川に電話を入れた。

「またあんたかいな」

布川は露骨に邪魔臭そうな声を出した。

「まだお仕事中ですか？　頼みを聞いてくれたら、今夜、どんちゃん騒ぎをしようぜ」

酒と女に弱い布川は「頼みって何や？」と訊いてきた。

「被害届も出てない件だが、今日、オタクから刑事がわざわざ鳴海まで来て、被疑者に任同をかけたんだ」

と、四方木マリエがストーカーにあった件を話してみた。

「ふうん。妙やな。あんたと同じ照会がすでにあった。この件について訊いて来たンはあんたが二人目や」

布川は意外なことを言った。

「ウチは、照会があったかどうかは記録に残すようにしてる。まあこういう非公式なものは残しようがないけど、他府県の警察本部から公式ルートでの照会があれば、全部記録に残しとる。あとからなんやかんやあるとややこしいから、全部記録しとるんや。で、四方木マリエがストーカーされた件については、今日の朝一番で、オタクの日下部刑事部長からファックスで照会が来てる。もちろんこっちも文書で回答してる。キャリアの刑事部長サンからの問い合わせやから、丁重にやりましたで。何しろ被害届も出てない件やから、詳しいことを知っとるやつを探すのにえらい苦労したのに……ウチからその件で鳴海に刑事が行ったって？」

まったくの初耳、という感じで布川は明らかに戸惑っている。

「なんやキナ臭いな。被害届も出てない件にヨソから公式の照会があって、ウチからそっちに刑事が出張るやなんて」

「っつーことは、アンタじゃ何も判らんと言うことか」

「ああ判らんが悪かったな。なんせこっちは部署が違うし、データベース見て答えとるだけやからな」

そうか判った、と佐脇は答えて通話を切った。たしかに布川に訊くのは筋が違う。かと言って、大阪府警とT県警の両方が絡む複雑な案件に組み込まれているらしい「マリエのストーカー事件」について突っ込んだ内容を訊ける非公式なツテは、佐脇にはない。

一晩大阪に泊まって、明日改めて動いてみるか、と宿を探そうとしたとき、私用の携帯電話が鳴った。

『佐脇さん、助けて！』

この、アニメのヒロインのような高くて澄んだ声は？

もしや館林いずみか？

そう思った瞬間、その背後でパンパン、と乾いた音が二つ聞こえた。拳銃の発射音だ。

『いや……私、死にたくない！　いやあぁッ！』

恐怖とパニックに震えるいずみの涙声が、蹴飛ばされた子犬のような悲鳴に変わったところで、通話は切れた。

第六章　ケジメの付け方

鳴海港にある鳴海日華貿易のオフィスは、大林をリーダーに、鳴龍会の「大林派」とも言える十人の組員に占拠されていた。夜、館林いずみが一人で残業していたところに押しかけてきたのだ。

建物の入り口側に十人が固まって、外からの侵入を防いでいる。

ビルの外には、何故か警察よりも先にテレビの取材スタッフが到着していて、煌々《こうこう》とライトを当て、テレビカメラもセットされている。

そのクルーの中心にいるのは萩前千明だ。「じゃあ回して」とスタッフに合図をした彼女はマイクを持ち、勢い込んで組員たちに近づいてきた。

「ちょっとお話を聞かせてもらってもいいですか～」

萩前千明はニコニコしている。マスコミは安全だと頭から思い込んでいる様子だ。

「こら。アイドル取材するんと違うねんど！」

「だけど、そちらから取材に来いと電話くれたんですよ？　独占取材、いいですかぁ？」

「アホっ。こっちは命がけや！　ニタニタして来るな！」

威嚇《いかく》するためか、思慮の浅い組員がトカレフを取り出した。そのままパンパンと二発、天井に向けて発射する。

きゃああっ！　と悲鳴を上げた千明は真っ青になり、すっ飛んで逃げながらマイクに叫んだ。

「彼らは本気です！　本気でこの会社を占拠していますッ！」

「当たり前ヤロが！　冗談でこんなこと出来るか、このボケッ！」

発砲した組員が怒鳴って、撮影用のライトを狙い撃ちした。

高性能ハロゲン・ライトがボン、と音を立てて破裂して、一斉に悲鳴が上がった。

「アホっ！　ヤメロ。無駄なことやめんかいっ！」

大林がオフィスの中から怒鳴った。大林は電話中なのか携帯を手で塞いでいたが、慌てた様子で通話を再開した。

「すんません……今のンは鳴龍会の組員が暴走しまして。天井に撃ったので……で、暴走するほど頭に来てるんですわこっちは。せやのにここに来て、ハシゴ外さはるんですか！」

そこで大林は声を潜めた。

「そんな無茶な。こっちは言われたとおりやったのに！　何もかも打ち合わせの通りやったやないですかっ！」

返答を聞いていた大林はますます苛立った表情になり、ついにキレたのか、「またかけます!」と怒鳴って通話を終えた。立て続けにボタンを押し、別の誰かにかける。

「もしもし……春田先生ですか? 大林です。たった今、大阪の組からお前とは絶縁やと言われたんですけど、どういうことですか? え? そんなことはもう知らん? 北村さんの弁護士を降りたから? いつです? じゃあオレはどないなる……」

話の途中で切られてしまい、大林は思わず携帯電話を叩きつけようとした。しかし、なんとか感情が爆発するのを抑え込んで、コーヒーサーバーに残っていたコーヒーを一気に飲んだ。

日華貿易の建物の外には、萩前千明のクルー以外の取材陣も、続々集まってきた。発砲があったことを聞きつけたのだろう。その後から鳴海署の面々も駆けつけ、続いて機動隊員が輸送車からどやどやと降りてビルの周囲に散開した。

「……こんなことになっちゃって、どうするんですか?」

それまで自分の席に座って固まっていたいずみが、大林に声をかけた。

「これ以上の大騒ぎになると、後には引けなくなるんじゃないんですか?」

「こうするしかないやろ? こうするしかないやないかッ!」

大林は声を荒らげた。

「そんなことないです。ごめんなさい、って謝って、外に出て行けばいいんです。今ならまだ大丈夫です」

「うるさい。ごめんで済めば警察いらんわ。おれは嵌められたんや。悪い弁護士と大阪の組と県警の日下部が、おれを嵌めたんや」

「あの……人のせいにしていても駄目だと思うんです。それより、今、出来ることを考えないと」

「人のせい？　そうやない。鉄屑を買いにきたのはアンタや。で、その結果、アンタの会社からクレームつけられて巨額の金払えと言われてるのは、アンタのせいや。アンタさえ鉄屑を売ってくれとしつこく粘らへんかったら、なんの問題もなかったんやないかい！」

「ごめんなさい。でも、私、そんなつもりじゃなかったんです。しつこくしたつもりもないです。伊草さんに無理だって言われたら諦めようと思ってました。鉄屑の品質を判断するのは周社長とか、目利きの人しか出来ないんです。私はただ、周社長に頼まれてお願いをしただけ……」

「商談の窓口になったのはアンタや。だからウチはアンタを通してクレームをつけてるだけや。なんか間違《まちご》うとるか？」

大林に食ってかかられたいずみは、涙をぐっと堪えた。

「そういうお話は、私ではどうにも出来ないと何度も……ですから周社長に直接話してください……」

「周社長とは話にならんのや！」

「だからと言って、私に言われても、私には何も出来ないんです！」

必死になって言ったいずみの頬を、大林はいきなり張り飛ばした。小柄で華奢《きやしや》ないずみは吹っ飛び、床に叩きつけられた。

「うるさい。黙っとけ。お前は人質やぞ」

「いいえ、黙りません！」

床に倒れ込んだいずみは顔を上げ、頬を押さえて溢れる涙を堪えることなく、言葉を続けた。

「私には判るんです。本当は、大林さんは伊草さんが羨《うらや》ましいだけなんです。だから引きずり下ろしたいんです。でも、そんなことしても、幸せにはなれませんよね？　それに、悪い心で人と人との間を裂くようなウソを言って回るのって、とてもひどいことなんですよ？　大林さんだけではなく、たくさんの人の心が死んでしまうんです。伊草さんだって、私にひどいことを言いました。本当はあんなことを言う人じゃなかったのに」

いずみは、伊草とようやく電話がつながったときのことを思い出していた。連絡がつかなくなり、鳴海署を出たあと何処に行ったかわからない、と警察にも相手にされず、何度も何度も電話をしたが、伊草は出てくれなかった。そして先刻、何十回目かの電話で、ようやく伊草の声を聞くことが出来たいずみは、涙が出るほどホッとしたのだが、耳にした言葉は苛酷なものだった。

『悪いが、館林さん、もうこの携帯には電話してこないでくれ』

『どうして？　何でですか？　何か悪いことをしました、私？』

『それをおれに言わせるのか』

伊草の声には苦渋に満ちた響きがあった。

『あんたに惚れた、と言ったおれの気持ちは本当だった。だが、あんたはそこにつけ込んだ。あんたがこれ以上嘘をつくのを、おれはもう見たくないんだ』

『そんな……私、嘘なんてついてません！』

『虫も殺さぬその声で、その顔で……ひどいことをする女がいる、か……大林の言ったとおりだな。男一人、地獄に落として、あんた、面白いか？』

そこで通話は切られ、以後、何度いずみがかけても、着信拒否のアナウンスが流れるだけになってしまった。誤解されたこともだが、これでは伊草を助けることが出来ない、という悲しさともどかしさで、それからずっと、いずみは胸がかきむしられる思いをしているのだ。

「大林さん、私のことで、伊草さんに嘘を言いましたよね？　それで私、伊草さんのことを助けてあげられなくなってしまったんです！」

「どういうことだ？」

「伊草さんは、マリエさんのことで警察に疑われてます。でも私、アリバイを証言出来るんです。その時間には、私、伊草さんとホテルにいましたから」

衝撃の告白をしてのけたいずみに、大林も驚いたようだ。

「それじゃすぐに警察に行かなかったのはなぜだ？」

「行くっていいました」

いずみは気丈に言い返した。

「でも伊草さんは、いや、それは駄目だ、お前は、それがどういう意味になるのか判ってない、ヤクザに関わると大変なことになるのを、まるで判ってないって言われて……そのあと、私が伊草さんを騙したと誤解されて」

それを聞いて大林は少し神妙な顔になった。

「へえ。そんなこと言うてたのか。伊草は本気で、あんたに惚れてたんやな」

が、すぐに思い直して言い方を変えた。

「男ってもんは、女にエエカッコするからな。それだけのことや」

「それはどっちでもいいんです。今、気がつきました。私、やっぱり警察に行きます。行って証言します。伊草さんが私のことを悪く思っていても関係ないんです。大事なのは、私があの人のために何が出来るか、っていうことだから……」

晴れ晴れとした顔になったいずみを、だが大林はせせら笑った。

「悪いが、それを聞いて、ますますあんたを解放することは出来なくなった。マリエ殺しの犯人は伊草、ってことにしとかんとマズいからな」

「あの……それってまさか……」

いずみは目を見開いた。

「ああ、あんたの思ってるとおりだ。それに、おれは伊草が憎い。伊草の目の前であんたを嬲《なぶ》り殺しにしてやれば、少しは気が済むやろ。二人殺るのも三人殺るのも死刑になるのは一緒や」

いずみはうつむいて涙をこらえた。ややあって顔を上げ、真剣な表情で頼んだ。

「それなら、せめて伊草さんの誤解だけは晴らさせてもらえませんか？　金属の売買のことで、伊草さんは、大林さん、あなたと同じように、私を疑うようなことを言いました。でも、私は新入社員として、社長に言われるままに動いただけなんです。それ以上のことは本当に判らないんです……」

アホらしい、と大林は吐き捨てた。

「誰が信じるかいな、そんなこと。あんたは、男の純粋な気持ちを利用した、極めつけの性悪女や」

いずみは打ちのめされた様子になった。

「たしかに……そうですね。伊草さんも、私の言うことは信じてくれていないのかもしれませんね」

「そうや。その通りや！」

大林は牙を剝いた。

「お前は、伊草にも憎まれて、死んでいくしかないんや！」

＊

大阪からタクシーを飛ばし、Ｔ県に入ってからはパトカーに先導させて急遽戻ってきた佐脇は、そのまま鳴海港の鳴海日華貿易の前に急行した。

倉庫と岸壁と、そして日華貿易が入る古いビルに囲まれた狭い広場。そこに警官隊とマスコミが詰めかけている。

古いビルの周りを警官隊が取り囲み、投光器が周囲を煌々と照らしている。

非常線が張られたすぐそばにはテレビ局のカメラが十台以上並んで、衝撃映像のチャンスを虎視《こし》眈々《たんたん》と狙っている。救急車も待機していて、万全の態勢だ。

その広場の倉庫脇に、なぜか廃車としか見えない錆だらけのワンボックスカーが放置されている。それが場違いというか目障《めざわ》りで、佐脇には気になった。

車検も通らないような廃車が何故ここにあるのか。それに、この車には何処かで見覚えがある……などと思いつつ、佐脇は磯部ひかるの姿を取材陣の中に探した。しかし見当たらない。

こんな美味しいネタなのに、うず潮テレビは一体何やってるんだと、他人事ながら苛々するが、もちろんそんなことで気を揉んでいるヒマはない。

そこに、萩前千明が佐脇をめざとく見つけて寄ってきた。

「こんな大事件なのに、今ごろお出ましですか？……うわ、ニンニク臭いっ」

大阪のしゃぶしゃぶ屋で、仲居さんに秘伝のゴマだれにニンニクを入れるかと聞かれたので、目一杯入れてもらったのだった。

「こっちは大阪で大事な仕事をしてたんだ」

「大事な仕事？　美味しいモノを食べることがですか？」

「うるさい」

佐脇は萩前の顔面をジャイアント馬場がやったように鷲摑《わしづか》みにして、そのまま後ろに突き飛ばした。

「なにするんですかっ！」

ひっくり返って尻餅をついた東京のリポーターは絶叫した。

「アンタにふさわしい扱いをしただけだよ」

佐脇はそのまま、鳴海署の面々が集まって善後策を協議している現場に飛び込んだ。

「この大変なときに、大阪でしゃぶしゃぶ食ってたって？」

公原が目を剝いた。

「最高に美味いしゃぶしゃぶをな。そんなことより、今どうなってる？」

「見ての通りだ。籠城しているのは、例の大林杉雄と、鳴龍会の十人。大林はもう、関西の暴力団関係者であることを全く隠そうともしていないどころか自分からそう名乗って、関西スジという立場を利用しようとしてる」

「立場を利用する？　関西の巨大暴力団の準構成員と言えば、おれたち田舎警察がビビッて、手加減するとでも思ってるのか？」

舐めてんじゃねえよ、と佐脇は吐き捨てた。

「どうせ中にいるのは全員がヤクザもんだろ？　強行突破して撃ち殺しちまえ」

「そうはいかん。人質の館林いずみがいる」

冗談にマジで返すなよ、と佐脇はタバコに火をつけた。

「しかし、なぜこんな時間に、館林いずみだけが社に残ってたんだ？」

「社長に残業を命じられて、一人で社にいたらしいんです」

水野が横から割り込んだ。

「で、先ほど、大林本人が日華貿易からこちらに電話してきたんですが、それによると、日華貿易から取引上のトラブルで法外な要求を突き付けられ談判しようと乗り込んだところ、たまたま、その取引を持ち込んでまとめた館林いずみが居合わせたので、人質に取ったと主張しています」

「おかしいじゃねえか」

佐脇はクビの骨をこきこき鳴らしながら水野に文句を言った。

「そういう巨額のカネが絡む談判なら、社長が相手じゃねえと話にならねえだろ。社員の、しかも入ったばかりのオネエチャンに捩《ね》じ込んでも埒《らち》があくはずがねえ。それに、こんな時間まで女一人残業させるってのも不自然極まる」

佐脇は短くなったタバコを捨てると、日華貿易のビルを見つめた。

「あそこの社長の周と大林はデキテるんじゃねえか？　ホモって意味じゃねえぞ」

判ってますよ、と水野が応じた。

「つまり出来レースというか、要するに伊草さんとその会社を窮地に追い込むために、周と大林が手を組んだ、ってことを佐脇さんは言いたいんでしょ？」

「そうだ。たぶん、七千万ってのも、デッチアゲだろう。しかし、大林と周がどういう繋がりで、どういう動機があるのかが判らねえ」

「それと、もう一件。四方木マリエの事故車両のリアバンパーに、他の車の金属メッキが付着していました。佐脇さんが大阪に行っている間に調べましたところ、『ロアリングドラゴン・リサイクルサービス』の社有車のフロントバンパーの傷の形状が事故車のものとほぼ一致、バンパーの金属メッキも同一のものという鑑定結果が出ました」

「じゃあその車が追突した、でキマリだな。運転してたのは誰だ？　社有車の中は調べたのか？」

「いえ、任意で指紋採取などをしようとしていたところに、この事件が起きましたので、まだ」

「それを先に言え！」

話を打ち切った佐脇は、近くにいたテレビクルーに歩み寄って、モニターを覗き込んだ。画面には、望遠レンズで窓越しに捉えた日華貿易のオフィスの様子が映っている。

オフィスの入り口、受付のカウンター付近には銃をこれ見よがしに構えた鳴龍会のチンピラ級が十人、見張りのように立っている。その奥の、事務デスクには携帯電話で話し込む大林がいる。さらにその隣には、打ちひしがれた様子のいずみが座っている。

「おい、もっとアップに出来ねえのか？」

モニターを食い入るように見つめる佐脇の迫力に、テレビクルーは腰が引けている。

「あっ、あの、これがギリです」

「もっと望遠《ナガタマ》のはねえのかよ？」

佐脇は別のクルーのモニターを覗き込んだが、どこも似たような映像しか捉えていない。

佐脇は鳴海署の面々のところに戻った。

「大阪で聞いたが、売春女子高生の水沢由香里は管理売春告発の件については完全にゴメンナサイをして、全部『なかったこと』になったんだよな？　大阪女の人身売買の件は、女を売春容疑で逮捕と。つまり、鳴龍会の犯罪行為を暴くという目論見は尻すぼみになったわけだ。そもそも誰がどんな目的でそんな目論見をしたか、ってことだが」

どうやら自分が大林の携帯電話を使って、衆議院議員の大田原に脅迫メールを送った直後に事態が動いたようだ。あまり深く考えず、ただムカつくから、という理由からやってみたことで、駄目で元々と思っていた。だがそれは予想外に大きな波紋を呼び、何かの核心を激しく突いてしまったのかもしれない。

すべてが連鎖反応を起こした結果、一気に大林の立場が悪くなったとしたら？　日華貿易に人質を取って立て籠もったのも、もはや、やぶれかぶれになった結果だとしたら？

大阪府警とT県警の日下部が連絡を取り合っていても何の不思議はない。マリエ殺しと、それと佐脇には良く判らないが、実は重大な案件らしい都島のデリヘル嬢殺しの件で、大阪府警も日下部も、大林を追いつめようとしている。

さらにその日下部が、大林を利用していたとしたら？　目的は、鳴龍会を潰すため。地元の老舗暴力団を潰せば、間違いなく点数稼ぎが出来て、キャリアとしての出世にもつながる……。

大阪で知った事実を総合した上での推理を、佐脇が公原や光田にも話そうとしたとき、県警の黒塗りの公用車が、鳴海港の広場に音もなく滑り込んできた。

高級車のドアが開き、そこから降り立ったのは、当の県警本部の刑事部長、日下部だった。

「おやおや、御大自らお出ましですか」

声をかけた佐脇を完全に無視した日下部は、公原と光田につかつかと歩み寄った。

「君たち一体何をしている？　どうしてさっさと事態を収拾しない？　徒《いたずら》にマスコミにネタを与えることはないだろう？　しかし……この連中はどうして嗅ぎつけたんだ」

「我々が駆けつけたときには、すでに連中がカメラを据えてまして。どうやら大林本人がマスコミに電話したようで」

「バカな！　お前ら鳴海署の連中はたるんどる！」

鬼のような形相《ぎょうそう》になった日下部は、近くに居た制服警官からハンドスピーカーを奪い取り、数歩前に歩み出た。まさに警察を代表して自《みずか》ら卑劣な犯罪に立ち向かう、という姿だ。

テレビカメラのレンズが一斉に動いて、日下部を捉える。

場所は夜の港。一身にライトの光を浴びた日下部は、背後に警官隊を従えて、颯爽《さっそう》とハンドスピーカーを構えている。

完全に『画』になった刑事部長は、日華貿易のビルに向かって説得を開始した。

「見ての通り、お前たちは完全に包囲されている。大人しく投降しろ！　ヤクザはこの世の害毒だ！　暴力団壊滅は国民の声なのだ！」

「なんか、モロに往年の『西部警察』だな。渡哲也《わたりてつや》かよ、アイツは」

佐脇がイヨッ大統領とヤジを飛ばそうとしたとき。

ひゅん、と風を切る不吉な音がかすかに聞こえ、同時にパン、という乾いた破裂音が響いた。

次の瞬間、日下部の膝が折れ、どうと前のめりに倒れた。

「撃たれた！　刑事部長が狙撃されたぞっ！」

現場の空気が一気に緊張し、ダラダラと取材していた取材陣の中から悲鳴が上がった。

カメラの列は一斉に退却し始め、日下部に向かって狭まりつつあったマスコミの輪が一気にほどけた。

「どけ！　お前ら、もっと下がれ！」

佐脇が怒鳴るまでもなく、マスコミの連中はどんどん退却してゆく。だが、二発目が発砲されないと見るや、ふたたび輪が狭まり始めた。倒れている日下部めがけて、ハゲタカのように押し寄せてくる。

真っ先に日下部に駆けよって抱き起こしているのは公原と光田だ。

「救急車を早くここにっ！」

顔面蒼白で口をぱくぱくさせるだけの日下部は、背後から撃たれており、出血がひどい。

公原が止血を試みているが、傷に押し当てたハンカチはみるみる真っ赤に染まり、流れ出した鮮血は路上にどんどん広がっていく。

取材なのか野次馬なのか判らない人の波を搔き分けて、ようやく救急隊員がやってきた。倒れた日下部の応急処置が始まる。

鳴海署の面々にも周囲を観察する余裕が出来た。

銃弾は、日下部が従えていた警官隊の頭上を越えて、上方から発射されたもののようだ。

「あそこだ！」

佐脇がめざとく見つけたのは、警官隊やマスコミの背後に、日華貿易と対面して建っている古い倉庫の屋上で動く人影だった。

「ぼやぼやするな！　あそこにライトを当てろ！」

佐脇が指さす方向が一斉に照らし出された。

そこには、ライフル銃のような銃身の長い物を持った人影が、逃げる様子もなく立っている。

「ただちに身柄確保しろ！　撃ってもいいぞ！」

公原の号令で機動隊員が散り、水野もダッシュで走っていった。

「どうやらウチの県警刑事部長殿を恨んでいるヤツがいるようだな」

佐脇は、近くに居た光田に言った。

「お前を狙撃したのと同じヤツか？　そいつは大林とグルなのか？」

「たぶんな。立て籠り事件を起こしたのも途中から思惑が外れてやぶれかぶれになったあげく、日下部をおびき出そうとしたんだろう。大阪でいろいろ調べてみたんだが、どうも日下部は大林を利用して、あげく使い捨てにしたフシがある」

利用したのは伊草と鳴龍会と佐脇を潰すため、使い捨てにしたのは状況が変わったから、ということだろう。

「どういうことだ？」

「話せば長いぞ」

日下部が担架に乗せられ、それを萩前千明のクルーが撮りにきた。

「県警の刑事部長が撃たれました！　かなりの出血で、命の危険があると思われます！」

萩前は握っていたマイクを、あろうことか、担架の上の日下部に突きつけた。

「刑事部長！　今のお気持ちは？」

「このバカマスコミのバカ女がッ！」

佐脇に羽交《はが》い締めされた千明は悲鳴をあげた。

「何するんですかっ！」

「バカかお前。死ぬか生きるかの人間にマイク突きつけて、ナニ聞き出そうってんだ、このキ〇〇イ！」

佐脇は放送禁止用語を叫びつつ萩前千明の腕を掴むと背負い投げで投げ飛ばした。

「佐脇さん！」

という声がするほうを見ると、今になってようやく磯部ひかるが駆けつけてくるのが見えた。

ひかるは倉庫の脇を走ってくる。倉庫の壁際には、相変わらず目障りな錆だらけの廃車が放置されている。その廃車から、一筋の、煙のようなモノが立ちのぼるのが見えた。

佐脇の脳裏に、伊草の会社の空き地の光景がフラッシュバックした。

思い出した！　あれと同じ廃車の下に潜り込んで、なにやら作業している男の姿……。

佐脇は近くに転がっていたハンドスピーカーをひっ掴むと、あらん限りの声で怒鳴った。

「危ない！　みんな、そのワンボックスカーから離れろ！」

何のことかと一瞬立ち止まったひかるは、すぐに慌てて走り出し、そこで日下部を乗せサイレンを鳴らして走り出した救急車が、ひかるに接触しそうになった。そのとき、港に閃光《せんこう》が走った。

突然、あたり一面がぱあっと明るくなり、続いて、ズン、と腹に堪える衝撃がきた。

倉庫脇の廃車が火に包まれている。次の瞬間、その火の玉が、大きく膨らんだ。

爆発音とともに廃車のドアが吹き飛び、屋根と窓ガラスとシートが無数の破片となって周囲に飛び散った。テレビクルーの頭上に車の破片が降り注ぐ。シートなどは火がついたまま飛んできたので、マスコミの取材陣はパニックになって逃げ惑った。

「ぎゃーっ！」

という叫び声が響く。

見ると、さっきまでカメラに向かって何事か喋っていた萩前千明が、火だるまになっていた。着衣に移った火が、一気に燃え上がったのだ。

佐脇はパトカーに走って常備品の消火器を取り出すと、萩前千明めがけて噴射した。

「もう一台救急車だ！」

消防車がサイレンを鳴らして近づいてくる。現場は阿鼻叫喚《あびきょうかん》の大パニックになっていた。

やがて化学消防車の泡状の消火剤が大量に放出され、ホースのうち一本は萩前千明にも向けられた。

すぐに火は消し止められたが、現場は騒然としている。

千明は、髪が焼けてチリチリになってしまった頭のまま、真っ白な泡の中に呆然と立ちすくんでいる。佐脇はその背中をばん、と叩き、我に返らせた。

「これで、あんたのマスコミ脳も少しはマトモになったろ？　いや、火をつけたのも、泡をぶっかけたのもおれじゃないぜ」

やがて、日華貿易向かいの建物の屋上から大声が上がった。

「日下部刑事部長狙撃犯の身柄を確保しました！」

水野の声だった。

引き出されてきた男は、六十絡みの貧相な老人だったが、痩《や》せぎすな分、敏捷《びんしょう》そうな感じがする。スニーカーに黒の長袖シャツ、押収された銃は照準器付きのライフル、という装備はプロのスナイパーと言ってもおかしくない。

「もしかして、この前おれを狙ったのもお前か？」

佐脇がそう言うと、男は口を歪《ゆが》ませた。

「そうだよ。アンタの場合は脅かせばいいと言われてたんでね」

「誰に言われた？」

男は何も言わなかったが、その視線は日華貿易の社屋に向けられている。

「まあいいか。取り調べの段階で洗いざらい吐いてもらうぞ」

佐脇は顎をしゃくり、男を連れて行けと水野に命じた。

やがて炎が収まり燃え残った車体を見た佐脇は、確信を持った。

「やっぱりな。このボロ車は伊草の会社で見た。誰かが下にもぐって、ゴソゴソと細工してたんだ」

「そのときに爆弾を仕掛けたってことか？　じゃあ伊草が」

光田の言葉を佐脇はさえぎった。

「いやそのとき、伊草はいなくて、大林が仕切っていた」

佐脇は、日下部が手にしていたハンドスピーカーを拾い上げると、日華貿易の社屋に向けて、大声で呼びかけた。

「大林杉雄こと木嶋哲夫。気の毒だが、お前は、ウチの日下部刑事部長に利用されて、あげく見放されたな。鳴龍会を潰そうとしていたのはお前だ。違うならそう言え。だが、日下部はお前の過去の事件について、大阪府警に問い合わせていたぞ。四方木マリエ殺しについて、日下部はお前に罪を着せる気だった。つまり、お前は用済みなんだよ。だから、悪あがきはやめて人質を解放しろ。日下部は病院だ。捜査の一線には当分戻ってこれない。今なら一件の殺人容疑で済む」

大阪府警がどう動くか判らないがな……とは言わなかった。もう一件の殺人、都島のデリヘル嬢殺しについては、裏の事情を考えると、このまま有耶無耶《うやむや》になりそうな気もする。

「え？　そういうことなの？」

　横で聞いていた光田は目を丸くして佐脇を見た。

「裏から工作をして鳴龍会を陥れようとしていたのが、大林で、そのバックに日下部刑事部長がいたって、そういうこと？」

「バックはもっと上のほうだと思うがな」

　入江から聞いたことをそのままほのめかす。

　しかし、中にいる大林からは何の反応も返ってこない。

「普通、爆発騒ぎを起こしたら、その混乱に乗じて脱出することを考えそうなモンだが……そもそも、日華貿易に立て籠もること自体、意味が判らん」

「アイツはもう、損得勘定抜きなんじゃないのかね？」

　今度は光田が断言した。

「日本人が大好きな、ホレ、『死中に活を求める』とか『差し違える』ってヤツだよ。玉《ぎょく》砕《さい》とも言うが。戦争が終わって、世代もずいぶん変わってるのにな。日本人のＤＮＡってヤツなのかね？」

「知るか。バカバカしい。要するにヤケッパチってことを美化してるだけじゃねえか」

　佐脇はうんざりした。

「……たぶん大林は、伊草をおびき出そうとしてるんだろうな。もうこうなったら伊草を潰さないと気が済まないんだろ。好き嫌いの感情に走ると人間、損得が判らなくなるもんだ」

「なんで大林がそこまで伊草を憎む？」

四方木マリエと大林との一件を知らない光田は、訳が判らないという表情だ。

「それも、説明すると長い話になる」

佐脇はタバコを一本、ゆっくり吸うと、消火剤の泡に投げた。

「仕方ねえ。おれが行ってくるか」

「どこへ？」

訊いたあと光田は、まさか、と言った。

「そのまさかだよ。お前行くか？　行かねえだろ？　公原だって行かない。水野も今、ここにはいない。じゃあ、おれしか居ないだろ」

佐脇はハンドスピーカーを構えると、ゆっくり歩きだしながら呼びかけた。

「おい大林。今からおれがそっちに行く。大阪でしゃぶしゃぶ食った帰りだから、銃もナニも持ってねえ。だから、撃つな！　お互い腹を割って話をしよう」

喋り終えるとハンドスピーカーを持ったまま両手を挙げた。

「佐脇か。お前にどんな権限があるんだ？」

中から、大林の怒鳴り声がした。

「権限？　そんなモン、ねえよ。ただの警察官が、話しにいくんだ。文句あるか？」

日華貿易の玄関には、あっという間に着いてしまった。

中からドアが開いて、佐脇は招き入れられた。

ドアが閉まり、大林に向き合った途端に、轟音がして右腕に激痛が走った。

大林の手には、トカレフが握られている。

「いきなり何しやがる！　おれは銃を持ってないと言ったろ！」

「あんたはナニをしでかすか判らない。これでオアイコや」

腕を押さえて呻く佐脇に、大林は意味不明なことを平然と言い放った。

撃たれた刑事は、撃ち抜かれた安物のスーツを脱いで、腕の傷を確かめた。

「おい。止血くらいさせろ」

その声に、大林の返事を待たず、いずみが席を立ち、自分のハンカチを出して佐脇の腕に巻いた。

「悪いけど、思いっきり強く締めてくれないか。動脈は外れてるようだが」

そう言いつつ、いずみと顔を見合わせた佐脇は驚いた。

彼女の頬が、紫色に腫れ上がっていたのだ。

「ひどいことされたのか？」

「ちょっと、叩かれただけです……」

ハンカチを縛りながら、いずみはけなげに答えた。

「大林。これ以上ひどいことをするな。というか、彼女を解放してやれ」

「アホ抜かせ!」

大林は顔を歪めた。

「この女は最後まで必要や。伊草を苦しめなアカンからな。それより」

大林は佐脇を睨み付けた。

「お前、約束破ったやろ? マリエの件、黙っとく約束やなかったんか」

「誰が約束を破った? お前がマリエをレイプしようとして激しい抵抗に遭ったことなんか、誰にも言ってない」

たった今、言ってしまったが。

「じゃあ、なんで日下部が知っとったんや!」

二発目を撃ちかねない勢いで、大林はいきり立った。

「だからレイプ未遂のことは日下部は知らんよ。日下部が大阪府警にお前の前科《まえ》を問い合わせたのは、別の理由からだろ」

「なんやそれは!」

おそらくそれは、女子高生買春にハマっていた大物代議士・大田原が大林に脅されたと誤解し、保身に走ったからだ。その引き金を引いたのは佐脇だったが、これは今、口には出来ない。

「それよりお前は、大阪時代にマリエにストーカー行為をしていたそうだな。その線の調べはついてる」

佐脇は打って出た。

「マリエ殺しはお前だな。大雑把《おおざっぱ》に言えば、お前がマリエを呼び出して殺し、遺体をマリエのピンクの軽に載せて、ロアリングドラゴンの社有車で追突して山田橋から落とした。物証も出てる」

「ああ、殺《や》ったが、それがどないした？　あの女はどうしてもおれになびかへんし、マリエが殺されて、まず疑われるのは伊草や。ファミレスで修羅場になったそうやし、その前にこの女に乗り換えてるし、動機は充分や。それにアリバイも、この女が証言する言うてるのにカッコつけて拒んでたし……あとちょっとで伊草に罪を被せられたのにな」

大林は残念そうに舌打ちした。

「そうはいかん。まず、おれが伊草の犯行じゃないと思ってたし」

佐脇は、腕の痛みを堪えながら声を張った。こういうときは大きな声を出さねば相手に気圧されてしまう。

「事故車にお前の指紋とか髪の毛があるかどうか、すぐに調べさせよう」

佐脇は左手で携帯電話を出そうとしたが、大林の拳銃に阻《はば》まれた。

「そういうことは、ここを出てからヤレ。生きて出られたらの話やが」

大林は佐脇の頭や胸、腹にトカレフの照準を合わせながら、言った。

「大阪から、絶縁された。まあおれは、正式に盃交わした仲やないんで、破門出来ひんから絶縁になってしもたんやけどな。さんざん利用するだけ利用しといて、この扱いや」

「バカかお前。ヤクザにどんなロマンや夢見とったんや」

佐脇も相手に合わせて大阪弁を使った。

「使い捨てはヤクザの専売特許ちゃうぞ。どんな大企業でも、ヤバい事するのに使ったヤツは、トカゲのしっぽ切りになるじゃないか。お前は汚れ仕事をやって恩を売ったと思ってたんだろうが、向こうさんはそう思ってなかったってことだな」

「知った風なこと抜かしやがって……」

険しい顔で吐き捨てる大林に、佐脇は低い声で凄んだ。

「おい。偉そうに言うな。誰に向かってモノを言ってるか、判ってるのかお前は！」

近くのスチール机をガン、と蹴飛ばしてやる。

「おれはお前がオムツをしてる頃からヤクザと付き合ってるんだ。このギョーカイの連中の考えることは全部まるっとお見通しだ。現実を受け入れろ。お前は使い捨てされたんだよ。上手く立ち回っていい目を見ようと思って、上手く使われたってことだ」

そう言って、大林にゆっくりと近づいた。

「だがお前がこの窮地を切り抜ける手段がないワケじゃない」

ここからは聞き耳を立てている剣崎たちにも聞こえないように、声をひそめた。

「警察、そして検察と取引しろ。都島のデリヘル嬢殺しをネタにするんだ。誰に頼まれてやったのか、それが明るみに出れば、連中も困るはずだ」

大林はぎょっとした表情になり、だがすぐに力なく首を振った。

「あんた、何でも知ってるんやな。正直、田舎のデカやと見くびっとったわ。……けど、あかんのや。おれが殺ったたんは、例の事件の重要証人でも何でもないと、北村さんから知らされた」

「どういうことだ？」

次から次へと思いもよらない話が出てくる。

「だから、人違いやったんや。検察の偉いさんのスキャンダルを告発しようとした検事とオメコして調書取られたデリヘル嬢は、あれからすぐ高飛びして現在行方不明や、言われた。けど人違いで殺された女の体内にはおれのＤＮＡが残っていて、その証拠は検察が押さえてる。だから、言いなりに鳴海に来るしかなかったんや」

「お前……間抜けにも程があるだろう」

開いた口が塞がらない。

「つまり、関西の検察幹部に一方的にキンタマを握られたお前は、鳴海に来て工作員となることを了承した。伊草とおれを潰すことが出来れば、デリヘル嬢殺しの件は不問に付すと、そう北村から伝えられたんだな？」

何者かの意を受け、大阪刑務所の北村にそれを伝えたのは、もちろん弁護士の春田だろう。北村にしても、佐脇と伊草は恨み重なる相手だけに、断る理由はなかったはずだ。

大林は無言のまま佐脇を睨み返している。

「で、日下部もグルだったのか？……そうだろうな。アイツがやたら張り切って暴排条例の実施に取りかかったのも、お前が鳴海に来てからだもんな。だが日下部はお前を切り捨てたぞ。さっきも言ったように、お前をマリエ殺しで挙げる気だ」

「だから、ケジメつけたったんや！」

大林は大声を上げて逆襲に出た。

「最初からそのつもりやったとしても、おれを切り捨てるのが早すぎと違うか？　目的を達成した途端に手のひら返しとか、なんぼなんでもそれはないやろ？　外国のヤクザでも、ここまでエゲツないことは、ようやらんわ」

「ヤクザよりタチの悪い連中が世の中には居ると、お前が知らなかったとは残念だな」

といいつつ、胸がかすかに痛まないこともない。佐脇があの爆弾メールを送りつけなければ、一連の動きがここまで加速することはなかっただろう。

「うるさいわ！　おれを裏切ったらどういうことになるか、いろいろと手を打って、日下部を見せしめにしてやったんや。狙撃も爆発もテレビで中継しとったやろ？　おれを裏切ったら殺されると教えてやった」

それに、と大林はトカレフを構えて銃口を佐脇の胸に向けた。

「警察庁の方針があるわ。関西の検察の偉いさんも日下部も同じこと言うとった。『鳴海を北九州のようにせえ。警察が心置きなく鳴龍会を潰せるようにせえ』ってな」

もはや破れかぶれなのか、大林には声をひそめる気もないらしい。デリヘル嬢殺しについて話していたときは小声だったものが、今やほとんど怒鳴り散らしている。

「『北九州のようにする』その工作が津野樹をけしかけてガールズバーで働いていたカノジョを警察に駆け込ませるとか、大阪からきた札付きの売春女にカネをつかませて悲劇のヒロインに仕立て上げるとかか？　結構ショボいよな。まあ、おれが早い段階で伊草を見捨てて警察本来の仕事をしてれば、もっと派手にやれたかもしれんが」

「自分をあんまり買いかぶらんほうがエエで。佐脇。アンタは結局、鳴龍会を救うことは出来んかった」

「そうか？　おれはみんなに、そんなに卑下するな自分を過小評価するなと言われるんだがな」

虚勢を張ってみたが、たしかに大林の言うとおり、鳴龍会がこのまま存続することは、もはや出来ないだろう。時流を読んだ伊草が新たに会社を興し、退却の姿勢を見せた時点で、佐脇も気づくべきだったのだ。

しばらく、沈黙が続いた。膠着《こうちゃく》状態と言ってもいい。

が、大林についてきた鳴龍会のチンピラ十人がもぞもぞし始めた。

「なあ……」

その中の一人が、躊躇いがちに声を上げた。

「なんか、どうも、話が違う感じがするんやが」

それが口火を切る格好になって、十人から次々に不満が上がった。

「大林の。わしらは外様《とざま》のアンタの言うことを信じてついてきたが、結局は若頭が気に入らんという、アンタの逆恨みと違うんか？」

「そうや。世間が暴力団は死ねいうてるこの時期にこそ、鳴龍会は一致団結すべきやったんや。若頭はその辺をきっちり考えてくれとったのに……それが判らんわしらもアホやったが」

「そこの女のひとと、佐脇のオッサンの言う通りかもしれん。わしらはまんまとアンタに乗せられたんや。利用されたんや」

「そういうことやな」

十人の中で、今まで目立たないところにいた剣崎が立ち上がって、大林の前に進み出た。

「あんたはさんざん、大阪に利用された、使い捨てになったと言うとるが、あんたも、わしらを使い捨てにするつもりだったんと違うか？　特に、サツの言いなりになって、鳴海を北九州みたいにしたる、鳴龍会潰したる、というあんたの言い草、聞き捨てならんわ」

抑えた口調だが、剣崎は怒りを隠せない。

「おやっさんに楯突かせて、その結果、美味しいところを取れるンは、アンタだけやもんな」

「なにを言う！」

大林は目を丸くして言い返した。

「おれが潰したかったのは、ここにおる佐脇と、若頭だけや。表向き警察の言いなりになっては見せたけど、それは方便ちゅうもんで、最初から組そのものまで潰す気はないわ。おれが鳴龍会を握った暁《あかつき》には、お前らを引っ張り上げたる言うて約束したやろ？　お前ら、いつまでも下っ端で冷や飯食いでええのか？　それが嫌やし伊草やおやっさんのやり方に納得いかんから、おれについてきたんと違うんか？」

そう言われた十人は、黙ってしまった。

「こうなってしもた以上、おやっさんはお前らを破門・絶縁するで。この世界ではもう生きていけヘンで」

「しかし、ここで籠城しても、どうなる？　お先真っ暗や」

「そのとおりだ！」

佐脇が割り込んで大声を上げた。

「だが、今投降すれば、たいした罪にはならない。お前らは焚《た》き付けられて乗せられてついてきただけだ。おれや伊草がきちんとおやっさんに道理を立てて説明すれば、おやっさんも破門にはしないだろうし、指を詰めろとも言わないだろう」

鳴龍会を熟知した佐脇がそういうので、十人の顔には安堵《あんど》の表情が浮かんだ。

「というより、こうなった以上、鳴龍会も、元のままでは存続出来ないだろう。こんな大騒ぎを起こしたんだから、警察も、なんらかのオトシマエをつけなければ収拾出来ない。世間の目というモノがあるからな。世間の目というのは、要するに、マスコミだ。外にいるテレビの連中だ。アイツらがうなり声を上げて取り囲んでいる以上、警察もおやっさんも好きには出来ない」

しかし、と佐脇は続けた。

「何も起きなくても、鳴龍会に明日はなかった。その意味では大林の言ったことも全部がデタラメじゃない。そういう世の中の流れを利用して、コイツは自分の腹が膨れるようにセコい工作をしていた。だが、伊草は違う。あの男は、すべてを読んだ上で、お前ら全員をなんとかしようと動いていたんだ」

そう言ってしまってから、どうして自分が伊草をここまで持ち上げ、褒めちぎらなければならないのかと、我ながらイヤになった。しかし、今は伊草を英雄、あるいは救世主として祭り上げなければならないのだ。

「今ならまだ詫びを入れて、これからも伊草の世話になれる。これが最後のチャンスだ！　これを逃したら、伊草もバカじゃない。お前らを敵と見なすだろう。ヤクザの世界では、裏切りほど汚いものはないんだろ？　え？」

その言葉が決定打になった。

「大林はん。悪いが、わしらは降りる。これ以上は、無理や」

剣崎をはじめとする十人が、次々と武器を捨て、出て行こうとする動きを見せた。

大林は十人の前に立ち塞がった。

「待て！　待たんかい！」

しかし鳴龍会の面々は、大林の手をすり抜けたり肩すかしを食らわせたり、腕で大林をどかしたりして、日華貿易の事務所から無理矢理に出て行こうとした。

「待て言うとるんじゃ！　お前ら、絶対出ていかさんぞ！」

大林は、天井に向かってトカレフを一発発射した。

ぱん、という乾いた音が社内に響き渡った。

「おれに逆らう気か？　お前らにはもう帰るところなんかないぞ！」

「ここに居て自滅するよりマシや！」

大林はトカレフを十人に順番に向けていくが、彼らも、そこはさすがに現役のヤクザで、微塵《みじん》も怯《ひる》む気配はない。

「ナニ言うてる。こっちは十人やぞ。そっちにチャカがあっても、十人でいっぺんに襲いかかったらどうなるか……わしら、アンタにも世話になったから、そういうことはしたくない。そこは判ってくれ」

さすがに、これ以上引き留めるのは惨《みじ》めだ。発砲すれば十人がかりで取り押さえられ、そこでゲームオーバーになると大林にも判ったのだろう。そこまでボロボロになって負けたくないという心理も働いたのかもしれない。

「判った。ほな、最後の仕事はしていけ。そこにおる佐脇。コイツを椅子に縛り付けていけ」

十人は顔を見合わせたが、いつの間にかリーダー格になっていた剣崎が、よっしゃと答えた。

「しかし、おれらは縛り付けるだけやぞ。それ以上のことは、あんたが自分でやれ。ええか」

いくら佐脇でも、一度に十人を相手にしては勝てない。

「まあいいさ。好きにしろ」

肩を押されて近くの事務椅子に座らされると、梱包用のナイロン紐で、腕も足もぐるぐる巻きに縛られて、椅子に固定されてしまった。

見た目はかっちり縛ったことを確認した剣崎は、大林に「ほなな」と言うと、両手を挙げて外に出ていった。あとの九人も同じ合図をしてそれに続く。完全な投降だ。

ビルの外では、出てきた十人の身柄を制服警官が確保し、次々と護送バスに乗せていく。

「大林よ。これで勝負はついたな。完全に終わったろ。お前も、投降しろ」

佐脇は椅子に縛られたまま言った。

「だいたいが、こんなところに籠城しようというのが大失敗だろ。まだ逃げまくったほうが活路があったんじゃねえのか？」

「うるさいわ」

大林は、佐脇を睨み付けた。

「ここに籠城したンは理由あってのことや」

そのとき、大林の携帯電話が鳴った。黒の、仕事で使う携帯だ。

「伊草からや」

発信元の表示を見て、大林は言った。

「連絡があるのを待ってたんや。聞こえるようにして喋ってやる」

大林がスピーカーフォンの設定にすると、伊草の声が聞こえた。

『おれだ』

携帯電話のスピーカーから響く声は緊張のあまりか、押し殺したように聞こえる。

『鳴海日華貿易の建物の前まで来ている。組員を焚きつけて、何もかもメチャクチャにして……どういうつもりだ？』

「判らへんのんか！」

大林は呆れた声を上げた。

「盃は交わしてないけど、おれは北村の弟分や。そう言えば、あんたにも判るか？」

『そうか。そういうことだったのか。だが、それは逆恨みだ。運が悪ければ、おれが北村に潰されていた』

「そんな話はどうでもええねん。建物の前におる、言うたな？　どこから電話してんねん。姿見せんかい！　話があるなら、会いに来いや！」

そう言いながら、大林は外を見た。

一階からは、外の様子がよく見えない。会社の前の広場に多くの警官隊とマスコミが詰めかけているのは判るが、全体を見渡すことは出来ない。

伊草がどこかにいるのだろうが、それを見つけることが出来ないのだ。

「お前、ちょっと来い」

大林はいずみの腕を摑んだ。

「どこへ行くんですか?」

「二階だ!」

鳴海日華貿易は、この小さなビルの全館を使っている。一階は営業部で窓口などもあるが、二階は完全な事務のフロアになっている。三階以上は倉庫になっているはずだ。

「佐脇。お前はここで留守番しとけ! おれはこれから、この女を無茶苦茶にしてやる。それを伊草に見せつけたるんや!」

大林はいずみにトカレフを突きつけて、階段を上っていった。

「聞こえとるか伊草! お前が惚れた女を殺したる。それも、一番ひどい方法でな。殺す前に、死ぬよりひどい目に遭わせて、それからじわじわと殺してやる。それをお前に見せつけたる!」

トカレフを脇腹に押しつけられたいずみは、言うことを聞くしかない。真っ青になって、大林に言われるままに階段を上っていくしかない。

「お前の、いつも余裕綽々《しゃくしゃく》でスカしてる、その態度が死ぬほど好かんのや! お前が憎い。絶対に許せん」

トカレフをいずみに突きつけたまま、大林は携帯電話に向かって怒鳴りあげた。

佐脇は、二人が階段を上っていくのを見送ると、ゆっくりと全身を使い、反動をつけて事務椅子を動かした。脚に車がついているから、なんとか動く。

反復運動を繰り返すうち、ぐるぐる巻きにされていたナイロン紐が次第に緩んでくるのが判った。

ロープではなくナイロン紐だったから解けたのか、それとも剣崎たちがわざと緩く締めていったのか、それは判らない。しかし、ゆっくりと紐は解けていった。

いずみが人質に取られている以上、外に居る警官隊も、大林に手出しが出来ない。

佐脇がなんとかするしかなかった。

階段は、途中に踊り場のある石造りだ。古いビルで、当時は羽振りの良かった地元企業が建てたクラシックな建物だから、階段も昔風の、造りが立派で幅も広いものだ。だから逆に、二階に上がってしまうと、下の様子は判らなくなる。

佐脇は事務椅子から立ち上がろうとしたが、思い直した。

事務椅子に座ったまま携帯電話を取り出して、現場を指揮する公原に電話した。

「おれだ。大きい声が出せないからよく聞け。おれの動きをテレビが映さないようにしてくれ。大林が二階でテレビを見ていたら困る。むしろ今、二階に居る大林たちだけを撮るように命令してくれ。人命がかかってると言えばテレビ局も協力せざるをえないだろ」

了解……と、返事が返ってきた。

その上で、佐脇は慎重に立ち上がると、階段の下ににじり寄った。

窓に面した踊り場では、大林がいずみを銃で脅しながら着衣を乱そうとしていた。

「い、いや……やめてくださいっ」

いずみが着ているジャケットの襟をつかんで引き下ろすと、後ろ手に拘束された形になる。心ならずも突き出された形になったいずみの胸に、大林は手を這わせている。

「伊草がどこに居るか知らんが、テレビが撮ってる。見せつけてやろうや」

警察の赤色灯とテレビのライトに照らし出された大林の顔は、邪悪に歪んでいる。

「おい、お前らはもうやったンか？」

「え？」

意味が判らない、という様子でいずみは目を見開いた。

「伊草と寝たんか、っちゅうこっちゃ」

「そんなことを答える必要は……いやぁっ」

大林の手がスカートの中に入ってきて、いずみはパニックになった。指は彼女の下半身をまさぐり、下着をずり下ろそうとしている。

「そうか？　ここで、あの男のちんぽを咥《くわ》えこんでたんか？」

ショーツの上からぞろりといずみの股間を撫で上げた。

「い、いやですっ……やめて……やめてください！」

ふふふ、と大林は鼻先で笑うと、指先をぞろり、と動かした。

「ほら、お前の恥ずかしい姿をテレビに曝《さら》せ！　日本中が見てるぞ！　おれはもうどうなったってエエ。しかしお前は恥を曝しまくれ！　あんな外道に惚れたンが悪いんや！」

男は指先で、なおもいずみの秘部を掻き立てた。

「こうなったらなんでもするぞ。ここでお前を犯したる！」

そう言いながらいずみの肩に腕を回して引き寄せた。

いずみは、涙を流してイヤイヤをした。

「た、助けてっ！　誰か助けて」

いずみは必死になって叫んだ。しかし、銃をつきつけられている状況では、誰にも、どうすることも出来ない。

肩を押さえていた手が伸びて、いずみのブラウスのボタンを外しにかかり、その手は広がった襟口から、一気に中に侵入してきた。

乳房をブラ越しにぎゅっと鷲掴みにされて、いずみはショックのあまり声も出ない。

それをいいことに、大林の手はなおもぐいぐいと彼女の胸を揉みしだき、ついにじれったくなったのか、ブラウスのボタンを全部外し、ブラのホックも器用に外してしまった。

ぷくん、とまろび出た両の乳房を、男の手は掬《すく》い上げるように揉みあげた。

「へへ。なんや子供みたいな女や、思てたら、あんた、けっこうデカいチチしてるやん。着痩せするタイプやな」

そう言いながら男は唇を尖らせて、いずみにキスを迫ってきた。

「……や、止めてっ！」

しかし大林はひるむ様子もなく、逆に嫌がるのを愉しんでいるかのように、なおも唇を寄せてきた。完全に常軌を逸している。

「止めてっ！　止めてくださいっ！」

「いや、やめる気はない。あんたの惚れた男も、きっとどこかで見てるで、あんたの、このオッパイ」

迫って来る唇を必死でかわし、いずみは全身でもがいて拒否しようとしたが、男の力には歯が立たない。彼女が抵抗すると、胸を摑んでいる男の指が、乳首を思いきり摘み上げた。敏感な部分に爪を立てられて潰され、いずみの全身が硬直した。

茫然自失して半開きになった彼女の唇に、大林のそれが重なった。

男の左手は、乳房からいずみの頭の後ろに回され、しっかりホールドしている。彼女は顔を背けて逃れることも出来なくなった。

いずみは必死になって顔を逸らそうとしたが、大林は力ずくで唇を奪い続ける。

この建物の前の何処かにいる伊草に、この光景を見せつけているのだろう。

そんな大林の卑怯さ、陰湿な遣り口に佐脇はムカムカしたが、どうにもならない。

いずみの唇を奪いつつ、大林は油断なくあたりに目を配っている。隙がない。なんとかいずみを助け出そうと思うのだが、大林は凶器を持っている上に、完全に追い込まれている。少しでも下手なことをすれば暴発して、いずみに突きつけたトカレフのトリガーを引くだろう。

様子を窺いつつ飛び込むチャンスを探っているのだが、なかなかそのタイミングが来ない。

大林の手が再び彼女のスカートの裾を割った。

大林の息づかいはさらに激しくなり、指も勢いを得たように、今度はもっと容赦《ようしゃ》なく蠢《うごめ》き、彼女のスカートの裾を摑んだ。

「なあ、アンタのきれいな脚を見せてくれよ」

するすると持ち上げられたスカートの下からは、いずみのほっそりとした、色白で滑らかな太腿が姿を現した。

彼女は、屈辱に涙ぐみながらも、足が竦《すく》んでしまって動けない。

太腿が、赤色灯に赤く照らし出された。

「じゃあ次は、アソコを御開帳といくか」

大林が、ひひひと奇声を発して、いずみの、白いショーツに覆われた股間に手をかけようとした、そのとき。

突然、どかーんという轟音とともに、激しい衝撃がビル全体を襲った。

なんだ、地震か、と動転する佐脇の前に、漆喰《しっくい》の破片がバラバラと降ってくる。細かい埃で一瞬、あたりが見えなくなったが、それが収まると、壁にも天井にもヒビが入っているのが判った。

そのとき、佐脇の携帯電話が振動した。

轟音に紛れて階段を数段下がり、身を隠してから通話ボタンを押すと、篠井由美子の声が飛び出してきた。

『佐脇さん、逃げてください！　ロケット弾のようなものが発射されて、ビルの最上階に命中しました！』

「どういうことだ？」

『何かがビル最上階……五階付近に、着弾しました。ええ、五階の右角です。煉瓦造りの煉瓦と窓枠が吹き飛んでいます！』

「ロケット弾ってなんだ」

『よく判らないのですが、我々の頭の上をびゅんという音がして……砲弾のような……砲弾の後ろからジェット噴射の炎が見えたとか』

このビルは、軍事兵器で狙われているのか！

そう言えば、北九州のアパートからロケットランチャーが発見され押収されたというニュースがあったな、と佐脇は思い出した。

とすると……鳴海にも？

『佐脇さん、聞いてますか？　このビルの裏側に脱出してください。前面だと大林の視界に入ってしまいますが、裏なら大丈夫です。消防から大きなエア・クッションを借りて、すでに準備完了しています』

「……判った。その位置は、裏の窓から見れば判るな？」

『巨大なクッションを敷いてありますから！』

了解、と返事して通話を切った佐脇は、再び階段をのぼった。何とかして、いずみを連れ出さなければならない。

二階の様子を窺《うかが》うと、驚いたことに、着弾の衝撃で正面の壁が落ち、二階フロアが外から丸見えになっていた。デスクを遮蔽物《しゃへいぶつ》にした大林が、外に向かってトカレフを撃ちまくっていた。弾が尽きると、弾倉を差し替えて、再び撃ちまくる。

いずみは少し離れた、同じデスクの陰で震えている。完全にパニックになった大林の、すべての注意は外に向けられていた。

佐脇がいずみに向かって匍匐《ほふく》前進を始めると、視界が開けてきた。

このビルの向かい側にある倉庫の屋根に、人影が見えた。

その人物は、全長一メートルほどの筒を肩に担いでいる。

ロケットランチャーを構えているのが伊草だと、佐脇が理解するまでに数秒を要した。

その伊草と目が合った、と佐脇に思えた、次の瞬間。

ランチャーが火を噴いた。ロケット弾が火を噴きながら、このビルめがけて飛来する。

ずがーん、という爆音がして、またしてもビル全体が激しく大きく揺れた。二度目の着弾だ。第一弾より、さらに多くの瓦礫《がれき》が天井から降ってきた。伊草はわざと上階を狙ったのに違いない。

今だ！

佐脇は匍匐前進の姿勢から身を起こすと、すかさず飛び出していずみの腕を摑んだ。彼女は半裸だったが、そんなことより、今は逃げるのが先決だ。

逃げようとしているいずみに気づいた大林が、トカレフをこちらに向けて、乱射し始めた。

ひゅんひゅんと弾丸が風を切って飛んで来る音がする。それは佐脇の耳元を掠めていく。

いずみが悲鳴をあげたが、自動拳銃というものは、かなり練習をした上にきちんと狙いを定めなければ、そうそう命中するものではない。しかもトカレフは堅牢だが精度は悪い。

「走れ！　死んだ気で走るんだ！　ここで死にたいか？」

へたりこみそうになるいずみを叱りつけ引きずって、佐脇はとにかく走った。トカレフの弾がパスパスッと足元に着弾し、うち一発は佐脇の左脚にも当たったが、夢中で走っているので痛みを感じるどころではない。

必死に二階の廊下を逃げ、やっとビルの裏側に到達した。

窓から見下ろすと、地面には篠井由美子が言ったとおり、空気でもくもくと大きく膨らんだ白いクッションが敷かれている。それは、白い雲のように見え、その脇では由美子と他数人の制服警官と救急隊員が両手を振っている。

「飛び降りるぞ!」

だが、すぐ後ろには大林がトカレフを撃ちながら迫っている。

弾丸が風を切る音が間近に迫ってきた。

このままだと致命的なところを銃撃され……撃ち殺される!

佐脇は、問答無用に窓ガラスを割り、そこからいずみを無理矢理に押し出した。

「きゃあああああっ!」

悲鳴を上げて、いずみが転落した。しかし、エア・クッションに受け止められて大きくバウンドした。

佐脇もすぐ後に続く。

ぼん、とエア・クッションに触れたと思ったら、ぼうん、と大きくバウンドした。

「なかなか気持ちがいいじゃねえか!」

思わずそう叫んだ顔の横に、ぼす、という音がして小さな穴が開き、空気が凄い勢いで噴き出してきた。

二階の窓から、トカレフの弾が飛んでくる。大林が佐脇を狙って撃っているのだ。

「おい、正面に大林をおびき出せ！」

必死になって起き上がりながら佐脇は喚いた。このまま大林まで飛び降りてきたら、逃げた意味がなくなってしまう。

その叫びが聞こえたかのように、正面の方向から伊草の怒声が響いた。

「大林！顔を見せろ！お前も極道なら、タイマン張ろうじゃないか！」

大林の注意が伊草に向かったのか、銃撃が止んだ。

そのチャンスを捉えて、佐脇はいずみの両肩を押し、エア・クッションから降りさせた。

それを由美子たちが介助する。

「とにかく、逃げよう！」

「あ、でも……」

いずみは着衣の乱れを気にしている。

「バカ野郎！恥ずかしがってる場合か？ここに居たら死ぬぞ！」

佐脇も地面に降りると彼女の腕を掴み、全力で走った。足を撃たれてはいるが、とにかく今は動けなくなるまで走るのだ。

いずみも必死についてくる。

ぱんぱん、という乾いた音がビルの表から聞こえて来た。大林が、またもトカレフを乱射しているのだろう。

日華貿易の古いビル裏から出てなんとか表に回ると、向かいの倉庫の屋根の上の伊草も、二人の姿を認めたようだ。

兵器を構えた伊草が、大きく頷いたように見えた。

次の瞬間、「食らえっ！」と伊草は絶叫し、ランチャーが火を噴いた。

「伏せろっ」

佐脇がいずみを抱きかかえるようにして倒れ込むと同時に、この世のものとは思えない大音響とともに、下の地面が揺らいだ。

ドカーンという音とともに、どどど、と地面が大きく揺れる、恐ろしい振動と不気味な破壊音が響き渡った。

空間が歪むような灼熱《しゃくねつ》の爆風が吹き荒れて、何がなんだか判らなくなった。

気がついたら、数メートルほども吹き飛ばされていた。

日華貿易のビルが、黒煙と、その合間からオレンジ色の舌を出す炎に包まれている。ぱんぱんという別の小爆発も立て続けに起こっている。

「三階から上は倉庫で、いろんなものが……中国製の花火とかが保管してあったので、それが……」

いずみは懸命に説明しようとしているが、そんな彼女の頭を守るように佐脇は覆い被さった。

「もういい。今はもう……すべて、終わったんだ」

「お、大林さんは……」

佐脇は首を横に振った。

ビルが瓦礫と化しているのだ。大林が生きているとは到底思えない。

消防車が放水と消火剤を噴射して消火活動を始めた。

地獄の業火のような火の手は、なかなか収まらなかった。

もうもうと湧き上がっていた煙が薄くなり、火もようやく消えると、そこには、なにもなくなっていた。

ここまで破壊されるのかと信じられないほどに、ビルは僅かな鉄骨を残すだけの、完全な残骸《ざんがい》に変わり果てていた。

大勢の人間が血相を変えて走り回り、怒声をあげていた。

しかし、何がどうなったのか、判らない。

さすがの佐脇も、そのまま意識を失った。

エピローグ

「これがグレネードランチャー付きのＡＫ―74自動小銃、こちらは九ミリ口径のマカロフ自動拳銃で、いずれも旧ソ連製です」

押収した証拠品を前に、水野が緊張した面持ちで説明している。

鳴海署の会議室にはマシンガンや拳銃、手榴弾などの軍事用兵器多数が、品評会の展示のように並べられていた。

「これがＲＧＤ―５手榴弾です。旧ソ連製で、二条町の飲食店を脅すために使われたものと同じです」

書類を片手に、水野が説明していく。見守る捜査官たちはＴ県警本部だけではなく、大阪府警からの人員もいる。鳴海署には、Ｔ県警・大阪府警の特別合同捜査本部が設置されていた。

「発見場所は、鳴龍会が管理していた産廃処理場にある倉庫です。梱包された状態で発見されまして、いずれも未使用の状態です」

隣のテーブルには、ダークグリーンの、いわゆるオリーブ・ドラブ色に塗られた、筒型の軍用大型火器が三本並べられていた。

「そして、こちらが、事件当夜、伊草智洋が鳴海港で使用した旧ソ連製の『RPG—26』ロケットランチャーです」

居並ぶ捜査幹部を前に、水野は説明を続けた。

「全長七七〇ミリ、重量二・九キログラム。使い捨ての携行型対戦車ロケット弾発射器です。使用されるロケット弾は七二・五ミリ口径のHEAT弾。装甲貫通能力は、四〇〇ミリメートルから四四〇ミリメートル……」

「ロケットランチャーって、要するにバズーカ砲ってやつか？」

佐脇が無遠慮に口を挟んだので、話の腰を折られた水野はちょっと眉を顰《ひそ》めた。

「いわゆるバズーカ砲は、ロケットランチャーに含まれます。ただし以前のものは伸縮式でしたが、これは非伸縮式で、つまり、構えたらそのまま発射できます」

「装甲貫通能力が四〇〇ミリってことは、四〇センチの鋼鉄を撃ち抜けるってことか？」

「そうです。いちいち合いの手を入れないでください」

水野は苛立った。

「だってこっちは軍事関係にはど素人だから、噛んで含めるように説明してくれないと判らねえよ」

周りの空気に一切斟酌《しんしゃく》なく佐脇は文句を言った。右手と左足に包帯を巻き、まさに満身創痍《そうい》といった姿だ。水野は諦めたように、説明を補足した。

「そうですね。四〇センチ、ということなら戦車の装甲も貫通しますから、かなり凄い破壊力ということです。対戦車以外にも、ゲリラが隠れている建物を破壊、あるいは障害物を突破するためにも使われていると。という事は、普通のビルならふっ飛びますね。日華貿易の建物が破壊されたように」

筒の脇には図解で使用法が表示されているが、すべてロシア語だ。

「このように手元と先端に照準があり、焦点を重ねてスイッチを押すだけでロケット砲が発射されます。有効射程距離は二〇〇から三〇〇メートルあり、発射時の衝撃は少ないそうです」

「そうか。この図解をじっくり読めば、だいたい使えるのか……しかし、伊草は一体どうやってこんな兵器を手に入れたんだ?」

「それは当人に聞くのが一番じゃないのか?」

捜査幹部の席にいる公原が声を上げた。

「まさか通販で買ったわけでもあるまい。ロシアのアマゾンが兵器を売ってるとは思えんが」

この言葉を、会議室の全員がスルーした。

「北九州のヤクザが隠し持っていた以上、鳴海のヤクザが持っていてもおかしくはない、という理屈にはなりますな」

公原に答えながら、佐脇はそれは違う、と思っていた。

内部からの突き上げを食らいつつ鳴龍会を畳むことも視野に入れて、伊草はあくまでも融和路線を取ろうとしていたのだ。

「だが、伊草はこういうことを考えるヤツじゃない。こんなものをごっそり仕入れていたのは大林じゃないのか？」

「そうですね。大林杉雄こと木嶋哲夫が関西の巨大暴力団経由で手に入れていた可能性があります。すでにその方面の捜査には着手しています」

大阪府警から来た刑事が発言した。

「で、伊草の行方はどうなってる？」

特別捜査本部のトップであるＴ県警本部長の問いに、光田が直立不動で答えた。

「あの混乱に乗じて姿を消したままであります」

「刑事部長は狙撃されるわ、こんなどでかい兵器をぶっ放したヤツを取り逃がすわ……鳴海署にはなんとも優秀な人員が揃ってるな！」

県警本部から来た刑事部長臨時代理が嫌味を言った。

「似たようなもんじゃねえか、バカ。現場に居たのは鳴海署の連中だけじゃねえぞ」

佐脇が放言した。

「なんだとコラ?」

「脅してんじゃねえよ。県警本部の刑事部長臨時代理殿がヤクザと同じレベルか?」

包帯ぐるぐるの佐脇に傍若無人にけけけと笑われると、県警幹部も言い返し難い。

「ともかく、組織の幹部がここまでの大それた事をしでかした以上、当然のこととして、鳴龍会は壊滅に追い込む。若頭の伊草智洋は、警察庁指定被疑者特別手配だ。高飛びする可能性もあるから、ICPOを通じて国際手配もさせよう」

そう言ったのは、警察庁から正式にやってきた、入江だった。

「本件に関しては警察庁、ならびに国家公安委員会の双方とも、非常に重大視している。本件関係者の犯行を厳しく追及し処罰して、全国の範としなければならない。暴力団排除の潮流に逆行することは最早不可能であることを、全国の暴力団に示さなくてはならないのだ。警察庁ならびに国家公安委員会は断じて、一歩も引かない。諸君も、この方針を骨の髄まで噛みしめて、職務を遂行するよう強く願う」

本音ではどう思っているのか別にして、合同捜査本部を前に、警察庁の基本方針を訓示する入江は、紛れもなく国家を背負った警察高級官僚の顔をしていた。

しばし静寂が支配し、その中に椅子を引く音と、杖をつく音が響いた。

佐脇が苦労して立ち上がり、会議室を出て行こうとしていた。

集まった者全員の視線を浴びたが、誰も佐脇を止めることが出来なかった。

廊下に出てタバコに火をつけた佐脇は、苦い思いを噛みしめた。

……なぜあいつは、何もかも台無しにするようなことをしてしまったんだ？

鳴龍会を潰さないために、潰れるとしても、組員たちのその後の生活が立ち行くように努力していた男だ。それなのに伊草は、最後の最後であんな大事件を起こして、すべての可能性を潰してしまった……。

一両日中に鳴龍会の事務所に家宅捜索が入り、組長を含めた大量の逮捕者が出るだろう。そして、組長は鳴龍会解散の宣言を出して釈放され、県外の病院に入院する。鳴龍会は即時解散。そういう流れになる。

その流れは、もう誰にも止められない。日本中の注目を集め、警察庁《サッチョウ》から直々に入江が飛んで来るほどの大事件になってしまったのだ。

しかし……伊草ほどの男なら、もっと上手に切り抜ける手段を講じられなかったのか？

考えれば考えるほど、最初の疑問に戻ってきてしまう。

大林も大林だ。伊草憎しに凝《こ》り固まるあまり、正常な判断が出来なくなっていた。関西の検察幹部がバックについているという過信もあったのだろう。

「検察か……信用出来ないことにかけては、日本有数の連中なのにな」

実際、連中のほうが一枚も二枚もウワテだった。なんせ法の権力をバックに、マスコミと結託して冤罪《えんざい》をでっち上げる名人集団なのだから……。

しかし、伊草とこういう形で別れなければならなくなるとは、まったく思っていなかった。大林と決着をつけるにしても、懲役十年くらいで済む手段を使うべきだったのだ。誰も巻き込まずに一対一で勝負して、射殺するとか刺殺するとか……。

佐脇はタバコをふかしつつ、窓から外を眺めた。だが、その目には何も映っていない。

そんな佐脇の肩をポンと叩く者がいた。

入江だった。

「あんたか。田舎警察にもっと説教してやらなくていいのか？」

「いえ、私は、今回の特別捜査本部のメンバーではありませんから。一言、東京の意向を伝えに来ただけです。ところで」

入江は、佐脇の目を見据えた。笑みが消えて、真剣な顔になっている。

「あなた、伊草智洋の居所を知ってるんじゃないんですか？　実のところは」

「冗談じゃない。おれが知るわけないでしょう。警察官が犯人の『蔵匿《ぞうとく》』や『隠避《いんぴ》』なんか出来るわけがない。いくら友人とはいえ、そんな馬鹿な真似をして、美味しい公務員生活を棒に振る気はないからね。ムショの飯を食うのも真っ平だ」

「そうですか。まあ、そうでしょうけどね」

といいつつ入江は、佐脇の言葉を額面どおりに取る気はなさそうだ。

「それよりね、入江さん。前にも言ったことですが、暴力団壊滅を宣言してしまって、サッチョウもこれからが大変ですよ。何度も言うが、鳴龍会の跡地だって、すぐに埋まる。モノゴトすべて、光があれば必ず陰がある。人間の裏の営みに寄生して、時に助け時に甘い汁を吸い尽くす存在はどうしたって出て来る。必要悪と言ってしまうのは、警官として許されないことなんだろうがね」

「私だって、佐脇さんの言いたいことは判っているつもりですよ。あなたの言うように、暴力団が消滅すれば、その後には、いわゆる『半グレ集団』が進出してくる。また、暴力団の構成員も、今後は地下に潜りマフィア化する可能性があります。結果的に今以上の無法状態になれば、世の中、どうなってしまうか。法と秩序を司《つかさど》る者としてはゆゆしき事態であると私も、思ってますよ」

「そこまで判ってるのに……」

佐脇は、その先を口にしかけて、止めた。

この男も、しょせんは役人でしかないのか。

二人は、睨み合うように相対していたが、やがて、佐脇は再び窓に向き、タバコを外へはじき飛ばした。

「なんだか、これからいろんなことが大きく変わってしまいそうですな」

うしろから声をかけた入江に、佐脇は返事をしなかった。

「では、私は東京に戻ります。佐脇さんも、こういう状況ですから、くれぐれも行動は慎重に」

大人げないとは思ったが、振り返る気にはなれない。

入江の足音が遠ざかって消え……しばらくして佐脇の携帯が振動した。

＊

鳴海から遠く離れた地方都市。その片隅のビジネスホテルの、カーテンが引かれた暗くて狭い部屋。そこに、伊草がいた。

ドアのチャイムが鳴った。

裏切られたか、それとも佐脇が来てくれたのか。あるいは逮捕に来た警察か、それとも大林の息のかかった刺客か。

伊草は護身用のグロックを握って、ドア・スコープを覗いた。

狭い廊下の、暗い照明の中にたたずむ、小柄なシルエット。

まさか、とは思ったが、逃亡以来、何度も思い浮かべたその姿を見間違えることはない。

「一人です。尾行もついてません。信じてください」

ドア越しに小さな声が必死に訴える。伊草はドアを開けた。

館林いずみが彼の胸に飛び込んできた。

ドアを閉め、二人はしばらく抱き合った。こうして、お互いの存在を肌で確かめなければ、また会えたことが信じられない。

やがて伊草は、いずみから身体を離して言った。

「……まず先に、君に謝っておくことがある」

伊草はいずみを見つめて、言った。

「君にひどいことを言ってしまった。一時とは言え、君を疑ってしまったことは、本当に申し訳なかった」

「もう、それはいいんです。私が伊草さんを騙していなかったこと、判ってくれましたよね？」

伊草を見つめるいずみの瞳には涙があふれ、今にもこぼれ落ちそうだ。

「伊草さんが無事でよかった……また会えてよかった」

「ここは……佐脇に聞いたのか？」

伊草の問いに、いずみは頷いた。

「場所だけは教えるって……でも、それ以上の事は立場上出来ないって」

伊草は咄嗟《とっさ》に窓に走り寄り、カーテンの隙間から下の様子を見た。

この部屋は大通りに面していて、刑事が張り込んでいればすぐに判るロケーションだ。見たところ、その様子はない。

「あ……それは大丈夫です。佐脇さんにやり方を聞いて、言われたとおりにして、尾行は振り切りましたから。私のこと、囮《おとり》だと思いました?」

伊草は、バツが悪そうに窓から離れた。

「すまん。疑って悪かったと言いながら、また疑ってしまった」

「それは仕方ないです。私を泳がせれば必ず伊草さんに会いに行くだろうって、普通に考えるでしょうし」

「いや……私は佐脇のことも疑ってしまった。少しでも疑うなら、居場所を口にした私が悪いのに」

伊草の手を、いずみが強く握った。

彼女の手首には、以前につけていた垢抜けない時計ではなく、マリエが殺された日、二人が初めてホテルで結ばれた後に、伊草が外して渡したブライトリングが塡まっていた。子供のように華奢《きやしや》な手首に、大きな文字盤と、輝く金属のベルトがいかにも重そうだ。

「ああ、それをつけてくれているんだね」

伊草はそれを見て、顔が綻《ほころ》ぶのを抑えられなかった。

「……せっかく会えたのに、こういう話をするのは、本当に心苦しいんだが……」

「何でも言ってください。私は伊草さんの力になろうと思って、来たんです」

いずみを見つめた伊草は、ベッドのマットレスの下から、大判の封筒を取り出した。

「君を巻き込みたくはない。だが、頼める人が他にいないんだ。この書類を預かってほしい。鳴海日華貿易が、軍用兵器の密輸入に手を貸していた決定的な証拠だ。信用状そのほか、違法な輸入に関する書類のほとんどが入っている」

いずみは理解しようと一生懸命に聞いている。

「この書類が私の手にあることは、関西の巨大暴力団幹部、そして日華貿易の周社長に知らせてある。大林とつるんでいた周が鳴龍会のおやっさん……ああ、組長のことだが、周が組長相手に訴訟を起こせないようにするためだ」

七千万円の賠償は言いがかりにしても、日華貿易の本社ビルを破壊したのが伊草である以上、鳴龍会の組長が使用者責任を問われる可能性がある。

「今、おやっさんのところにはわずかな金しかないから、賠償金を請求されたら大変な迷惑をかけることになる」

「……判りました」

「関西の組にも知らせたのは、日華貿易に密輸入を依頼したのが、連中だからだ。その証拠もここにある。連中には、鳴龍会が解散したあと鳴海に進出するならば、元組員たちの生活にも最大限の配慮をするよう要求した。武器密輸の件を警察には言わないこととの交換条件だ。だから、もし、私と連絡がつかなくなった場合は、これを持って警察に駆け込んでほしい。出来れば、鳴海署の佐脇がいいが」

いずみは大きく頷いた。

「私、ほんとうは伊草さんと一緒にどこでも行きたいです。逃げるなら一緒に逃げたいんです。何もかも捨ててかまわないです。でも……」

いずみは、伊草に渡された書類封筒を大事そうに抱えた。

「そういう大事なお仕事がまだ残っているのなら、私、残って伊草さんに協力しなければいけませんよね。そのほうが、伊草さんの役に立ちますよね？」

いずみが、辛い気持ちを堪えているのがはっきり判った。

伊草は、そんな彼女の手を両手で包んだ。

「言いたいことは山ほどあるが、如何せん、勝負はついてしまった。私としては、若頭だった責任がある以上、何もかも放り出して逃げることも、今、逮捕されることも出来ないんだ」

「……判ってます。伊草さんがそんな人だから、私、好きになったんです」

そう言われた伊草だが、なぜかさらに辛そうな表情になった。

「頼みごとをしたうえで言えた義理ではないが……私のことは忘れてくれ。すっぱりと忘れてくれたほうがお互いにいい。全部片がつけば、私は警察に出頭する。逃亡しても殺人に時効はない。一生逃げ続けられるものではないだろう。懲役になれば簡単には出てこれないだろうから、私は君を幸せにすることは出来ないんだ」

「でも……」

伊草は、きっぱりと言った。

「君は、自分の幸せをみつけてほしい」

そう言って立ち上がった。

「どこへ行くんですか？」

「……用心のためだ。場所を変える。とにかく今は捕まるわけにはいかない。ここの支払いはもう済ませてある。私が出たあと、少し時間を置いて、君もできるだけ早くここを出るんだ」

伊草は、多くもない荷物を小さなバッグに詰め込んだ。

いずみは、それを黙って見ている。

伊草はドアを開けた。

振り返りはしない。軽く片手を上げ、まっすぐ前だけを見て歩いていく。

「私、いつまでも待ってますから！」

小さい、だが悲痛な声が聞こえる。

いずみはドアを開けたまま、ずっと立ち尽くしている。それは判っている。

熱くて悲しい視線を背中に強く感じたが、振り返らなかった。

振り返れば……ほんの数歩、駆け戻りさえすればそこには、ほんの一ときとはいえ、強く夢見た幸せと、やすらぎと平穏がある。

だが男として、極道として、それは出来ない。

振り返れば、その瞬間に自分の決意も覚悟も、何もかもが崩壊する。

伊草は、新たな、そして苛酷な人生に向かって歩んでいった。

参考文献

「反社会的勢力」夏原武（洋泉社新書y２０１１年12月）
「暴力団追放を疑え」宮崎学（ちくま文庫２０１１年１月）
「暴力団」溝口敦（新潮選書２０１１年９月）
「日本『地下マーケット』」別冊宝島編集部編（宝島ＳＵＧＯＩ文庫２００９年３月）
「リサイクルアンダーワールド」石渡正佳（ＷＡＶＥ出版２００４年３月）
「人間の闇」一橋文哉（角川ｏｎｅテーマ21　２０１２年３月）
「週刊東洋経済２０１２年１月28日号」（東洋経済新報社）
「タブーの正体！」川端幹人（ちくま新書２０１２年１月）

この作品はフィクションであり、登場する人物および
団体は、すべて実在するものと一切関係ありません。

一〇〇字書評

切・り・取・り・線

購買動機（新聞、雑誌名を記入するか、あるいは○をつけてください）	
□（　　　　　　　　　　　）の広告を見て	
□（　　　　　　　　　　　）の書評を見て	
□ 知人のすすめで	□ タイトルに惹かれて
□ カバーが良かったから	□ 内容が面白そうだから
□ 好きな作家だから	□ 好きな分野の本だから

・最近、最も感銘を受けた作品名をお書き下さい

・あなたのお好きな作家名をお書き下さい

・その他、ご要望がありましたらお書き下さい

住所	〒				
氏名		職業		年齢	
Eメール	※携帯には配信できません	新刊情報等のメール配信を 希望する・しない			

この本の感想を、編集部までお寄せいただけたらありがたく存じます。今後の企画の参考にさせていただきます。Eメールでも結構です。

いただいた「一〇〇字書評」は、新聞・雑誌等に紹介させていただくことがあります。その場合はお礼として特製図書カードを差し上げます。

前ページの原稿用紙に書評をお書きの上、切り取り、左記までお送り下さい。宛先の住所は不要です。

なお、ご記入いただいたお名前、ご住所等は、書評紹介の事前了解、謝礼のお届けのためだけに利用し、そのほかの目的のために利用することはありません。

〒一〇一‐八七〇一
祥伝社文庫編集長 坂口芳和
電話 〇三（三二六五）二〇八〇

祥伝社ホームページの「ブックレビュー」からも、書き込めます。
http://www.shodensha.co.jp/bookreview/

祥伝社文庫

闇《やみ》の流儀《りゅうぎ》 悪漢刑事《わるデカ》

平成24年 9 月10日　初版第1刷発行

著　者　安達《あだち》 瑶《よう》
発行者　竹内和芳
発行所　祥伝社《しょうでんしゃ》
東京都千代田区神田神保町 3-3
〒101-8701
電話　03（3265）2081（販売部）
電話　03（3265）2080（編集部）
電話　03（3265）3622（業務部）
http://www.shodensha.co.jp/
印刷所　萩原印刷
製本所　ナショナル製本
カバーフォーマットデザイン　芥 陽子

 ISBN978-4-396-33782-7 C0193

祥伝社文庫の好評既刊

安達　瑶

悪漢刑事《わるデカ》

「お前、それでもデカか？　ヤクザ以下の人間のクズじゃねえか！」罠と罠の掛け合い、エロチック警察小説の傑作！

安達　瑶

悪漢刑事《わるデカ》、再び

最強最悪の刑事に危機迫る。女教師の淫行事件を再捜査する佐脇《さわき》。だが署では彼の放逐が画策されて……。

安達　瑶

警官《サツ》狩り　悪漢刑事《わるデカ》

鳴海署の悪漢刑事・佐脇は連続警官殺しの担当を命じられる。が、その佐脇にも「死刑宣告」が届く！

安達　瑶

禁断の報酬　悪漢刑事《わるデカ》

ヤクザとの癒着は必要悪であると嘯く佐脇。マスコミの悪質警官追放キャンペーンの矢面に立たされて…。

安達　瑶

美女消失　悪漢刑事《わるデカ》

美しい女性、律子を偶然救った悪漢刑事《わるデカ》佐脇。やがて起きる事故。その背後に何が？　そして律子はどこに？

安達　瑶

消された過去　悪漢刑事《わるデカ》

過去に接点が？　人気絶頂の若きカリスマ代議士vs悪漢刑事佐脇の仁義なき戦いが始まった！

祥伝社文庫の好評既刊

安達　瑶
隠蔽の代償　悪漢刑事《わるデカ》
地元大企業の元社長秘書室長が殺された。そこから暴かれる偽装工作、恫喝、責任転嫁…。小賢しい悪に鉄槌を！

安達　瑶
黒い天使　悪漢刑事《わるデカ》
美しき疑惑の看護師――。病院で連続殺人事件!?　その裏に潜む闇とは……。医療の盲点に巣食う〝悪〟を暴く！

安達　瑶
ざ・だぶる
一本の映画フィルムの修整依頼から壮絶なチェイスが始まる！男は、愛する女のためにどこまで闘えるか!?

安達　瑶
ざ・とりぷる
可憐な美少女に成長した唯依《ゆい》は、予知能力まで身につけていた。そして唯依の肉体を狙う悪の組織が迫る！

岡崎大五
汚名　裏原宿署特命捜査室
人気作家の娘は一体どこに……。捜査妨害をしてしまった女刑事コンビが、不気味な誘拐事件に挑む！

西川　司
恩讐《おんしゅう》　女刑事・工藤冴子《くどうさえこ》
狩猟者か？　執念なのか？　連続する猟奇殺人に、破天荒な女刑事・冴子と新米刑事・三浦が挑む！

祥伝社文庫　今月の新刊

京極夏彦　厭《いや》な小説　文庫版
読んで、いただけますか？
一読、後悔必至の怪作！

西村京太郎　十津川捜査班の「決断」
切り札は十津川警部。
初めて文庫化された作品集。

安達千夏　ちりかんすずらん
東京の下町を舞台に、祖母・嫁・娘、女三人の日常を描いた物語。

小手鞠るい　ロング・ウェイ
「母にプレゼントしたい物語です」女優・星野真里さん推薦！

豊田行二　野望新幹線　新装版
極上の艶香とあふれる元気。
取引先の美女を攻略せよ！

岡本さとる　浮かぶ瀬　取次屋栄三
神様も頬ゆるめる人たらし。
栄三の笑顔が縁をつなぐ。

聖　龍人　迷子と梅干し　気まぐれ用心棒
奇妙な難事件を、一気呵成にかたづける凄腕用心棒、推参！

安達　瑶　闇の流儀　悪漢《わる》刑事《デカ》
標的は、黒い絆。ヤクザとともに窮地に陥った佐脇は!?